CHRISTINA LAUREN

ENROLADA EM VOCÊ

São Paulo
2024

Tangled up in you
Copyright © 2024 by Disney Enterprises, Inc.
© 2024 by Universo dos Livros

Todos os direitos reservados e protegidos pela Lei 9.610 de 19/02/1998.
Nenhuma parte deste livro, sem autorização prévia por escrito da editora, poderá ser
reproduzida ou transmitida sejam quais forem os meios empregados: eletrônicos,
mecânicos, fotográficos, gravação ou quaisquer outros.

Diretor editorial
Luis Matos

Gerente editorial
Marcia Batista

Produção editorial
Letícia Nakamura
Raquel F. Abranches

Tradução
Marcia Men

Preparação
Bia Bernardi

Revisão
Alessandra Miranda de Sá
Lui Navarro

Arte
Renato Klisman

Ilustração da capa
Stephanie Singleton

Design da capa
Marci Senders

Diagramação
Nadine Christine

Dados Internacionais de Catalogação na Publicação (CIP)
Angélica Ilacqua CRB-8/7057

L412e

Lauren, Christina
Enrolada em você / Christina Lauren ; tradução de Marcia Men.
-- São Paulo : Universo dos Livros, 2024.
320 p. (Meant to be ; vol 4)

ISBN 978-65-5609-669-8
Título original: Tangled up in you

1. Ficção infantojuvenil norte-americana I. Título II. Men, Marcia III. Série

23-3254
CDD 028.5

Universo dos Livros Editora Ltda.
Avenida Ordem e Progresso, 157 — 8º andar — Conj. 803
CEP 01141-030 — Barra Funda — São Paulo/SP
Telefone: (11) 3392-3336
www.universodoslivros.com.br
e-mail: editor@universodoslivros.com.br

*Este livro é dedicado a todo coração de fã
que bate loucamente por aí.*

CAPÍTULO UM

REN

O frágil sol matutino fazia os dedos esguios e dourados dela dançarem sobre um manto de neve fresca. A vista era espetacular; até o mais leve traço de luz transformava o gelo em diamantes, tornando cada folha de grama um caco de esmeralda ameaçador. Era o tipo de vista para ser sorvida com um suspiro profundo e um olhar abrangente.

Talvez outro dia.

A bota de Ren Gylden estalava com satisfação ao pisar na superfície dura e rendada da nevasca da noite anterior. Seu assovio agudo atravessou o ar parado, chamando os animais para junto da cerca.

Com um balde cheio em cada mão, ela assoviou outra vez e pressionou as costas contra o portão, empurrando para cima na ponta dos pés para soltar a tranca com o bumbum. Foi recebida com um coro de resfolegadas e cacarejos quando abriu o portão e entrou no cercado.

— Hoje é o grande dia. — Incapaz de encarar os olhos deles, ela fechou o portão com o pé, atravessou o curral e colocou os baldes no chão. Jogou um balde de lavagem no cocho, dizendo: — Sei que estão todos felizes por mim, mas talvez também estejam preocupados.

Seu porco favorito, Frank, cutucou-lhe a perna com o nariz enlameado e ela saiu do caminho dele, deixando que se servisse do café da manhã.

— É uma mudança grande, sim — continuou ela —, mas não se preocupem. Eu disse a Steve tudo o que ele precisa fazer para assumir as tarefas da manhã durante a semana.

Jogando o resto da lavagem na parte baixa do cocho, onde os leitões menores alcançavam, disse a eles:

— Será a primeira vez que outra pessoa os alimenta. Eu me pergunto se algum de vocês vai reparar nisso.

Sentando num balde virado para baixo e se recostando no galinheiro, ela deu tapinhas no colo chamando o gato, Pascal. Como se suas pernas fossem dotadas de molas, ele deu um pulo, aterrissando com elegância.

— O que *você* acha disso tudo, hein? — perguntou ela, coçando atrás das orelhas dele. — Vai ficar com saudade de mim? Queria poder estar em dois lugares ao mesmo tempo. Aqui e lá. Adoraria me esconder atrás do carvalho e assistir à reação de vocês todos amanhã cedo.

Pascal flexionou a pata direita, pressionando as garras na coxa do macacão grosso de denim de Ren.

— Você acha que não vai ser diferente em nada? É, eu também. — Ela exalou, lenta e profundamente, o hálito se condensando numa nuvem branca. — Não para você, pelo menos.

O gato ronronou.

— Para mim... acho que nunca mais será igual.

Ela recostou a cabeça para trás, fechando os olhos e se concentrando naquele exato momento: o ar cortante do amanhecer, o chafurdar dos porcos revirando o café da manhã, as bicadas hipnóticas das galinhas no milho seco e na cevada — em vez de naquilo que enfrentaria a essa hora no dia seguinte. O amanhã era uma escuridão abissal e desconhecida. Por mais livros que tivesse lido na vida, Ren nunca encontrara um que ensinasse a uma mulher como ela, criada longe da sociedade e distante de tudo pela maior parte de seus 22 anos, a viver no mundo real.

Ainda assim, estava tão pronta para a mudança que podia quase sentir o gosto dela.

Outro assovio cortou o ar: seu pai chamando-a de volta para o chalé. Quando abriu os olhos, o sol já tinha levantado a testa amarela acima da montanha. Esta era a sua deixa.

Pascal, sentindo a mudança em sua energia antes mesmo que ela se movesse, pulou de seu colo.

— Voltarei todos os fins de semana — prometeu ela para a silhueta do gato, enquanto o animal se esgueirava para longe do chiqueiro e desaparecia debaixo de alguns arbustos perto do celeiro. — Vá fazer uns filhotinhos para mim.

Com um sorriso, Ren juntou os baldes e deu a Frank um último afago na cabeça antes de voltar para o chalé para carregar a picape.

No entanto, pela primeiríssima vez na vida, ela não sentia vontade de sair da propriedade.

Hesitação era a última coisa que esperava sentir naquele dia. Fizera um calendário de contagem regressiva no mês anterior e o prendera na parede. Tinha até começado a preparar seu baú entalhado à mão uma semana antes, embora não tivesse quase nada para colocar lá dentro, para começo de conversa. Nos dias que antecederam a mudança, levou os pais à exasperação com a cantoria, a dança e os "e se". Havia algo nesse tipo de empolgação que era impossível de suprimir.

Até agora, supunha ela.

Tudo o que lhe restava era erguer seu baú novo para a carroceria da caminhonete e embarcar, indo direto para o meio do banco, onde ficaria amassada entre Gloria e Steve o caminho todo até Spokane. Ren, contudo, não parecia ser capaz de mexer as pernas.

Não fazia sentido. Não que nunca tivesse deixado a propriedade antes. Às terças e aos sábados, a família ia a feiras livres em Troy e vendia mel, geleias e todo tipo imaginável de frutas e vegetais da estação. Toda segunda, Ren ia sozinha de caminhonete até a biblioteca de Deary, onde Linda lhe entregava a nova pilha de livros usados que haviam chegado. E, uma vez a cada três meses, os três Gylden iam de carro até Moscou para comprar combustível, ração e lidar com qualquer outro negócio que precisasse ser resolvido.

Desta vez, porém, entrar na picape parecia diferente. Era um rasgo permanente na página. Ren nunca tinha passado uma noite sequer longe da propriedade desde que haviam se mudado para lá, quando ela tinha três anos, e agora ia morar cinco dias por semana num dormitório universitário com alguém desconhecido, voltando para casa apenas nos fins de semana. Todos os dias, sentaria-se numa sala cheia de pessoas — salas diferentes, cheias de gente diferente — que haviam passado a vida toda em situações que eram completamente exóticas para ela. Aquilo, ir para a universidade, tinha sido o sonho de Ren desde que ela era pequena, mas, agora que estava ali, cara a cara com a situação, a ansiedade corroía suas entranhas feito um cupim num poste de cerca.

Será que seus pais realmente ficariam bem sem ela? Gloria nunca fora muito boa em se lembrar de acender a chama-piloto do fogão de novo quando esta se apagava durante a noite, e Steve não conseguia mais se abaixar com facilidade. Era final de janeiro, e estava tão frio quanto ficaria o ano todo; a lenha tinha sido contabilizada para o aquecimento, não para cozinhar. E se o fogão desse problema e eles não tivessem como acendê-lo até Ren voltar para casa? Será que iriam até a lojinha de bugigangas Hill Valley para usar o telefone? Será que sequer saberiam para que número ligar?

E a chama-piloto era só uma coisinha. Quando havia trabalho a ser feito — e sempre havia, sempre —, todo mundo colaborava. O jardim e os campos não seguiam uma agenda; não se importavam se era a semana de provas finais. A velha vaca leiteira, Callie, não se importaria se Ren tinha um trabalho para entregar. E se Steve jogasse os dois baldes de lavagem na parte mais alta do cocho, onde os leitões não alcançavam? E se ele esquecesse que a velha égua baia de Gloria, Poppy, tinha alergia a alfafa e jogasse alguns cubos na comida dela sem querer?

Desde que conseguia se lembrar, Ren tinha vontade de frequentar a escola, mas fora apenas recentemente — quando o desejo por um conhecimento maior tinha crescido até virar uma sombra viva e pulsante em seu peito — que ela enfim havia se perguntado o que raios a impedia. A má vontade dos pais para a matricular na escola quando era criança era embasada, principalmente, na filosofia deles de viverem livres da influência da sociedade e na desconfiança geral dos rumos do mundo moderno, mas eles a tinham ensinado bem, não tinham? Ren sabia tudo o que era importante: honestidade, humildade, trabalho árduo e autossuficiência. E era uma adulta agora; teoricamente, podia fazer as próprias escolhas. Mas Ren sabia que estava enrolada demais na vida da roça para fazer o que quisesse sem se preocupar.

Foi apenas quando estava de pé ali, ao lado da picape, pronta para partir, que Ren sentiu o peso mais prático da hesitação de longa data dos pais: eles *precisavam* dela. Numa propriedade daquele tamanho, seis mãos eram sempre melhor do que quatro, especialmente quando duas delas — as de Ren — eram mais jovens e podiam fazer mais de metade do serviço. Partir talvez fosse a coisa mais egoísta que ela já fizera.

Os pais dela haviam descoberto que Ren se candidatara à universidade do mesmo jeito que souberam que ela estava construindo um sistema de energia eólica com sucata do sr. Mooney: ela desaparecia um pouco mais adiante na mesma rua por algumas horas todos os dias, e então a nova fonte de energia apareceu. Mas ao menos, quando ela conectara a energia eólica à rede, Steve e Gloria ficaram felizes por ter eletricidade todos os dias, o dia inteiro. Quando a carta de aprovação da Corona College chegou ao endereço deles, porém, Steve e Gloria encararam o envelope na mesa da sala de jantar como se Ren tivesse jogado o balde de lavagem ali por engano.

— Não tem nada que eles possam te ensinar lá que não possa aprender aqui — dissera Steve.

Gloria havia assentido.

— Tem influências lá fora que vão envenenar seu modo de pensar.

— Você quer mais livros, é isso? — perguntara o pai de Ren. — Nós te levamos para a biblioteca grandona de Moscou.

A verdade é que nenhum deles esperava que ela fosse aprovada — aos 22 anos, Ren nunca tinha pisado numa sala de aula de verdade —, por isso ela não tinha preparado adequadamente seu argumento quando o envelope branco e grosso tinha chegado.

Ele permanecera sobre a mesa de jantar, fechado, por um dia e meio, um hóspede que havia chegado sem convite ao lar deles. Ren finalmente usara o único argumento de que dispunha, aquele que sabia que apelaria para o maior temor deles.

— Precisamos nos preparar melhor para esse ciclo de seca e inundação. Nossas safras estão menores a cada ano e, se vou morar aqui pelo resto da minha vida, preciso garantir que esta terra me sustente depois que vocês não estiverem mais aqui. Preciso ver o que o mundo lá fora aprendeu para poder trazer isso para cá.

Gloria e Steve haviam trocado um olhar.

Steve perguntara:

— Quem vai pagar por isso?

— Eles me ofereceram bolsa completa, com moradia.

Os pais de Ren pensaram a respeito durante a noite e então, de manhã, decretaram as regras.

Ela moraria nos dormitórios de segunda a sexta. Todo fim de semana estaria em casa, onde ainda se esperava que completasse suas tarefas semanais. Ren não contaria para as pessoas a localização da propriedade nem nada específico sobre o estilo de vida da família e, se em algum momento sentisse a pressão das influências modernas, falaria para os pais imediatamente. Deveria evitar tecnologia ao máximo e estava proibida de procurar coisas na internet, exceto para trabalhos acadêmicos. Se eles sentissem qualquer mudança na disposição da filha, retirariam o apoio, e ela poderia ou voltar para casa, ou ficar fora dela para sempre.

No final não houve nenhuma briga prolongada, porque a verdade não precisava ser dita em voz alta: os pais não podiam legalmente impedi-la de partir, mesmo que o quisessem.

E agora Ren estava prestes a fazer exatamente isso.

— Tarde demais para ficar com medo, Rennie — comentou Gloria, com sua mistura característica de exasperação e cansaço.

Isso era o que Ren mais admirava na mãe, desde sempre: ela não perdia tempo suavizando nada.

— Se está indo para a escola — falou Steve, vindo abrir a carroceria da caminhonete —, vai ter que se virar sozinha.

Isso era o que Ren mais admirava no pai, desde sempre: ele se certificava de que ela nunca tivesse que depender de mais ninguém.

— Vou sentir saudade de vocês dois — disse Ren para os pais, do fundo do coração. — Escreverei cartas todos os dias para terem algo na agência do correio quando forem para a cidade às quartas.

Com um suspiro rápido e profundo, ela dobrou os joelhos e levantou o pesado baú de madeira para a carroceria da picape. Depois, fechou a porta da carroceria e a prendeu com a longa tranca metálica antes de se virar para o único lugar que já chamara de lar. O teto do pequeno chalé estava coberto com um manto macio de neve da noite anterior, mas, nos meses mais quentes, um carvalho de cinquenta anos fazia sombra no local, além dos melhores galhos para escalar. Atrás do chalé, os campos se estendiam até onde a vista alcançava. Ren deu um adeus silencioso e temporário para os animais amontoados ali, enfrentando o vento para absorver os raios fracos do sol de final de janeiro.

Gloria interrompeu seu devaneio.

— Quais são as regras?

Ren piscou para recobrar o foco no ponto em que a mãe se encontrava, segurando aberta a porta do carona.

— Posso deixar o dormitório para fazer as refeições, ir à aula, ou para a biblioteca — disse ela, e a adrenalina pinicou sob sua pele só de pensar nisso.

— Nada de rapazes, nada de bebida — falou Gloria. — Nada de restaurantes.

— Nada de internet, nada de maquiagem — acrescentou Steve de trás do volante, e Ren tossiu, rindo, enquanto deslizava para o meio do banco inteiriço.

— Maquiagem, eu?

— Espere só — disse Gloria. Ela puxou a porta pesada da picape, fechando-a atrás de si. — Alunos universitários vão tentar te convencer a fazer todo tipo de frivolidades. Você quer aprender, então vá aprender. Deixe as bobagens para os demais.

— Tive uma base sólida sobre tudo o que importa — recitou Ren, confiante. — Rapazes, bebida e maquiagem não importam.

— É isso aí.

Steve virou a chave, dando partida no motor grave e barulhento.

Ren sabia que não devia deixar transparecer nenhuma hesitação sobre esta aventura, mas, com o som do motor da picape ligando, um entusiasmo nervoso borbulhou em seu peito, agitando a minúscula preocupação e fazendo-a flutuar para a superfície.

— Vocês acham que vai ter problema eu estar começando atrasada? — O instante de silêncio que se seguiu fez seus pulmões se oprimirem de imediato, arrependidos. — Só queria dizer que...

— Que negócio é esse de "começando atrasada"? — perguntou Steve, cortante.

Começar atrasada era a preocupação que Ren tentara esconder esse tempo todo — bem, uma entre milhares de outras sobre como essa experiência poderia ser na realidade —, a de que começar a faculdade quatro anos depois de todo mundo e entrar na metade do ano letivo por causa da colheita de outono a fariam se destacar, quando tudo o que queria era se misturar.

— Isso aí é bobajada de programar ciborgue — continuou ele, passando a marcha da picape com um estalo. — Quem disse que você precisa começar a escola num certo momento? Quem disse que você precisa da escola, para começo de conversa?

— Você leu todos os malditos livros nas bibliotecas por todo o condado de Latah — murmurou Gloria. — Provavelmente sabe mais do que aqueles professores doutrinados de lá.

— É isso mesmo. — Steve desceu a longa estradinha com a caminhonete. — E, se ouvir um ai de você sobre planos de cinco anos ou de matrícula de verão, ou de estudar no exterior, vou te arrancar daquele lugar tão rápido que a sua cabeça vai girar. Isso vai ser difícil para a sua mãe e para mim, com você sem dar conta da sua parte. Já estamos mudando tudo essa temporada para você poder cuidar das suas tarefas quando estiver em casa aos fins de semana.

Ren assentiu, sentindo-se logo repreendida.

— Sim, senhor. Sou muito grata, espero que o senhor saiba disso.

— Às vezes, eu duvido.

— Toda sexta-feira — disse Gloria, num tom definitivo. — Às cinco da tarde em ponto, estaremos lá para te trazer para casa.

— Sim, senhora. — Ren olhou por cima do colo para o espelho na porta do passageiro, onde os últimos dezenove anos de suas lembranças retrocediam atrás deles, assim como a propriedade, até não passarem de pontinhos marrons interrompidos por árvores desfolhadas. — Tenho certeza de que já estarei do lado de fora esperando.

CAPÍTULO DOIS

REN

Se alguém pedisse a Ren que descrevesse o campus da Corona College, ela provavelmente apenas abriria a boca e começaria a cantar. Minha nossa! Ela pensava que a propriedade da família era linda, mas nunca tinha visto nada assim. Havia gramados que se estendiam até onde a vista alcançava. Plátanos fofinhos que ficariam vibrantes no outono. Pinheiros majestosos que alcançavam as nuvens, altos e delgados. Com o pequeno lago Douglas e a curva fechada do rio Spokane na parte central do campus, Ren sentia que havia deixado a propriedade para entrar num paraíso cintilante e incrustado de joias.

Gloria e Steve pareciam não compartilhar de seu entusiasmo pela paisagem, mas isso não era surpresa. Mais perto de Spokane, conforme Ren foi ficando cada vez mais falante devido à empolgação, eles se tornaram mais irrequietos e agitados, os lábios pressionados com tanta força que as extremidades ficaram pálidas. Quando saíram da rodovia, seus olhos se demoraram nos grafitti e outdoors, nas vitrines anunciando liquidações de notebooks e celulares, piercings e tatuagem. O silêncio deles era frágil, mas ao menos permitira que Ren desfraldasse o turbilhão selvagem de sonhos. Imaginou salas de aula ecoantes, com algumas das melhores mentes das áreas de ciências e humanidades. Imaginou-se frequentando um seminário socrático e ficando de pé diante de um grupo de alunos, expressando suas opiniões em voz alta. Imaginou longas noites de estudo na biblioteca, aninhada dentro de um cubículo de carvalho polido, devorando as indicações de leitura.

Gloria consultou um mapa, guiando-os para mais perto, e o campus que Ren vira apenas em fotos se ergueu diante dela: o arco de pedra sinalizando a fronteira entre a vizinhança ao redor e a universidade; o vasto gramado do Commons; no ápice, a fachada régia de tijolos de Davis Hall. Neste dia, antes de o novo semestre se iniciar, os alunos estavam em todo lugar da área externa, mesmo com o tempo horrível: de pé em grupos, caminhando aos pares, atravessando ruas sem nem pensar nos carros ao redor deles, chamando um ao outro para se cumprimentarem após as longas férias de inverno. Presa no assento do meio, Ren ansiava por estar junto da janela lateral. Queria pressionar o rosto para o mais próximo da vista que pudesse.

Gloria exalou o ar num sopro, desgostosa com a visão de tantos dos colegas de Ren com o pescoço dobrado, os olhos voltados para as telas brilhantes do celular. Steve fechou a cara para dois alunos se beijando abertamente na calçada. O olhar crítico dos pais tornou-se uma presença pesada, palpável, mas, conforme a picape roncava pela bem-cuidada Corona Drive, nada podia deter a alegria de Ren. Ela enfim faria aquilo.

Finalmente seria uma universitária.

A velha caminhonete vermelha grunhiu, dobrando uma última esquina, e seu dormitório, Bigelow Hall, assomou à vista. O exterior era de tijolos em dois tons, entremeados por longos trechos de janelas retangulares e longas com cálidas luzes amareladas brilhando no interior.

Ren se inclinou para a frente a fim de enxergar o topo pelo para-brisa.

— Parece tão chique — murmurou ela.

Com um ronco ao desligar o motor e uma nuvenzinha de fumaça, estacionaram na calçada num espaço marcado ZONA DE CARGA E DESCARGA.

Ren desembarcou depois de Gloria, espreguiçando os braços para o céu e girando num círculo lento.

— Olha como é lindo!

Depois de dar a ela um punhado de segundos para absorver tudo, sua mãe acenou para que fosse até a traseira da caminhonete.

— Venha, Ren. Dê uma mãozinha para a gente.

— Se guincharem minha caminhonete — começou Steve, enquanto Gloria pegava uma das alças do baú e Ren segurava a outra —, vou fazer um inferno aqui.

Com isto, elas seguiram Steve para dentro, procurando o novo lar de Ren de segunda a sexta-feira: o quarto 214.

Bigelow era um dormitório exclusivamente feminino — uma condição imposta pelos pais para que ela recebesse permissão para morar no campus —, e seu quarto era, em termos objetivos, banal: duas camas de solteiro, dois guarda-roupas, duas mesinhas. Mesmo assim, Ren se apaixonou de imediato. O quarto era dividido ao meio, certinho, com uma metade exata decorada de forma caótica com uma colagem de fotos, cartões-postais, tíquetes e cartazes de bandas de rock, e a outra metade — a sua, ela percebeu —, deixada totalmente em branco. O colchão de sua cama estava exposto, a mesa, vazia.

Era uma página em branco. Isso fez o pulso de Ren disparar.

Uma garota se levantou de sua mesa quando eles entraram. Ela era alta e pálida, com cabelos escuros e espessos, vestida toda de preto. Ren tentou disfarçar a segunda olhada para os vários piercings no nariz da garota, nas orelhas, no lábio, e até o que parecia ser um piercing de verdade atravessando o septo dela, feito um touro de verdade.

— Oi — disse Ren, estendendo a mão. — Eu me chamo Ren. Sou sua nova colega de quarto.

— É. — A garota apertou a mão dela frouxamente. — Miriam.

— Esses são meus pais, Steve e Gloria.

Sem surpresa alguma, eles estudavam Miriam e a decoração do quarto dela com uma desaprovação silenciosa.

Miriam murmurou um *Legal*.

— Está gostando de Corona até agora? — perguntou Ren.

Os olhos de Miriam voaram para Steve e Gloria e de volta para Ren.

— Claro. É bacana.

— Já escolheu sua área de formação?

— Comunicação.

Ren sentiu as sobrancelhas se erguerem lentamente e lutou contra o impulso de fazer uma piadinha. Em vez disso, disse apenas *Que maravilha.*

Os pais dela sempre foram econômicos com as palavras e Ren nunca tivera problema em ser a tagarela da família. Entretanto, o clima daquele momento não parecia propício para uma amistosa conversa à toa. Ren se viu encarando uma parede de concreto repleta de comunicados acadêmicos conforme o silêncio recaiu sobre o quarto, e Miriam mexeu nos anéis dos dedos antes de lentamente voltar para a cadeira, os ombros rígidos.

Ren se virou para os pais, cochichando:

— Querem ficar para a visita ao campus que terei daqui a meia hora?

— Não. — Steve enfiou as mãos nos bolsos, parecendo desconfortável. — Temos que fazer a viagem de volta para casa.

Pareceu tão abrupto, depois de tudo, que eles partissem tão sem cerimônia, nem cinco minutos completos após a chegada. Mas Ren conhecia os pais bem demais para imaginar que as coisas corressem de outra forma. Em casa, eles mal conversavam com as pessoas da cidade; com certeza não iam estender uma despedida sentimental com Miriam sentada logo ali. A empolgação de Ren assumiu um leve traço de amargura quando ela correu para abraçar cada um deles.

— Certo. Cuidem-se. Obrigada por me trazerem. — Ela se esticou para beijar as bochechas curtidas pelo sol. — Não se preocupem, eu me lembro das regras.

Com mais um *Seja esperta, Ren,* e um último olhar para alertá-la dos perigos da vida na cidade, Steve gesticulou para que Gloria os levasse de volta lá para fora.

Ren ajoelhou na cama, olhando pela janela para assistir aos pais entrarem na picape e desaparecerem pelo mesmo caminho que tinham vindo. A apreensão esvoaçou dentro de seu peito feito abelhas na colmeia. Ela *estava ali.* Virou-se, pronta para mergulhar na vida universitária. Brotaram mais cem perguntas para Miriam, cada uma exigindo resposta.

Porém a colega de quarto falou antes.

— Seus pais parecem bem tranquilos.

Havia um peso nas palavras dela que Ren não pôde traduzir.

— Tranquilos?

— Fáceis de conviver.

Miriam foi sentar na cama, cruzando as pernas. Apoiou os cotovelos nos joelhos, pousando o queixo sobre os dedos como se fosse realizar uma prece. Com a camiseta preta, legging preta e esmalte preto, ainda que descascado, nos dedos dos pés e das mãos, Miriam parecia para Ren uma linda sombra saída diretamente do mundo de Bram Stoker para os dias de hoje.

Ren sorriu.

— Ah, eles são *muito* fáceis de conviver. Quer dizer, com tudo o que temos acontecendo em casa, tenho sorte de me deixarem fazer isso.

As sobrancelhas escuras de Miriam se franziram, os lábios vermelhos como sangue se achatando.

— Eu estava sendo sarcástica. Eles pareceram bem intensos.

— Ah. — Sarcasmo. Certo. Ren nunca fora muito boa em perceber isso. — Eles não gostam muito da cidade — explicou.

Não faltava inteligência a Ren. Ela tinha lido literatura contemporânea suficiente para saber que sua criação não era convencional e tinha certeza de que Miriam não seria a última pessoa em Corona a notar, ou mesmo chamar a atenção para alguma estranheza. Ren não se vestia como outras mulheres de sua idade; tudo o que vestia era feito artesanalmente ou comprado de segunda mão. Não assistia à TV nem ouvia rádio; não entenderia muitas das gírias ou referências culturais na escola. Sabia que a maioria dos calouros na universidade não tinham 22 anos, e sabia que uma quantidade ainda menor deles seria obrigada a ir para casa ver os pais aos fins de semana. O calouro moderno ganhava cerca de sete quilos no primeiro ano da faculdade e descobria seus limites com o álcool. Eles flertavam e "ficavam", e perdiam a virgindade com pessoas que depois partiam o coração deles.

Ren, porém, também sabia que a maioria dos calouros não sabia construir um mata-moscas usando uma pilha de seis volts, algumas cavilhas de madeira e uma luz negra, ou criar um gerador portátil com um painel de energia solar recuperado do ferro-velho do condado e um inversor de vinte dólares. Haveria mais de um jeito de Ren não se encaixar. Seu objetivo era mostrar para cada pessoa que conhecesse que ela tinha algo único a oferecer, e que queria aprender com eles também.

Miriam se alongou e rolou para deitar de barriga para baixo, deslizando o polegar por uma tela pequena. Ren esticou o pescoço para enxergar melhor a pessoa que Miriam estava assistindo se maquiar.

— Você tem um celular seu?

Miriam ficou imóvel antes de virar lentamente a cabeça. Um *Como é?* sem entonação saiu de sua boca, carregado num sorriso incrédulo.

— Na sua mão. É seu?

A colega de quarto piscou.

— Sim...?

— Já vi algumas pessoas com eles na feira, e já li a respeito. Mas nunca segurei um. A tecnologia é espantosa.

— Ouvi dizer que você vinha de uma fazenda — disse Miriam. — Eu... — Ela gesticulou, imitando uma explosão saindo de sua têmpora. — Tipo, nem sei como processar o fato de você nunca ter segurado um iPhone na mão.

Ainda assim, ela não ofereceu o dela, e Ren anotou mentalmente: As pessoas se sentem protetoras em relação a seus aparelhos.

— Você morou aqui o ano todo? — indagou Ren.

— Foi.

— Quem era sua colega de quarto antes?

Miriam não levantou a cabeça.

— O nome dela era Gabby. Ela bombou.

— O que isso quer dizer?

— Quer dizer que ela foi reprovada.

Certo, então era basicamente o que Ren tinha pensado.

— Como?

Miriam riu.

— Hã, por não ir nunca para a aula?

— Ah. — Ren analisou a outra mulher, tentando entender. Alguém se matricula na faculdade para... não ir para a faculdade? — Por que ela não ia?

— Como é que eu vou saber?

— Eu não entendo.

— Bom — disse Miriam —, então somos duas.

— Ela era legal?

— Acho que sim.

— O que ela estudava?

Miriam soltou o ar numa risada.

— Obviamente, não estudava nada.

— O que eu queria dizer era só... — Ren deixou o pensamento incompleto. *Talvez Gabby só não tivesse encontrado a coisa certa,* quis dizer, mas não se deu ao trabalho. De alguma forma, de repente, a ideia de que havia uma paixão enterrada dentro de todo mundo lhe pareceu muito ingênua. — Onde você cresceu?

Miriam mordeu o lábio e olhou para Ren.

— Desculpe. Não estou sendo rude de propósito; só preciso mesmo fazer isso aqui agora.

Ela apontou para a tela do telefone, onde a pessoa desenhava uma flor na pálpebra, e depois colocou um fonezinho branco em cada orelha antes de virar de frente para a parede.

Ren puxou o baú de onde Steve o colocara, ao lado da cama, e começou a guardar suas coisas. Por cima estavam seus bens mais valiosos: um kit de pincéis novos, tubos de tinta a óleo e lápis de cor, papel espesso e blocos de desenho. Embrulhada com cuidado, logo abaixo deles, estava a preciosa pintura que pendia acima de sua cama desde que ela tivera a capacidade de colocar a memória na tela: faíscas iluminando o céu noturno. O estilo parecia amador comparado ao que Ren era capaz de criar agora. As centelhas pareciam botões de flores em suas pinceladas infantis, e o crepúsculo azulado não captava nem de longe o esplendor do céu em sua memória; as estrelas não eram nem de longe tão bem definidas. Ainda assim, a pintura tosca conseguia transmitir a cena tatuada permanentemente no interior de suas pálpebras. Uma vez pintadas as brilhantes explosões de luz, ela nunca mais parou: Ren pintara a mesma cena nas paredes do quarto, na cabeceira da cama entalhada à mão, no interior do celeiro, na parte externa do galinheiro e, é claro, em páginas e mais páginas de cadernos.

Presumindo que não tivesse permissão para colocar pregos nas paredes do dormitório, Ren apoiou a tela em sua mesa e começou a desempacotar todo o resto: roupas, uma toalha, suas roupas de cama, a escova, escova de dentes e creme dental, e seu presente de "a caminho da faculdade": uma barra de seu sabonete de mel preferido, comprado na feira e embrulhado em papel encerado. Tudo foi guardado organizadamente no armário em questão de minutos.

Soterrada sob tudo aquilo estava sua amada coleção de ficção. Willa Carter, James Joyce, Zora Neale Hurston, Jane Austen, Agatha Christie, Franz Kafka e Shakespeare, todos encontrados no sebo local ou na feira de antiguidades. Cada um deles — fosse um capa dura resistente ou uma brochura muito amada — foi cuidadosamente alinhado na prateleira superior da mesa que era nova para ela, com a segunda prateleira reservada para os textos de referência preferidos: *Dicionário de Inglês Oxford*; *Thesaurus,* de Roget; *Elementos de estilo,* de Strunk; *Botânica,* de Kovac; *Manual de funções matemáticas,* de Abramowitz; *Manual CRC de Química e Física; Gray's anatomy,* de Henry Gray; *Cosmos,* de Sagan; *A teoria de tudo,* de Hawking; *Chinês integrado*; *Gramática avançada de francês,* de L'Huillier; *O dicionário de espanhol/inglês e inglês/espanhol do novo mundo*, e seu muito manuseado conjunto de livros técnicos em alemão.

Ren deu um passo para trás, analisando. Ao contrário da metade do quarto pertencente a Miriam, este espaço ainda não parecia habitado, mas logo pareceria. O último item do baú — seu pequeno relógio de corda — foi colocado bem no meio da mesa, onde tiquetaqueou, reconfortante, dizendo a Ren que ela tinha quinze minutos até precisar sair para...

— Ele vai fazer isso para sempre?

Virando-se, Ren encontrou a colega de quarto olhando para ela.

— Quem vai fazer o que para sempre?

— Esse relógio. — Miriam apontou para a mesa de Ren com o queixo. — Esse tique-taque alto.

O estômago de Ren ficou pesado.

— Isso vai ser um problema?

— Soa como uma bomba. Sabe, já fazem relógios digitais neste século.

Dessa vez, Ren interpretou o tom da colega de quarto com facilidade e sua confiança balançou.

— Vou dar uma olhada nisso.

Com um suspiro, Miriam deitou de barriga para cima.

— É só pedir um na Amazon.

Ren parou, certa de ter ouvido errado.

— Pedir um relógio na Amazônia?

Miriam soltou uma risada incrédula.

— Na *Amazon*. É um site de compras. — Ela batucou os polegares com rapidez na tela e depois virou o telefone para Ren ver. — Por, tipo, doze dólares, ele chega amanhã.

Ren não sabia como dizer a Miriam que doze dólares era mais ou menos tudo o que ela podia gastar em um mês, jamais nos primeiros vinte minutos no campus.

— É uma boa ideia — disse, com um sorriso agradecido. — Definitivamente, vou pedir um.

Por enquanto, porém, ela abriu a parte de trás do relógio e desconectou o mecanismo dos ponteiros. Por sorte, ainda tinha o relógio de pulso — com corda, por força do hábito, e sempre confiável —, mostrando que ela tinha apenas um punhado de minutos para chegar aonde precisava ir.

Ren se abaixou para olhar pela janela e, como se o céu se exibisse para ela, estalou o rugido de um trovão e as nuvens se abriram num temporal.

Uma risada veio do outro lado do quarto.

— Bem-vinda a Spokane.

— Foi o que ouvi.

Sorrindo, Ren tronçou de novo os cabelos compridos, enrolando a trança num coque que coube debaixo da touca.

A voz da colega de quarto se ergueu outra vez no silêncio.

— Seu cabelo é muito bonito.

— Obrigada.

Ren tinha uma relação estranha com a beleza; na sua cabeça, força e capacidade eram belas, mas as fotos nas revistas nas prateleiras da lojinha de bugigangas Hill Valley com frequência exibiam modelos com bronzeado falso, emaciadas, fitando a distância, sem foco. Desconhecidos elogiavam tanto o cabelo dourado de Ren que lhe chegava à cintura a ponto de só lhe restar acreditar que ele fosse mesmo bonito, mas, quanto ao resto dela, nunca tivera a menor ideia.

Miriam observou Ren colocar um casaco grande.

— Aonde você vai?

Ren olhou por cima do ombro enquanto calçava uma bota.

— Tenho um encontro com outro aluno no escritório da secretaria daqui a dez minutos.

Miriam se sentou, a atenção subitamente desperta.

— Com quem vai se encontrar?

Ren pegou a folha de papel no bolso do casaco, dando uma olhada rápida.

— Não diz aqui.

Para si mesma, leu a breve carta do reitor mais uma vez.

Ren,

Estamos honrados em lhe dar as boas-vindas à Corona College. Estou ciente de que esta será sua primeira experiência com qualquer tipo de estabelecimento de ensino, mas os resultados de seus testes me deixam mais do que confiante de que está à altura da tarefa.

Combinei para que um aluno se encontre com você no escritório da secretaria, no átrio de Carson Hall, às 13h30 de 31 de janeiro, um dia antes do início das aulas do período de primavera. Ele fará com você uma visita guiada pelo campus.

Por favor, passe no meu escritório em algum momento da sua primeira semana aqui para que possamos conversar. Sei que o jornal do campus está interessadíssimo em falar com você! Sua história é bem singular.

Caso tenha alguma pergunta, por favor, não hesite em entrar em contato.

Cordialmente,
Dr. Yanbin Zhou, PhD
Reitor da Corona College

Seu estômago revirou, desconfortável ante a perspectiva de entrevistas com o jornal universitário, mas, depois de tudo que o dr. Zhou fizera por ela, encontraria um jeito de encaixar isso com as regras dos pais... de alguma forma.

— Diz se é ele ou ela? — perguntou Miriam.

— Ele. — Ren levantou a cabeça. A expressão da colega de quarto era de plena atenção. — Que foi? — perguntou. — Será que eu não deveria ir?

— Vá, sim, definitivamente. Acho que você vai conhecer o Fitz.

— Aqui não diz Fitz.

— É o Fitz. Se o reitor arranjou, com certeza é ele. O reitor Zhou adora o Fitz.

— Devo ficar com medo?

Miriam riu.

— Só se homens extremamente sexy e carismáticos te derem medo.

Ren aproveitou na mesma hora a chance de acompanhar a brincadeira.

— Sexy tipo John Travolta? Ou tipo Patrick Swayze?

Miriam caiu na gargalhada.

— Ai, meu Deus, Ren, você é uma viagem! — Ela deslizou para fora da cama e se aproximou, digitando algo no celular. — Você já viu Austin Butler?

— Quem?

Ela virou o celular de frente para Ren.

— Ele interpretou Elvis.

— Ah — disse Ren, franzindo a sobrancelha. — Só vi a versão do Kurt Russell para o Elvis. — Miriam a encarou e Ren obedientemente voltou os olhos para a tela, dizendo: — De fato, ele é muito bonito.

— Se pegar a pura confiança de Florence Pugh, a estrutura óssea de Austin Butler, o charme de Jenna Ortega e multiplicar tudo pela sensualidade natural de Timothée Chalamet, o resultado seria Fitz.

Ren não fazia ideia de quem era nenhuma dessas pessoas, mas concordou.

— Isso soa muito sexy mesmo.

— Ele está no último ano, e todo mundo se apaixona por ele. Mas é uma armadilha, Ren.

— Uma armadilha?

— Ele é charmoso pra diabo e vai flertar com você até te pegar. E isso é tudo o que ele quer.

Empalidecendo, Ren chacoalhou a cabeça.

— Eu acho que não...

— Está me ouvindo? — Miriam a interrompeu, apontando um dedo em alerta. — Seja esperta. Porque o ego dele é maior do que o Alasca.

A mulher bem mais alta que ela flexionou os joelhos para as duas ficarem olho no olho.

— Você é do Alasca?

— De Idaho.

— Bem, presumo que saiba quanto o Alasca é grande.

Ren assentiu, fortalecendo-se mentalmente para a ideia de encontrar um homem atraente com um ego de quase dois milhões de quilômetros quadrados.

— Muito bem. Então não deixe que ele te seduza.

Um rubor subiu pelo pescoço de Ren.

— Ai, minha nossa, pode parar de sugerir isso?

— Estou falando sério. Ele só vai partir o seu coração.

Atrapalhada, Ren se virou para abrir a porta e escapar. Porém, quando estava a apenas alguns passos de distância, Miriam se inclinou para fora da porta.

— Ren!

Ela se virou.

— Oi!

A voz da colega de quarto reverberou para todos os lados no corredor lotado:

— Não deixe aquele sujeito te fazer tirar a calça!

Ren sentiu todos os olhares pousando em suas costas enquanto caminhava pelo corredor em uma linha reta até a escada. Ela estudara em todos os momentos de seu tempo livre — estudara ainda mais nesses últimos meses de preparo para a universidade. Mas uma nova verdade tornava-se evidente com rapidez: para algumas coisas na vida, era impossível se preparar.

CAPÍTULO TRÊS

REN

Ren deu um passo para fora de Bigelow Hall e a chuva pareceu cair de um imenso balde virado no céu. Neste último dia de janeiro, o vento não era nada comparado ao que podia chegar no meio dos campos, mas ali a chuva caía de lado, com os prédios pressionando tudo e depois empurrando adiante como uma boca colossal soprando um milhão de dardos gelados. Ela enrolou o cachecol em volta do rosto, deixando apenas os olhos visíveis sob a touca, fechou o zíper do casaco e cobriu toda a cabeça e o pescoço com o capuz gigante.

Um passo, depois dois. Na luz difusa do meio do dia, o mundo parecia ao mesmo tempo grande demais e muito pequeno; a calçada molhada se estendia em todas as direções, e no entanto, a um quarteirão de distância, ela já se enevoava de sua visão. Ren se sentia feito um rato cego no centro de um labirinto. Seus batimentos cardíacos eram um galope nos ouvidos.

— Você consegue, Rennie — murmurou ela, pegando o mapa dobrado do campus que havia imprimido na biblioteca de Deary na semana anterior, quando seu pacote de orientação para novos alunos chegara, protegendo-o da chuva com o corpo.

Ela havia circulado todos os lugares importantes a que precisava chegar: Bigelow Hall, o escritório da secretaria, serviços de refeições e cada um dos prédios onde os seis cursos que faria eram dados. O escritório da secretaria, onde ela encontraria esse tal Fitz com o ego do tamanho do Alasca, encontrava-se dentro de Carson Hall, que no mapa parecia estar a apenas alguns prédios dali. Ainda assim, era difícil se localizar. Não havia os pontos de referência habituais por ali — as colinas a leste ou o longo trecho de álamos a oeste. O sol não estava visível, e o rio estava oculto pelos prédios. Ali havia apenas estruturas, calçadas e asfalto numa extensão aparentemente uniforme de concreto molhado, não importando para que direção ela olhasse.

Mas sua direção, segundo o mapa indicava, era para a direita. Depois do gramado Willow, depois do Stills Center, até o prédio que ficava de frente para o pátio principal. Ren abriu a porta de Carson Hall com todo seu esforço e entrou, sendo logo selada no átrio escuro e quieto.

Chacoalhando as gotas de chuva do casaco e batendo os pés para tirar a água das botas, olhou para cima, para as sombras do interior do edifício. Para a véspera do início do período de primavera, estava surpreendentemente quieto, ecoando em seu vazio. Bem quando a porta externa se fechou, outra se abriu em algum ponto no andar acima do dela, e o som foi seguido pelo guincho de tênis correndo sobre pedra. Do segundo andar do edifício e descendo pela ampla escadaria central surgiu uma figura — um homem — de cabelos escuros e macios, e ombros tão largos que Ren teve a impressão imediata de que ele seria capaz de carregar um bezerro recém-nascido com facilidade.

A luz difusa do janelão atrás dela caiu sobre o rosto dele quando se aproximou e, se essa pessoa caminhando na direção de Ren era Fitz, ela deveria ter prestado mais atenção a Miriam, deveria ter feito mais perguntas: o que ele estudava, de onde vinha, quais exatamente eram seus truques. A chave para a sobrevivência, Steve sempre dissera a ela, era saber tudo o que podia sobre todas as possíveis ameaças que talvez encontrasse. E o modo como seus batimentos cardíacos reagiam a este homem, com aquele rosto e aqueles ombros, gritava ALERTA, AMEAÇA PRÓXIMA.

Ele veio correndo até parar a alguns metros dela e tirar um fone de ouvido branco de uma das orelhas.

— Ryan?

— Ren — corrigiu ela, tremendo dentro do casaco volumoso.

Não que ele fosse tão bonito — embora fosse, com os cabelos desgrenhados que ele colocara atrás de uma orelha, e braços fortes se estendendo da camiseta e fazendo Ren pensar que ele seria muito útil nos campos. Era o jeito com que os olhos castanhos e cálidos a analisavam com tanta firmeza sob as sobrancelhas escuras e espessas, como se pressentisse um segredo nela cuja existência ela mesma desconhecia.

Ela empinou o queixo.

— Meu nome é Ren Gylden.

— *Gesundheit* — gracejou ele.

— É sueco.

Ele abriu um meio-sorriso indulgente.

— Parabéns.

Ela estendeu a mão enluvada para ele apertar e, depois de olhar um tempinho para o gesto, confuso, ele tornou a sorrir e apertou a mão com alegria.

— Como vai você? — disse ele, com uma formalidade zombeteira. — Eu me chamo Fitz.

— Fitz de quê?

— Só Fitz.

— Bem, Só Fitz — Ren soltou uma risada da própria piada —, é um prazer conhecê-lo.

Fitz piscou, olhando dela para a porta.

— Então, hã, Suécia, está se transferindo de algum lugar?

Ela se aprumou, tendo se preparado para isto.

— Não estou me transferindo, não. — Sua voz saiu abafada por trás de todas as camadas. — Essa vai ser minha primeira experiência numa instituição de ensino.

O olhar de Fitz voltou para ela de súbito.

— Isso é uma merda de uma zoeira, né?

— Hã, é. Não. — O rosto de Ren corou com a profanidade. Ela lera quase todas as palavras... Provavelmente, lera esta em específico em múltiplos idiomas, mas raramente a ouvira dita em voz alta. Até os palavrões nos filmes em casa tinham sido cortados. Infelizmente, não conseguia dizer aquilo. — Nenhuma meeer... Cocô.

Fitz riu, abaixando o olhar para a roupa dela, chamando atenção para o fato de ela ainda estar toda embrulhada no casaco, escondida pelo capuz, enrolada no cachecol.

— Você acaba de chegar de Iditarod ou algo assim?

— Idaho, na verdade.

Ren empurrou o capuz para trás, desenrolou o cachecol e então abriu o zíper da parca pesada, retirando a peça e a touca também para soltar a trança com uma sacudidela de cabeça. Alguns fios ainda continuaram colados no rosto, e ela os afastou com a mão molhada e grudenta, virando-se depois para ele.

Quando os olhares deles se encontraram, Ren se sentiu subitamente nua com o jeito como a expressão dele ficou vaga, o jeito como encarou seu rosto, enfim exposto.

Ele exalou um *ah* baixinho.

— Que foi?

Ela tentou ficar tão imóvel quanto era possível sob a inspeção dele. Fitz abaixou o olhar para ver o que ela vestia; Ren escolhera suas peças favoritas de uma visita recente a uma loja de consignação — uma camiseta listrada de vermelho e verde, e calça jeans azul-clara, com lindas flores rosa e amarelas bordadas à mão descendo pela lateral. Sentira-se bem naquela manhã quando se vestira, mas sua confiança estava sumindo quanto mais ele a encarava.

— Que foi? — perguntou ela de novo, por fim.

Ele piscou, apagando a expressão vazia e surpresa, e seu rosto se transformou diante dos olhos dela. Uma sobrancelha se arqueou, os olhos se derreteram e os lábios subiram num sorriso de lado.

— O que vai fazer depois?

Ren piscou, confusa.

— Depois de quê? Da visita guiada?

— É. Depois. Eu poderia responder a qualquer pergunta que tivesse lá no Night Owl. — Ele passou a língua nos lábios de uma maneira que a distraiu. Será que ela já tinha reparado na boca de algum homem? Eram todas assim, carnudas e macias? — Por acaso, conheço um dos bartenders de lá: eu mesmo. E ele faz uns coquetéis ótimos. A gente podia passar um tempo juntos.

Confusa, Ren estreitou os olhos para ele.

— Não está aqui para responder às minhas perguntas agora?

— Claro. — Ele deu um passo mais para perto e Ren se endireitou, sentindo-se corada e nervosa. — Mas talvez haverá muitas coisas em que você vai pensar mais tarde, longe do campus — disse ele, dando de ombros. — Não precisa ser sobre as aulas. Podíamos só nos conhecer.

— Isso é muito gentil, mas... — Ela deu uma olhada rápida pelo átrio, se perguntando o que havia naquele momento que a fazia se sentir como se estivesse indo contra as regras dos pais. — Na verdade, não devo ir a bares.

— Não se preocupe, Suécia. Eu posso te colocar lá dentro.

— Não é isso. São meus pais. Eles proíbem.

Ele estendeu a mão, passando um longo fio do cabelo molhado dela pelos dedos.

— Eu não contaria.

Fitz tinha um rosto muito expressivo e, naquele momento, olhava para ela como um lobo examinando um cordeiro. A única outra vez em que se sentira desse jeito — febril, o coração disparado, arrepios percorrendo os braços — era quando lia romances, escondida num canto escuro do celeiro ou debaixo de sua árvore favorita, bem longe no pasto leste. Nunca antes se sentira assim na presença de outra pessoa.

— É, mas *eu* saberia.

Com essas palavras, o olhar de Fitz aos poucos ficou límpido, e soltou o cabelo dela.

— Sério?

— Sério o quê?

— Estou te chamando para ir tomar uns drinques e... — Ele acenou com a mão diante do próprio rosto. — Nada? Nem uma palpitação?

— Não sei o que quer dizer. Palpitação, como assim?

Fitz a encarou por um instante prolongado.

— Devo estar num dia ruim. — Lá estava outra vez, o meio-sorriso que fazia Ren pensar num vampiro, insinuando o vislumbre de uma única presa. Erguendo o queixo na direção da escada, ele disse: — Vamos lá imprimir seu cronograma de aulas.

— Na verdade, não precisa. Já imprimi.

Ren mudou o casaco de posição nos braços, cavoucando o bolso lateral para tirar de lá um envelope pardo.

O rapaz lentamente o tirou dela, fitando seu casaco.

— Estava com tudo isso aí?

— Pode apostar. Consigo colher os vegetais de que preciso para o jantar, atirar num faisão e guardar tudo nesse casaco para carregar para casa.

O lábio de Fitz se curvou e ele afrouxou a mão que segurava o envelope, de modo que ele ficou preso apenas entre as pontas de seu polegar e do indicador.

— Você carregou um pássaro morto naquele bolso?

— Ah, vários deles — corrigiu ela, orgulhosa. — Nós caçamos o jantar quase sempre. Eu diria que sou a melhor atiradora do condado. — Com uma risada, ela compreendeu a expressão dele. — Eu lavei o casaco depois disso, bobinho. — Ren pegou o envelope, tirou de lá a página com a lista de matérias e entregou-a para ele. — Essas são as minhas aulas. Não se preocupe. Esse papel não tem resquícios de pássaros mortos.

Ele leu a página uma vez, a testa se franzindo, e depois leu de novo.

— Você teve aulas em casa em todas as séries? De verdade?

Ren pensou por um momento sobre como responder sem contar a ele nada pessoal demais.

— Tenho certeza de que lhe é incomum dar para alguém como eu, que nunca esteve num campus universitário, uma visita guiada para calouros. — Ela engoliu em seco. — Tenho 22 anos e sei que a maioria dos calouros daqui começa aos dezoito e esteve na escola com vários colegas desde o jardim de infância. Mas lhe asseguro que passei muito tempo pesquisando os mapas e a grade de aulas do campus, e basicamente compreendo o que se espera de mim. O que me interessa é algum conselho sobre algo que tenha aprendido no caminho a respeito de como equilibrar as demandas de diversos cursos, ou se existem algumas coisinhas menores que eu deva saber. Com quais professores preciso ter mais cuidado e os melhores lugares para estudar. Apenas no campus, claro.

Lentamente, ele voltou sua atenção para Ren de novo. Uma centena de perguntas passaram pelos olhos dele antes que escolhesse, no final:

— Você nunca esteve num campus universitário?

Ren negou com a cabeça. O maxilar de Fitz formou um ângulo agudo enquanto ele tornava a olhar para a lista de cursos.

— Como sabe que isso está correto? Esta é uma carga bem intensa de cursos.

Ren se inclinou para olhar também.

— Escolhi aulas de uma lista recomendada pela secretaria.

— Porque você é mais velha — disse ele. — Devem ter presumido que era uma transferência.

— Acho que não... — argumentou ela. — Eu fiz um monte de testes de colocação.

— Testes de colocação? Tipo o quê?

Ela olhou para cima, pensando.

— Acho que foram as provas finais do período de outono para Cálculo, Francês, Mandarim, Microeconomia, Química Orgânica II, Química Molecular...

— E você passou?

— Sim, claro.

Ele deslizou a ponta do indicador pela lista.

— Por que vai estudar Introdução ao Mandarim, então?

— Eu só sei ler e escrever — admitiu ela. — Nunca tive uma conversa com ninguém. Não sei se a minha pronúncia está correta porque não temos um CD player, e os livros didáticos só escrevem a pronúncia fonética.

O silêncio se estendeu entre eles e Fitz mordeu o lábio, resolvendo algo.

— O meu... o meu cronograma está certo? — perguntou ela, afinal.

Fitz assentiu, os olhos presos à página em sua mão.

— Você está no meu seminário de Imunologia.

— Que ótimo!

Ele voltou levemente à consciência, a sobrancelha franzida substituída por um sorriso, e houve aquela mudança de novo, ele saindo de um corpo e entrando em outro.

— É, é *ótimo*. — Fitz piscou para ela, aproximando-se. — Vamos começar a visita.

CAPÍTULO QUATRO

FITZ

Com toda a honestidade, Fitz achava que todo mundo no campus era um trouxa.

Alunos da Corona, o corpo docente e os funcionários olhavam para ele e viam Fitz: o playboy do campus, capitão de futebol, o queridinho dos professores, o carinha com a bolsa de estudos acadêmica. Viam um aluno do último ano prestes a se formar com média altíssima, um papai rico e uma família amorosa. Olhavam para ele e viam um futuro dourado.

Presumiam que ele tirava só notas máximas porque era geneticamente premiado.

Presumiam que ele tinha crescido jogando futebol nos gramados bem-cuidados de Clyde Hill.

E presumiam que ele dava as visitas guiadas aos novos alunos porque o reitor Zhou estava tão encantado por ele que pedia a Fitz que desse as boas-vindas a alunos de vez em quando, e que ele concordava pela bondade de seu coração.

Viu? Trouxas.

Na realidade, o programa de estudo e o trabalho era apenas um dos vários bicos de que Fitz precisava para manter a cabeça acima da água e a conta bancária no azul. Ele também trabalhava como bartender no Night Owl e, no tempo livre, ajudava um grupo de octagenários de óculos grossos com seus problemas tecnológicos.

Vovozinhas meigas que ficavam desajeitadas quando o celular parava de funcionar e não percebiam que ele estava apenas descarregado. Vovozinhos apaixonados por trocadilhos que chamavam Fitz para ajudá-los a consertar um computador de mesa "quebrado" sem se dar conta de que tinham apenas desligado e religado o monitor várias vezes. E tudo em que Fitz podia pensar enquanto observava a garota de nome sueco saltitar na sua frente pelas calçadas do campus, apontando para edifícios e recitando nomes de arquitetos e curiosidades sobre o granito usado nessa ou naquela estátua, era que Judy, Bev, Dick e Joyce adorariam essa menina.

Infelizmente, a universidade era outra coisa, bem diferente e, se Suécia continuasse com essa coisa de fazendeira-prodígio no campus, seria devorada viva.

— Opa, opa, Relâmpago Marquinhos — chamou Fitz quando ela conseguiu saltitar meio quarteirão na frente dele. Ela se virou, os braços esticados para os lados naquela jaqueta ártica antiga. — Pare e dê uma olhada. — Ele apontou para a direita. — Aqui é onde acontece sua aula de Música.

Ren deu uma corridinha de volta e seguiu o braço esticado de Fitz para o edifício diante deles. Teve que virar a cabeça para cima quase até o céu para poder enxergar sob aquele capuz enorme.

— Ah! A mansão Blackburne! Sabia que essa casa foi construída em 1898?

— Sabia, sim.

De fato, ele não fazia ideia, embora a informação provavelmente estivesse em itálico e sublinhada em algum lugar num panfleto de treinamento que o reitor Zhou lhe entregara em algum momento.

Ela sorriu, animada pelo que pareceu interpretar como o entusiasmo de Fitz.

— E no final da década de 1940, a universidade a comprou e ela se tornou o edifício que abriga o conservatório de música. Reza a lenda que já foi assombrada.

— História bacana. — Fitz bateu palmas uma vez, aliviado por terem chegado ao fim da caminhada pelo campus e ele poder ir para o trabalho. Sacou o celular do bolso para conferir o horário. — Bem, você tem aula aqui às terças e quintas de manhã, às dez.

— Você entraria numa casa mal-assombrada? — perguntou ela.

Ele desviou a atenção, antes voltada para o iPhone.

— Como assim?

— Uma casa mal-assombrada. — Ela apontou para a mansão outra vez. — O padre que dava aulas aqui dormia no escritório dele para tranquilizar os alunos de que não havia fantasma algum.

— E? Ele estava certo?

— Não. No final, teve que realizar um exorcismo.

Fitz riu.

— Um exorcismo, hein?

— Pois é. Também acho que eles são inventados, mas, mesmo assim, não sei se teria coragem suficiente para dormir numa casa vazia que todo mundo acha que é mal-assombrada.

A garota sorriu, revelando dentes perfeitos e a covinha na parte baixa da bochecha, e mais uma vez ele se perdeu na beleza absoluta de seu rosto.

Ren era, sem dúvida, a mulher mais linda que Fitz já vira. Tinha olhos verdes enormes e brilhantes, que pareciam vê-lo por completo, de uma só vez, sorvendo tudo diante dela. Talvez fosse isso o que o deixava tão desconfortável em sua presença — aquela sensação de que ela podia ser a primeira pessoa no campus a vê-lo por dentro e enxergar toda a sua baboseira infinita e podre. Ela era pequena, não entendia absolutamente nada de flerte, e se vestia como se sua única fonte de roupas fossem peças herdadas de uma tia muito mais velha, mas, quando abrira o zíper do casaco mais cedo, ele registrara que ela tinha um corpaço por baixo de todas aquelas camadas cafonas. E ainda havia o cabelo. Parecia ter vida própria de alguma forma, um dourado de um tipo metálico nos raros vislumbres de sol que haviam tido até então. Apesar de estar preso numa trança pesada, um pouco dele havia se soltado, e era inquietante quantas vezes pensara em estender a mão e tocar aqueles fios.

O problema era *ela*. Era Fitz quem estava dando a visita guiada, mas se sentia como se estivesse numa excursão conduzida por um golden retriever com um PhD. Ela cantou uma musiquinha nomeando todos os elementos quando passaram pelo pátio de Ciências; recitou todo o preâmbulo da Constituição dos Estados Unidos quando ele apontou para ela o edifício de Ciências Políticas. Ela podia identificar cada árvore, flor e folha na área — e, para seu desalento, assim o fez, sem nenhum incentivo. Fitz cometeu o engano de expressar dúvidas sobre ela ser realmente fluente em sete línguas, e Ren começou a falar apenas em alemão, francês, italiano, espanhol e depois em holandês com ele pelos cinco minutos seguintes. A única vez em que fez uma pausa foi para lembrá-lo, em inglês, de que ela ainda não era boa em conversação em mandarim.

E aquilo nem era o pior. Ninguém gosta de um sabe-tudo, mas, se ela estivesse apenas despejando fatos e informações, Fitz poderia ter parado de prestar atenção. Eram as perguntas infindáveis que ele não podia ignorar. Onde ele tinha crescido, qual era sua especialização, qual era sua aula preferida, quem era seu professor preferido, se ele tinha um colega de quarto, qual era seu lugar preferido para comer no campus, qual era o lugar preferido para comer fora do campus, como era estar no programa de atletismo, se ele tinha um carro, se ia para casa aos fins de semana, se ia para casa nos feriados, se teria um emprego de verão, quais estados ele já tinha visitado, se já tinha viajado para fora do país, o que ele queria fazer quando se formasse, e assim por diante.

Ela era completamente irresistível, desde que não estivesse falando, o que, infelizmente, era nunca.

Retomou o foco, piscando, quando ela estava no meio de uma frase sobre o método exato do exorcismo da mansão Blackburne, achava ele.

— Certo, bem, Gwen...

— Ren.

— Ótimo, olha, você vai ter a chance de contar tudo isso para os colegas de classe quando fizer seu seminário de performance vocal aqui. — Ele fez questão de olhar o horário outra vez. — Vou comer alguma coisa antes do meu turno no trabalho.

Ren deu um passo adiante, a mão estendida.

— Bem, nesse caso, *Só Fitz* — ela deu uma risadinha e apertou a mão dele com mais firmeza —, foi muito bom te conhecer. Espero que nossos caminhos se cruzem outra vez.

— Provavelmente se cruzarão, já que ambos estamos em Bio 335.

— Isso mesmo. — E, bem quando ele se virou para levá-la de volta para o pátio, ela perguntou: — Posso me sentar com você amanhã?

Ele se virou de novo, encontrando o olhar inseguro de Ren, a sobrancelha franzida. A pergunta e o tremor na voz dela o fizeram parar. Era uma mulher sendo vulnerável e, se ele tinha um ponto fraco, era esse. Mas também se tratava daquela mulher lastimável em particular, e mesmo meia hora com ela tinha sido tempo demais. Fitz não conseguia imaginar três horas de aula e três horas de laboratório por semana com ela a seu lado, explicando cada detalhe ínfimo do material do curso.

Mas uma verdade mais profunda aflorou à superfície: ela também o deixava desconfortável. Fitz tinha um histórico perfeito em Corona até então, a nota mais alta em todas as matérias que cursara. Ele as obtivera com honestidade — bem, na maior parte do tempo —, e com charme e esperteza, quando a ocasião assim o exigia. Mas não fizera aquilo para ser o orador da turma ou por qualquer outro motivo relacionado a orgulho. Fizera isso porque o pai, o mais generoso doador vivo daquela universidade, deixara claro que nem seu dinheiro nem sua reputação estariam à disposição de Fitz para seu desfrute. E o fizera porque, desde o momento em que fora libertado do centro correcional para menores, quase sete anos antes, terminar no auge era seu único caminho para a redenção e a vingança. A maneira como Ren chegara, com notas perfeitas, disparando para os cursos mais avançados antes mesmo de começar, era a primeira ameaça real para seu plano. A última coisa de que precisava era uma rancheira autodidata estragando tudo no último período.

Portanto, ele a deixou com a única resposta em que conseguiu pensar:

— Não se preocupe, Suécia. Seja lá onde acabar ficando, vai dar tudo certo.

CAPÍTULO CINCO

REN

E m sua primeira manhã oficial como caloura universitária, Ren acordou sem despertador. O que era bom, supunha ela, considerando que não tinha mais um despertador. Miriam ainda estava dormindo, quase sobrenaturalmente silenciosa de seu lado do quarto, nada além de um tufo de cabelos pretos aparecendo sob o edredom fofinho. Por um instante, Ren cogitou segurar um espelho sob o nariz dela para conferir se respirava, mas também não tinha um.

Depois de sua primeira refeição sozinha num refeitório esmagadoramente lotado na noite anterior, ela caminhara pelo campus, decorando os caminhos e planejando sua agenda para o primeiro dia — a que horas precisaria estar de pé e de banho tomado, a que horas precisaria estar no escritório de atendimento ao aluno para pegar sua carteirinha de identificação estudantil, a que horas precisaria estar no refeitório no café da manhã para evitar a fila longa e francamente intimidante como a que enfrentara no jantar. Sentia o abismo imenso entre ela e os colegas — podia sentir na linguagem corporal deles quanto ela parecia estranha para todos com quem tentava conversar —, mas, enquanto caminhava, ela conheceu Joe, um homem mais velho que administrava as instalações de atletismo, quando ele passou por Ren num carrinho de golfe e lhe perguntou se ela precisava de ajuda. Não precisava, mas, quando perguntara a ele sobre o que fazia na faculdade, Joe lhe dera uma visita guiada completa em seu carrinho, além de um cronograma com todos os futuros eventos esportivos de inverno, uma camiseta para os jogos de basquete que dizia CANIL CORONA, um terrier de pelúcia e uma minibola de basquete de pelúcia.

Inquieta de tanto entusiasmo, Ren foi para a cama às nove, encolhendo-se de lado, mas dormiu intranquila na primeira noite longe de casa.

Sentia falta dos sons dos animais se assentando no curral, da cadência irregular do ronco de Steve mais adiante no corredor, e do tique-taque sempre presente do relógio. Mesmo assim, sabia que nada disso explicava de verdade por que ela não conseguia adormecer. Em geral, quando fechava os olhos, via faíscas e fogos de artifício detonando numa explosão dourada lá no alto. Na noite anterior, porém, quando os fechara, viu um campus se estendendo e hordas de estudantes zombeteiros e impacientes. Viu a si mesma sendo engolida por um mar de corpos, encurralada por todos os lados. Andando depressa demais ou devagar demais, tentando abrir a porta errada, fazendo as perguntas erradas.

Ren encarou o gesso texturizado do teto; na luz forte da manhã, deixou que seus olhos se desfocassem até ele se tornar uma tela em branco, lisa. *Podia pintar este quarto,* pensou. Pintar o brilho da faísca, as explosões de cor e luz no azul oceânico profundo do céu. Só de imaginar, isso já a acalmava. Ela se lembrou que amizades viriam, que ela aprenderia a rotina da escola e que, além das quatro paredes daquele quarto, estava o mesmo céu que ela tinha visto todos os dias de sua vida, igual ao de casa. Parecia diferente, mas ela tinha suas raízes exatamente no mesmo mundo, pronta para uma nova aventura.

Com esse pensamento, levantou-se da cama.

Anos atrás, Ren lera em algum lugar que viajantes deveriam se planejar para estar no aeroporto pelo menos uma hora antes do horário agendado para o voo, mas, pelo que parecia, o mesmo não valia para alunos e aulas. Mesmo vinte minutos antes de o seminário de Imunologia começar, os corredores estavam vazios.

O sangue de Ren zunia, vibrando de empolgação. Diante da porta trancada da sala de aula, ela curvou as mãos em volta da janelinha e espiou lá dentro.

— Deixe eu abrir isso.

Ren se virou e encontrou um homem numa camisa azul-marinho e calça combinando, com um molho de chaves preso no passador do cinto. Ele escolheu entre as chaves até encontrar a certa.

— Você é professor? — perguntou ela.

— Ah, Deus, não. — O homem riu, balançando a cabeça. — Meu nome é Doug. Sou só o zelador.

— Não existe isso de *só* um zelador — disse Ren. — Zelar vem da raiz latina *zelare*, que significa cuidar, proteger. Isso quer dizer que você cuida deste prédio, e todos dentro dele deveriam ser gratos pelo que você faz. — Ela estendeu a mão. — Ren Gylden, estudante.

Doug envolveu a mão dela em seus dedos grossos e a apertou, sorrindo-lhe.

— Um prazer conhecê-la, Ren. Tenha uma boa aula.

Quando ela se virou para olhar o interior da sala, todos os seus pensamentos ficaram distantes. Distraída, soltou a mão de Doug. Ela tinha visto alguns filmes que mostravam salas de aula como imensas salas de palestra com assentos ao estilo estádio — e tinha se preparado mentalmente para uma introdução extraordinária ao aprendizado nesses moldes —, mas a sala 205 de Hughes Hall não era assim. Ren passou a alça da bolsa por cima do ombro e entrou. A sala era menor do que ela esperava, com oito mesas compridas organizadas no formato de um U quadrado, todos os assentos arranjados na borda externa, de frente para o centro. Acompanhando uma parede havia uma abundância cintilante de janelas que davam para o lago Douglas e o rio Spokane mais além. As outras três paredes tinham quadros-brancos instalados de ponta a ponta, como se a classe fosse ficar coletivamente tão inspirada ali que suas palavras e ideias fossem se derramar em 270 graus ao redor da sala.

Ren não sabia muito bem como funcionava a ordem para se sentar na sala, se seria algo designado ou flexível, mas decidiu escolher um assento o mais próximo possível da frente, sabendo que talvez não tivesse a sorte — ou a precedência — para mantê-lo. Quando a primeira aluna entrou, Ren se apressou em explicar:

— Fico feliz em mudar de lugar, se este não estiver disponível para mim.

A mulher a encarou e depois fez questão de olhar para a sala vazia em torno delas.

— Acho que pode ficar à vontade — disse ela, bem-humorada, antes de escolher o próprio lugar no canto dos fundos.

De maneira similar ao que aconteceu com Miriam no dia anterior, o silêncio engoliu o espaço entre elas, e Ren se empenhou para sufocar cada uma das perguntas que tinha sobre o que esperar. Até então, se sentira como uma matraca com seus pares. Fitz fora irônico em seu silêncio; Miriam ainda era quase hostil no dela. Os outros universitários pareciam surpresos com as saudações amistosas de Ren quando passavam por ela na calçada. A mulher estava acostumada com outras pessoas mais quietas que ela — Steve ficava sempre em silêncio até tomar pelo menos duas xícaras cheias de café preto, e Gloria nunca fora muito de conversar, mesmo quando estava cheia de energia. Ren podia não ser muito metropolitana, mas sabia que nem todo mundo era animado de manhã. Porém, quando a outra aluna tirou sua jaqueta e revelou dois braços cobertos com as flores mais coloridas que Ren já tinha visto, ela não conseguiu se manter em silêncio.

— Ah, *minha nossa*! — A mulher levantou a cabeça, assustada. — Seus braços — disse Ren, levantando o queixo. — São *lindos*!

— Ah. — Algo duro no olhar da outra se desfez. — Obrigada.

— São as tatuagens mais bonitas que já vi — falou Ren. Havia dois irmãos na feira livre com tatuagens pelo braço todo e subindo pelo pescoço, mas elas não pareciam em nada com aquilo. — Eu nunca vi cores como essas.

— O cara que faz para mim é muito bom. — A mulher olhou para um dos braços, deslizando a outra mão com suavidade por toda a extensão dele. — Dei a ele meus rascunhos e ele copiou com perfeição.

Ren a encarou boquiaberta.

— Você que desenhou?

Ela anuiu, e Ren ficou sem fala. Ela vinha desenhando desde que conseguia segurar um lápis, mas nunca antes tinha considerado fazer arte para o próprio corpo. O modo como a outra mulher criara as flores e folhas se sobrepondo para encaixar perfeitamente com a curva do bíceps, o cotovelo, o afunilamento do antebraço para o pulso... Era mágico.

Ela interrompeu o silêncio aturdido de Ren.

— Como é seu nome? Eu nunca te vi por aqui.

— Ren. Hoje é meu primeiro dia.

— Transferência? — indagou ela, e Ren enrolou.

— Tipo isso.

— Meu nome é Britta. Passe o seu número, eu posso mandar o contato do meu tatuador por AirDrop.

Com uma careta, Ren confessou:

— Eu não tenho celular.

Britta recebeu isso com a quantia esperada de choque.

— Como?

— Nunca precisei de um — falou Ren, sendo franca.

— Puta merda, eu sabia que gente assim existia, mas nunca encontrei uma na natureza selvagem.

Ren gargalhou ao ouvir isso, e Britta sorriu em resposta enquanto outras duas mulheres chegavam e se sentavam nos fundos com ela. Em breve foram seguidas por um homem loiro e forte, que também começou a abrir caminho para os fundos da sala antes de ver Ren. Ela abriu um sorriso educado e ele se deteve, depois mudou de direção, sentando-se no lugar ao lado dela.

— Oi.

— Olá. Eu me chamo Ren.

Ela estendeu a mão e ele a encarou por um instante antes de apertá-la com firmeza.

— Eu me chamo Jeb.

A sala começava a encher depressa agora. Outro homem entrou e Jeb ficou de pé, saudando-o com uma combinação de abraço e tapa nas costas que Ren teve vontade de catalogar por escrito, porque pareceu ritualístico e importante.

O outro homem notou Ren e um sorriso lento curvou sua boca.

— Quem é sua amiga, Petrolli?

— Ah, ela? — disse Jeb, se sentando e passando um braço pesado em torno dos ombros de Ren. — É, essa é a minha nova amiga, Jen.

— Ren — corrigiu ela, baixinho.

— Ren — disse o segundo homem, com uma profundidade sedutora na voz. — De onde você vem, docinho?

Britta disse, do outro lado da sala:

— Não seja nojento, Nate.

Nate olhou para ela fingindo choque.

— Não estou sendo nojento, Britta, estou sendo *amistoso*.

— Bem, Nate, não seja amistoso *demais* — alertou Ren com um sorriso genuíno. — Sou nova aqui, então, como é que sabe se sou doce?

Ela se espantou quando as três mulheres no fundo da sala começaram a bater palmas.

— Essa foi incrível — falou Britta.

— Selvagem — disse Jeb.

— Eu sou selvagem? — perguntou Ren, surpresa, e ele sorriu para ela.

— Demais.

Um silêncio caiu sobre a sala, e Ren seguiu a atenção de todos para a porta, esperando o professor.

Mas não era o professor, era Fitz. Por um momento opressivo, o coração de Ren se esqueceu de como funcionar. Ela entendeu, em nível intelectual, por que todos ficaram quietos quando ele passou pela soleira e entrou na sala. Era alto sem ser imponente; suas feições eram belas, sem serem perfeitas demais. Ren imaginou desenhar um retrato dele e sabia que não conseguiria captar direito a linha reta de seu nariz, a definição correta do maxilar, a suavidade provocante e paradoxal nos olhos castanhos. Nenhuma postura que ela pudesse desenhar conseguiria capturar o jeito com que o tempo parecia desacelerar conforme ele se movia pela sala com confiança e tranquilidade. E, embora fizesse sentido para seu coração tropeçar, não fazia sentido para seu cérebro como poderia ter se distraído tanto com Fitz para perder a entrada do mundialmente famoso dr. Michel Audran.

Porque, quando Ren enfim desgrudou os olhos de Fitz e os voltou para a frente da sala, lá estava o homem em pessoa. Alto, de sobrancelhas espessas e com a boca numa linha reta e rígida que Ren vira em inúmeros livros didáticos, o dr. Audran olhava para a sala, esperando que todos se ajeitassem e ficassem em silêncio. Ren sentiu algo vital e sólido se revirar no peito.

Por tanto tempo ela se perguntara se haveria um momento cristalino de transição, em que Ren saberia em definitivo que sua vida começava de verdade. E ocorreu-lhe, quando o dr. Audran bateu palmas e os saudou com um simples *Bem, vamos começar*, que esse momento tão esperado, delicioso e perfeito era agora mesmo.

PERFIL ESTUDANTIL: A GAROTA DE OURO DA CORONA COLLEGE
por Allison Fukimora
com contribuições dos Redatores da Corona Press

Ela é diferente de qualquer um que você já tenha conhecido. Alguém da sua idade que nunca usou um iPhone, um notebook ou um iPad. Que nunca pisou num cinema. Que nunca esteve num avião, entrou numa Starbucks, ouviu falar de Taylor Swift nem nadou numa piscina com cloro. E, paradoxalmente, o motivo pelo qual ela concordou com esse perfil é também o mesmo pelo qual é improvável que ela o leia: ele só pode ser lido on-line, no Portal de Alunos e Professores da Corona College.

"Eu sei que soa antiquado", diz ela, "mas não uso internet, a não ser para as aulas. Fiz uma promessa". Seus olhos verdes sobrenaturalmente enormes encontram os meus, e sinto a mesma vontade visceral de protegê-la me percorrer, algo vivenciado por muitos de meus colegas, enquanto ela acrescenta, sincera: "Promessas têm valor, não têm?".

Seu anonimato foi uma condição para fazer este artigo, mas também foi fácil de assegurar, porque é irrelevante. Mesmo sem uma foto para acompanhar este perfil, qualquer um que tenha caminhado pelo campus neste último mês e meio sabe quem é a Garota de Ouro. Ela é o raio de cabelo loiro disparando com alegria pelo gramado Willow quando o sol enfim atravessa as nuvens. Ela é a bolinha de determinação debruçada sobre o mestre paisagista de Corona, ajudando-o a consertar a linha de irrigação perto da margem norte do lago Douglas. Ela é a estudante com a mão lá no alto em todas as salas de aula. E ela é, sem dúvida, uma das pessoas mais cativantes a lançar sua silhueta pelo terreno da escola.

Cativante agora, mas quase universalmente irritante a princípio. Esse é o consenso, pelo menos. *Nada descolada, ingênua, ansiosa demais* — essas são algumas das descrições usadas pelos alunos quando perguntei sobre a impressão inicial dela, e sempre com uma careta de culpa, como se confessassem um pecado, admitindo um defeito de caráter pelo simples fato de não a terem adorado desde o começo.

Mas faz sentido, não? Ela *tinha* que ser nada descolada — nasceu perto do lançamento do iPhone, mas foi total e propositalmente desplugada pela vida inteira. Ela *tinha* que ser ingênua — nunca havia frequentado nenhum tipo de escola antes. Ela *tinha* que ser ansiosa demais — levou meses para convencer os pais a deixarem que viesse para a universidade; estar aqui é literalmente o sonho da sua vida.

"Não, não, *todo mundo* aqui foi autodidata!", protesta ela quando sugiro que fez o impossível aprendendo matérias como Cálculo, Química Orgânica, Física, História Europeia e Mandarim Escrito por conta própria. "Todos vocês estavam aprendendo regras e logísticas complicadas sobre o mundo. Eu tenho que aprender tudo isso agora, e me sinto tão inteligente quanto um tijolo." Uma vulnerabilidade genuína passa por seu rosto de novo, mas, como sempre, ela sorri. "Eu me senti esmagada só de entrar na fila para o jantar naquela primeira noite! Não fazia ideia de como chamar o elevador em Hughes Hall. Meus pais diriam que sou autossuficiente, mas acho que meus colegas diriam que eu sou instruída, não esperta, e tudo bem, porque é verdade!". Com isso, ela ri.

E, falando nesses pais... Eles a criaram como parte de algum culto de isolamento, alguma seita religiosa? São extremistas políticos planejando a derrubada de nosso governo? Pelo jeito, não; segundo o relato dela mesma, os pais da Garota de Ouro apenas preferem seguir o próprio caminho no mundo. Construíram a própria casa e o celeiro. Têm vacas e cavalos, galinhas e porcos. Uma lagoa cheia de peixes, vários campos de cultivo para colher em três das quatro estações. Uma casa cheia de livros que a filha usou para se educar, além do que a maioria de nós poderia ter extraído do escasso currículo na escola pública. Isso é tudo o que ela compartilha sobre sua criação, mas nada do que ela me contou fez os pais parecerem isolacionistas radicais. Talvez só não gostem muito de gente.

Mas a filha deles gosta.

Ela está em todo canto e, depois de apenas seis semanas no campus, deixou uma impressão e tanto. Pergunte a qualquer estudante no pátio, e ele ou ela provavelmente terá uma história. Tem a história da noite em que ela encontrou o gato do reitor Zhou fora de casa com uma perna quebrada e colocou uma tala nele até que o gato pudesse ser levado para um veterinário no dia seguinte. Há o boato de que ela consertou a copiadora do escritório de admissões com um palito de dente, um pedaço de papel-alumínio e um grampo de cabelo. E, é claro, houve aquela tarde há cerca de uma semana em que ela fez o impossível e consertou a pipoqueira do cinema do campus, que a maioria do corpo estudantil presumia ser apenas uma obra de arte vintage. Ela faz parte do Coro Feminino de Corona, da Sociedade Agrícola Econômica, do Projeto Clima, do Conselho de Espírito Estudantil e de vários clubes de línguas estrangeiras. E daí se é um pouco esquisito que ela nunca coloque os pés para fora do campus, a menos que seja para ir embora com os pais toda sexta-feira, pontualmente às 17h? Ela tem permissão para ser um pouco esquisita, porque, tirando isso, ela é incrível.

E aí é que está: ela também é verdadeira e profundamente *gentil*. Gentil de um jeito que no início deixa a pessoa preocupada, como se as botas com ponteira de aço deste mundo fossem pisoteá-la até retirar isso dela. Mas, quando você a conhece e passa algum tempo com ela — e boa sorte arrumando esse tempo; quando ela está aqui durante a semana, tem quase todas as suas horas já agendadas —, percebe que, de fato, ela tem o tipo de gentileza que satura cada camada. O tipo de gentileza que divide de imediato o almoço com você quando o seu por acaso tem um inseto na alface. O tipo de gentileza que faz uma entrevista passar quase uma hora do horário marcado, porque ela tem tantas perguntas a fazer para você quanto você tem para ela. O tipo de gentileza que é genuinamente sincera quando faz a pergunta ubíqua, sempre ignorada: *Como você está?*

O mundo pode retirar uma ou duas dessas camadas — e sem dúvida o fará —, mas o que existe lá no fundo é precisamente o que está na superfície. "O que eu quero que as pessoas saibam sobre mim?", pergunta ela, rindo da minha pergunta final. "Por que elas iriam querer saber alguma coisa? Sou a pessoa menos interessante neste campus! Não tenho nenhuma história ainda! Quero ouvir *a sua.*" Ela faz uma pausa, olhando pela janela do refeitório, onde chove, e chove, e chove. Rios de água barrenta deixam as calçadas quase intransitáveis e o céu paira lá no alto num azul-acinzentado doentio. E, ainda assim, a expressão dela diz que nunca viu nada tão lindo. Por fim, ela se volta para mim e assente, satisfeita. "Estou tão feliz de estar aqui. Acho que isso é o bastante."

CAPÍTULO SEIS

FITZ

Para a total ausência de surpresa de Fitz, o artigo sobre Ren deixou o campus todo caindo de joelhos em adoração servil. De repente, todas as pessoas em seu círculo social tinham uma história de Ren para contar. Ela era brilhante, era altruísta, era simplesmente tão *fascinante*. Para eles, não convencional queria dizer inspiradora; ingênua queria dizer idealista. Mas, de fato, havia apenas uma fala do artigo todo com a qual Fitz concordava: *Acho que meus colegas diriam que eu sou instruída, não esperta*. Ele não tinha como estar mais de acordo. Apesar do que Allison Fukimora pensava, aquele mundo ia devorar Ren viva.

Será que ninguém mais reparava que ela mantinha a porta do edifício aberta para tantas pessoas que chegava atrasada na própria aula? Será que ninguém mais se irritava com a profusão de seus agradecimentos a um aluno quando ele apanhou sua caneta que havia rolado da mesa? Será que ninguém mais tinha vontade de arrancar a cara a unhadas com a forma como, desde o momento em que o dr. Michel Audran começara a primeiríssima aula com uma rodada de curiosidades, a mão de Ren nunca mais tinha se abaixado?

Sentada enlouquecedoramente perto dele, a garota respondera corretamente a tudo o que o restante dos alunos não conseguiu responder: que o dr. Audran tinha feito seu trabalho de doutorado com Wolfgang Banzhaf na Michigan State antes de administrar o próprio laboratório no Institut de Génomique Fonctionnelle, em Lyon. Que a pesquisa dele sobre "substituições não sinônimas em polimorfismos de nucleotídeo único (SNPs) havia contribuído de modo considerável para as várias tecnologias de genotipagem que as empresas vinham usando para fornecer a usuários particulares suas informações hereditárias com base no DNA". Que ele era, de fato, um dos membros da diretoria do kit de testagem de DNA de maior sucesso comercial, o HereditarME.

Portanto, é claro que foi Ren quem adivinhou corretamente hoje que o próximo projeto de laboratório que a classe faria seria comparar os resultados do kit comercial com uma análise mais simples de genótipo a ser conduzida em aula. A necessidade ditava que Fitz estudasse para se formar em Direito, mas sua alegria sempre tinha sido a ciência. Ele vinha ansiando por aquela aula assim que ela fora anunciada, no outono passado. Aquele lugar no topo era dele; nem tinha que se esforçar muito para isso. Até a chegada de Ren Gylden, ou melhor, até sua rápida ascensão, derrubando até as notas mais altas da sala, fazendo assim de sua vida um inferno.

Um inferno que só ficava cada vez mais insuportável, porque, enquanto uma caixa dos kits de análise fazia a ronda pela sala de aula, Audran tirou alguns minutos para devolver a prova sobre a unidade um que a classe tinha feito na semana anterior. Fitz olhou para baixo e, pela primeira vez em toda a sua carreira universitária, encarou um D gordo e vermelho.

Antes que mais alguém pudesse vê-lo, enfiou a prova na mochila, o coração disparado.

Era assim que tudo começava a desmoronar? Teria ele deixado que ela o incomodasse a esse ponto? O que diabos tinha acontecido? Fitz estava distraído com Ren na manhã da prova — irritado pela forma como a sala inteira fizera um círculo em torno dela antes de Audran aparecer, enfeitiçados pela história dela sobre ajudar uma vaca a parir ou algo assim —, mas ainda pensava que tinha se saído bem. Achava que havia respondido às questões dissertativas por completo. Havia apenas quatro provas em todo o conteúdo dessa matéria, compondo oitenta por cento da nota. Mesmo que ele tirasse notas perfeitas nas próximas quatro provas, o melhor que conseguiria seria um A menos.

Isso não bastava.

Fitz estava vagamente consciente de Audran os instruindo a pegar um kit no fundo da sala, perto do que ele chamava de Parede Polaroid, onde havia fotos sem graça de cada aluno para ajudar o professor e os assistentes a se lembrar dos nomes. Fitz estava vagamente consciente de Ren voltando a seu lugar, de ela colocando um kit de análise na frente dele. Estava vagamente consciente de que ela lhe perguntara alguma coisa. Mas a ignorou porque estava *intensamente* consciente de que a nota era um desastre. A juíza Iman — agora governadora Amira Iman — tinha sido muito clara no acordo por escrito que fizera com ele na noite de sua libertação da detenção juvenil, sete anos antes: se ele pudesse terminar no topo de todas as matérias na universidade, ela eliminaria por completo seu histórico e lhe escreveria uma carta de recomendação para qualquer faculdade de Direito que ele quisesse. Ela sabia que seria um desafio, mas, se Fitz pudesse fazer isso, prometera ser sua defensora pessoal.

Essa garantia tinha sido a base de seu futuro e infelizmente a nova mulher brilhante em sua classe e aquela nota estúpida e medíocre haviam acabado com tudo.

CAPÍTULO SETE

REN

Para um homem de autocontrole inato — que era regularmente saudado pela classe como um rei amado passeando pela corte —, Fitz ficara súbita e estranhamente quieto. Será que estava passando pelo mesmo conflito interno que ela? Porque, enquanto segurava a caixa com o kit de DNA nas mãos, Ren sabia, sem nem precisar pensar muito a respeito, que Gloria e Steve jamais, nem em um bilhão de anos, permitiriam que ela enviasse seu DNA para algum laboratório gigantesco em Nova Jersey.

Ao redor, estudantes abriam com alegria os kits, liam as instruções e riam enquanto assistiam um ao outro cuspir nos tubos de ensaio.

— Será que eu devo? — disse ela, baixinho.

Ela sabia o que os pais diriam: um *não* inequívoco. Nada de comer fora, nada de sair do campus, nada de rapazes, nada de álcool, nada de maquiagem, nada de internet. Mas Ren estava longe de casa há tempo suficiente para ter amenizado alguns desses limites terríveis. Tinha ido com um professor tomar uma xícara de chá no café do outro lado da rua de Davis Hall e se sentira tão segura quanto sentada no refeitório. Havia deixado Miriam passar um pouco de blush em suas bochechas para um show ao ar livre no campus, e Ren não sentira a necessidade de começar a usar maquiagem o tempo todo. Tivera uma sessão de estudo com um grupo de alunos no apartamento de um professor-assistente a um quarteirão do campus, e nenhum dos homens presentes tentara fazer nada indevido. Estava tudo *bem*. O perfil no portal dos alunos talvez fosse o melhor exemplo: seu nome não era passível de busca em nenhum ponto dele. Claro, todo mundo no campus sabia que se tratava dela, mas nenhuma busca no Google traria seu nome. Havia momentos em que você deveria apenas confiar que as pessoas fariam o que haviam dito e, se o dr. Audran dissera que protegeria o anonimato deles, então ele o faria.

Certo?

Ren grunhiu, esfregando as mãos no rosto. Seria esse um teste de sua convicção? Se fosse, estava preocupada que fosse fracassar; sua curiosidade borbulhava.

— Argh. Não sei o que fazer.

Aturdido, Fitz se virou.

— Sobre o quê?

— Se eu deveria fazer esse negócio de DNA.

— É opcional — disse ele. — E é anônimo, seja como for. — Ele deu um daqueles sorrisos sarcásticos de que ela gostava, apesar de todos os seus instintos em contrário, e disse: — *Anônimo* como aquela matéria no portal, sabe?

— Matéria?

— O artigo a seu respeito.

Fitz esfregou um dedo sobre a sedutora sobrancelha.

— Você leu?

Ele assentiu.

— Era *elogioso*.

— Tenho certeza de que você também tem um.

— Tenho.

— E o seu não era elogioso? — perguntou Ren, sorrindo para ele. — Isso parece improvável.

— O meu foi basicamente sobre como sou esperto e meu pai é rico — disse ele com uma risada sem humor, e então tornou a olhar para o kit de DNA.

Fitz encarou o kit como se fizesse um desejo, antes de abri-lo sem cerimônia e seguir as instruções. Ren observou enquanto ele tirava um rótulo das instruções e com cuidado o alinhava sobre o tubo de ensaio. O outro ele colou na parte interna da pasta e apontou para a identificação da amostra.

— Você só relaciona o teste ao seu nome on-line, se quiser. Senão, você é apenas um número.

Apenas um número, ela repetiu em seus pensamentos. *Nem mesmo relacionado ao meu nome.*

Ela engoliu uma palpitação minúscula de nervosismo.

— Quero fazer de tudo enquanto estiver aqui.

Fitz respondeu com um *hum* desinteressado e virou para conversar com os outros alunos na mesa.

— Poderiam ser os dados de qualquer um — murmurou ela consigo mesma enquanto Fitz e os outros estudantes discutiam seus planos para as férias de primavera dali a uma semana: um cruzeiro no Alasca com os pais, uma viagem de carro para Nashville, voar para Cancún.

Com rapidez — mas também cuidado —, Ren seguiu as instruções, depois pressionou um adesivo com a identificação de sua amostra na parte interna do caderno de classe e a outra no tubo de ensaio. Antes que pudesse se arrepender, colocou seu pacote junto aos outros para ser enviado naquele dia.

O resto da aula passou voando num borrão de palestra, discussão, perguntas e exercícios. Depressa demais, Ren já guardava suas coisas e se dirigia para o curso de Política Econômica Internacional, e de lá para Introdução ao Mandarim, e depois se enfiando no cubículo da biblioteca, lendo e completando os deveres do dia. O dia seguinte foi igual, mas com matérias diferentes — Performance Vocal, Engenharia Química e Escrita Expositiva Avançada —, mas para essas aulas vinham grupos de estudo, colegas e todo um grupo gigante de alunos que a convidavam para se sentar com eles numa grande mesa redonda no refeitório, compartilhando histórias da vida universitária com ela. A universidade já era tudo o que ela sonhara e, quando a sexta-feira chegou, Ren quase se esquecera sobre a pesquisa comercial de DNA.

Assim, no final, foi uma loucura como tudo pareceu rápido. Na segunda, ela estava cuspindo num tubo de ensaio, dizendo a si mesma que era um experimento inofensivo e uma boa oportunidade de aprendizado e, na sexta, estava sentada à sua mesa para a aula de

Imunologia enquanto o dr. Audran dizia que tinha alguns resultados preliminares para a sala.

— Mergulharemos a fundo depois das férias de primavera — disse o professor, enquanto caminhava pela sala, entregando a cada estudante uma folha com uma amostra de seus dados. — Isso é só um gostinho para abrir o apetite. Quero que passem os últimos dez minutos da aula se familiarizando com a aparência desses dados e comparando suas sequências com as desses alelos que selecionei. Não há nada muito intenso aqui, nada terrível... Ninguém vai descobrir hoje que tem alguma doença genética rara.

A sala inteira riu, olhos se movendo para os lados de um modo nervoso.

— Contudo, para essas cinco sequências, vejam se conseguem identificar quais têm homologia na maioria dos humanos, e quais têm a maior variação. — O professor entregou a Ren a página dela e continuou andando. — Ah! E vários de vocês têm parentes que já fizeram este kit. Podem ver como seus dados se comparam nesses cinco genes em relação aos parentes. Eles estarão no pé da página.

Parentes. A palavra escorreu por Ren, irrelevante para sua análise dos dados.

Mas aí seus olhos se fixaram na parte inferior de sua folha.

— Alguns de vocês podem não ter um parente nos arquivos deles — acrescentou Audran com rapidez. — Não se preocupem! Vocês não foram criados em laboratório!

Mais risos.

— Seus familiares teriam que ter feito a análise também, em algum momento. Mas alguns de vocês verão pais ou irmãos ali e podem até conseguir identificar de qual deles, pai ou mãe, herdaram esses alelos.

Ren estava vagamente consciente de Fitz ao lado dela, colocando sua página virada de rosto para baixo na mesa, recostando-se na cadeira. Ela, porém, mal podia se mover. Por mais empolgada que estivesse para ver algumas sequências do próprio DNA apenas cinco dias antes, Ren mal olhava para aquela informação agora, porque não tinha como explicar o restante do que estava ali.

Steve Gylden jamais faria este teste; ela sabia disso com a mesma certeza com que sabia que o sol se levantaria de manhã.

Então quem era aquela pessoa listada como *Sequências paternas*?

*S*aindo do caldeirão para a fogueira, pensou ela, indo dessa aula para a seguinte, e a seguinte, fazendo o melhor que podia para se manter no presente e não se preocupar de maneira obsessiva com o que tinha visto naquela inocente folha de papel.

Antes que deixassem a sala de aula rumo ao fim de semana, Audran coletou as pastas de sala de cada um deles com as páginas da pesquisa lá dentro, trancando tudo no gabinete. Era o único lugar em que os nomes deles se relacionavam aos números das amostras, ele lhes assegurara e, além do mais, ele não confiava em si mesmo para não perder as páginas no fim de semana. Rindo, a classe tinha saído, discutindo os planos para o fim de semana como se o mundo deles permanecesse perfeitamente intacto, inalterado por seja lá o que tivessem visto nos papéis.

Em comparação, Ren lutava para conciliar um pai na propriedade que se recusava a usar o medidor de pH no solo que Ren construíra, apenas porque ele tinha um display em LCD, com outro que existia só como uma sequência de letras numa base de dados em algum lugar de Nova Jersey.

Ainda numa névoa, Ren correu para a rua às 16h45, esperando estar adiantada, mas encontrou Gloria e Steve já à sua espera na calçada.

De repente, o desejo de voltar à normalidade foi esmagador — de saudá-los com alegria, se tranquilizar de que não havia acabado de puxar um fio perigoso. Mas Steve gesticulou para ela prosseguir e entrar direto na cabine da picape em vez de se incomodar com abraços, e Gloria rejeitou a exuberância de Ren com um *Depois, depois*, então Ren deslizou para o banco inteiriço em silêncio.

Na estrada, seus pais estavam quietos, como sempre ficavam na ida para casa. Gloria dormia, Steve ouvia as velhas fitas cassete de Hank Williams e Ren se entregou aos pensamentos em turbilhão.

A empolgação de todos os seus cursos se dissolveu ao fundo enquanto uma única pergunta se erguia, inflada, bloqueando todo o resto: o que isso tudo significava?

Steve deve ter feito o teste, pensou Ren. *Deve ter feito, em algum momento. Talvez antes de nos mudarmos para a propriedade?* Mas isso era impossível; a tecnologia só saíra alguns anos atrás, e eles tinham se mudado para lá quando Ren tinha cerca de três anos. Isso fazia quase vinte anos — ela completaria 23 dali a apenas uma semana. Não fazia nenhum sentido. A única explicação que fazia sentido era que os resultados dela estavam errados. Audran devia ter trocado a página dela pela de outro estudante.

Mas ela não podia conferir isso — a folha estava trancada e em segurança na sala de aula de Audran, e ela estivera num torpor tão grande que não lhe ocorrera comparar a identificação da amostra dali com o número no adesivo em seu caderno. Agora o que lhe restava era considerar todas as possibilidades, encarando os pais com novos olhos.

Olhos. Os dela eram verdes; tanto o pai quanto a mãe tinham olhos castanhos, cabelos escuros. Ren sabia que duas pessoas de olhos castanhos podiam facilmente ter um verde recessivo em algum ponto. O problema era que Ren não sabia como perguntar. Não conseguia se lembrar da última vez que Steve ou Gloria haviam mencionado algo sobre família; fazia tanto tempo que Ren sabia, por instinto, que não deveria nem tocar no assunto. Os pais ficariam furiosos se, depois de apenas algumas semanas na universidade, ela começasse a fazer todo tipo de pergunta sobre seu histórico genético e pessoas com quem os Gylden tinham parado de conversar há muito tempo.

Em casa, Gloria tirou o jantar do forno e eles se sentaram à mesa, como sempre faziam. Porém, de súbito, a garota se sentiu como se estivesse longe há um ano, uma estranha na própria casa. Pela primeira vez na vida, Ren realmente percebeu que os pais tinham histórias — tantas histórias — das quais talvez ela nunca ficasse sabendo.

Será que uma delas seria sobre um pai secreto por aí?

Não. Não tinha como. Não importava que ambos os pais fossem altos e musculosos, enquanto Ren era pequena e magra. Não importava que o cabelo deles fosse escuro e o dela, dourado. Não importava que, fisicamente, não tivesse como Ren ser mais diferente deles. *Genética é uma maravilha*, disse a si mesma, cutucando o jantar. *Estou tirando conclusões precipitadas.*

Todas as perguntas pairando em sua mente fizeram o desconforto se retorcer no peito dela até que ficasse difícil respirar. Seu quarto no dormitório era pequeno, mas de algum modo o chalé parecia menor do que nunca hoje, e tão escuro por dentro, com todas as cortinas fechadas. Ela costumava se espantar com a construção deste novo lar, com quanto ele era maior e mais moderno do que o antigo, o chalé que tinham demolido para abrir espaço para o celeiro, mas Ren não conseguia evitar reparar em quanto ele era rústico, na realidade, e pela primeira vez imaginou como os cômodos acanhados pareceriam aos olhos de todos em Spokane. Imaginou Miriam com seu celular e sobrancelha franzida, lamentando a falta de Wi-Fi. Como seus parceiros de estudo de composição pareceriam amontoados ao redor da mesinha de centro no calor abafado da sala de estar. O que seu professor de mandarim diria se a visse praticando conversação com um porco chamado Frank?

E, por um momento desconcertante, Ren imaginou Fitz na mesa ao lado, sentado na quarta cadeira vazia. Em sua mente, ele se recostava de forma casual na cadeira, um braço jogado sobre o encosto enquanto a encarava com aquele brilho misterioso nos olhos. O Fitz imaginário apontou para a comida no prato dele. Parecia grande demais para a cadeira, grande demais para todo o chalé. Seus pés penderiam para fora da cama...

— Ren? — Steve se debruçou, entrando em sua linha de visão. — Está ouvindo sua mãe?

Ela piscou com força, saindo do transe.

— Ouvi! Desculpe! Só estou cansada.

— Bom, você pode ficar cansada amanhã à noite, depois que terminar suas tarefas. Andou estudando num sofá macio de uma biblioteca a semana inteira, eu esperava que estivesse descansada.

Assentindo, ela pegou uma garfada de assado.

— Estou, senhor, com certeza. Tive uma semana ótima também. É inacreditável...

— Estava dizendo que precisamos colher as últimas verduras de inverno na estufa — cortou Gloria. — O jardim da frente precisa ser limpo e preparado antes de levarmos você de volta no domingo. Isso, além das suas outras tarefas. Se não der conta, então talvez...

— Eu dou conta — Ren os tranquilizou, assentindo para o prato e reajustando consigo como seria o fim de semana. Se não haveria discussão sobre a faculdade naquela noite, então com certeza não haveria discussão sobre parentes perdidos há muito tempo.

Gloria colocou a mão em seu braço.

— Só estou tentando ajudar a trazê-la de volta para casa. Mentalmente. Espiritualmente. Sinto que está cada vez mais presa àquele lugar, mas é aqui que está o que importa.

Ren sorriu, agradecida, e tentou mascarar qualquer sinal de pânico antes que o transparecesse em sua expressão. Depois forçou a atenção de volta ao prato, porque, quanto mais encarava a mãe do outro lado da mesa, mais ciente ficava de que essa nova suspeita vibrando no ar tinha acabado de mudar algo nela para sempre.

CAPÍTULO OITO

REN

No domingo à noite, de volta a sua cama no dormitório, Ren fitava o teto, odiando o pânico corrosivo que infestava suas entranhas. Seus pais a tinham deixado ali duas horas atrás e ela se sentia paralisada de ansiedade. Quanto mais a devorava por dentro, mais Ren sabia que só iria embora depois que visse por si mesma se Audran lhe entregara os resultados certos.

Não podia esperar até de manhã. Após o perfil no jornal dos alunos, Ren sentia como se vivesse sob um holofote. Não poderia investigar isto com uma classe inteira de colegas presente para testemunhar a descoberta de que seu histórico genético não era como ela pensava ser. A última coisa de que precisava era ser um espetáculo e que algum sinal disto chegasse a Gloria e Steve, de alguma forma. Não; se seu mundo estava, de fato, desmoronando, queria que isso ocorresse sob o manto da escuridão, onde estaria sozinha por completo.

Sentou-se e, sem pensar muito, calçou as botas. Movendo-se por instinto, foi até a porta, a abriu, desceu o corredor e saiu do dormitório. A cada passo, a sensação que oprimia seu peito se amenizava.

Porém, conforme ela atravessava o pátio e seu pânico diminuía, sua mente racional retornava. Que diabos estava fazendo? Gloria ficaria furiosa. Furiosa sobre o teste, sim, mas Ren também estava fora da cama depois do horário. Quantas vezes os pais tinham dito que coisas ruins aconteciam com as pessoas quando elas estavam fora, fazendo o que não deveriam? O mundo estava cheio de ladrões e assassinos, e Steve e Gloria não a tinham mantido a salvo até agora? Quase 23 anos e ela não fora roubada ou assassinada nem uma vez! Que outra prova Ren precisava de que eles estavam certos sobre tudo?

Uma neblina rala se curvou ao redor de seus tornozelos e fez um tremor percorrer-lhe o corpo. Ela apertou o passo, caminhando depressa pelo resto do caminho até o outro lado do gramado úmido e escuro.

A fachada de tijolos de Hughes Hall fazia uma curva suave acompanhando uma ampla floreira. Durante o dia, o sol se refletia nas janelas da frente, mas à noite elas pareciam conter sombras a cada movimento. Para dar acesso aos laboratórios a certos estudantes, as portas da frente ficavam destrancadas, mas ainda assim Ren apoiou a porta com cuidado até ela se fechar quase num sussurro e foi na ponta dos pés, passando pelas áreas abertas com grupos de sofás modulados em vermelho, cinza e azul-escuro. Uma espiada furtiva nas salas de aula e laboratórios conforme passava mostrava um aluno ocasional debruçado sobre uma mesa ou mesa de laboratório, mas, tirando isso, o edifício parecia, em sua maior parte, vazio.

As portas da frente podiam estar destrancadas, mas, infelizmente, a maçaneta do laboratório de Audran não se moveu.

Se seu amigo Doug, o zelador, estivesse ali agora, Ren não tinha dúvidas de que poderia convencê-lo a deixar que ela entrasse. Uma folha de exercícios esquecida, diria ela, ou talvez uma carteira perdida. Mas, com os corredores vazios e parecendo se esticar um quilômetro em todas as direções, ela teria que confiar em outro conjunto de habilidades.

Em casa, eles não podiam buscar ajuda logo ali descendo a rua se precisassem de uma cópia de chave e, mesmo que pudessem, a ideia ficaria tão fora da zona de conforto dos pais dela que Ren quase riu no escuro só de pensar a respeito. *Uma chave extra?*, diria Steve. *Para quem? A pessoa que vai nos roubar tudo?* Se eles perdessem uma chave mestra, era isso, perdida estava. Por sorte, os três eram melhores arrombadores do que qualquer gatuno que se vê nos filmes. Chaves de tensão, rastelos, chaves de fenda e até pregos — tudo servia. Ela já tinha arrombado a tranca de um celeiro com um limpador de cascos e um pedaço de barbante do fardo de feno.

Infelizmente, Ren não tinha nenhuma dessas coisas na mochila, por isso o clipe de papel que prendia o material de Introdução ao Mandarim e o grampo em seu cabelo teriam que servir.

Esticando o grampo, ela o enfiou na fechadura e depois inseriu o clipe de papel, também desdobrado, para encontrar e cuidadosamente levantar os pequenos pinos lá dentro. Foi preciso um pouco de paciência, novas tentativas, mas, com a quantidade certa de pressão, o mecanismo começou a ceder e a tranca virou com um clique satisfatório.

Com um último olhar discreto para os dois lados do corredor, Ren entrou escondida e fechou a porta após passar com um *tique* quase silencioso. O laboratório estava em plena escuridão, iluminado apenas pelo luar obscurecido pela névoa que entrava pelas janelas, e seu coração galopava como um animal selvagem no peito.

Afastando-se da porta, foi até o computador mais distante da janela e o ligou. Enquanto ele terminava de abrir o programa, ela foi até o gabinete onde o trabalho ativo em sala de aula deles era mantido.

Mais uma vez, a porta estava fechada.

— Farei tarefas a mais durante as férias de primavera.

Ren murmurou sua penitência na sala vazia, colocando o grampo e o clipe em uso de novo. A fechadura frágil do gabinete abriu com facilidade. Folheando os papéis na bandeja ali dentro, Ren encontrou uma pasta com seu nome e a carregou até o computador para lê-la sob a luz da tela.

Dentro da pasta estava a folha de papel com os dados preliminares relacionados à identificação de sua amostra. Cavoucando na mochila, tirou de lá o caderno, abrindo-o no adesivo que havia colocado ali com o número da identificação. Ren encarou, entorpecida, a sequência idêntica de números.

Audran não lhe entregara por acidente os dados de outra pessoa.

Ela fechou os olhos, tentando achar uma explicação para a situação. Talvez sua amostra tivesse sido trocada antes que ela a selasse, ou fora substituída pela de outra pessoa no laboratório de testagem. No entanto, Ren sabia que era baixíssima a probabilidade de esse sistema altamente validado falhar de formas tão óbvias.

Depois de reduzir o brilho da tela ao máximo, abriu o software de genotipagem e hesitou, sabendo que teria que criar uma conta para acessar mais informações. Ponderou se isso seria ir longe demais. Ainda importava? Ela já havia cometido um punhado de crimes e quebrado a mesma quantia de regras da família. Parar agora não mudaria nada disso. Além do mais, Audran os colocaria para fazer isso na sala de aula no dia seguinte de qualquer maneira.

Com cuidado, Ren criou um perfil com seu número de identificação, dando um nome falso e seu endereço no dormitório estudantil. O software carregou, abrindo um número esmagador de opções: RELATÓRIO DE ANCESTRALIDADE, DNA DE PARENTES, SANGUE E BIOMARCADORES, CARACTERÍSTICAS e PESQUISA. O mouse de Ren pairou sobre a aba de DNA DE PARENTES; em seguida, com as mãos trêmulas, clicou no link, digitando suas informações quando necessário, e marcou o box para não permitir que outros vissem o seu perfil.

Com sorte, seja lá quem fosse seu match paterno, ele havia sido mais generoso com as próprias informações.

Conforme esperado, não havia nada do lado materno da árvore, mas logo abaixo de sua imagem de perfil, num rosa genérico, havia o desenho de um perfil masculino em azul e as palavras *99,9999% de match paterno*.

Seu mouse pairou sobre o link e um balão surgiu.

Você tem aprovação para ver este perfil.

Nauseada de tanta ansiedade, Ren clicou, e sentiu como se o chão se abrisse debaixo de si quando começou a ler.

Nome: Christopher Koning
Familiares conhecidos: 100133654 (cônjuge); 100133655 (filha); 100136482 (irmão); 100136485 (cunhada); 100137298 (tia); 100137291 (primo)
Alergias: nozes, ácaros
Relatório de ancestralidade: 99,9% Noroeste Europeu (53,6% escandinavo, 30,3 francês e alemão, 16,1% natural do amplo Noroeste Europeu)

Cabelos: loiros
Olhos: verdes
Profissão: engenheiro químico
Localização: Atlanta, Geórgia

Embaixo havia um hiperlink onde se lia, apenas, *Christopher Koning*. Com os dedos tremendo sobre o mouse do computador, Ren clicou e uma nova janela surgiu, enchendo a tela com uma foto colorida.

Ren não se deu conta de que estava com a mão pressionada contra a boca até que um soluço escapou.

Olhando para ela estava um rosto tão familiar que quase parecia que um filtro de fotos havia sido aplicado, transformando-a comicamente numa versão mais velha e masculina de si mesma.

Ren se afastou da cadeira, dando alguns passos para longe do computador.

Seus olhos, seu queixo, a cor do cabelo — era tudo igual.

Talvez ele fosse um tio. Um primo. *Alguma coisa.* Isso não significava que ele fosse seu pai. Seu cérebro se debatia loucamente, buscando entender. Tinha que haver uma explicação.

Mas, não importa qual fosse essa explicação, seu trabalho de investigação daquela noite confirmava uma coisa: ela tinha mais familiares por aí. Tinha pessoas a quem pertencia e de cuja existência nunca ficara sabendo. Que poderiam sequer saber que *ela* existia.

Seu coração se contorceu de um modo doloroso, e ela voltou a se aproximar, encarando o rosto do homem na tela. Queria memorizá-lo, vê-lo em movimento, ansiava em mergulhar na parte mais primitiva de si mesma, que murmurava *Eu conheço você.* Quando Ren fechou os olhos, respirando fundo e se empenhando para estabilizar a pulsação em disparada, faíscas brotaram sob suas pálpebras e ela sentiu uma atração, um dor desesperada no peito. Queria vê-lo.

Não... *Precisava* vê-lo, entender quem ele era em relação a ela. Mas a Geórgia ficava tão longe... Ren não conseguia sequer imaginar um cenário que a colocasse em Atlanta.

Um estalo baixinho no edifício deu-lhe um susto e a trouxe de volta a si mesma, e Ren recobrou a atenção de súbito, tentando se recompor. Enxugou os olhos com rapidez e inspirou fundo, ainda trêmula. Podia surtar no dormitório, debaixo das cobertas. Ali, não.

Ainda atônita, devolveu com cuidado a página da análise para a pasta e desligou o computador. Porém, quando cruzou a sala para guardar a pasta, uma luz vinda de baixo da porta que se conectava ao escritório do dr. Audran chamou sua atenção. Seu coração subiu para a garganta; um milhão de cenários tenebrosos rodaram em sua mente — a segurança flagrando-a no laboratório nesse horário, ela sendo disciplinada, perdendo a bolsa de estudos e sendo mandada de volta para casa em definitivo.

Em pânico, virou-se para sair depressa... mas então se deteve. Isso não parecia o cone amplo da lanterna do vigia. Era mais fraco, como o brilho concentrado do telefone de Miriam debaixo das cobertas.

Já haviam dito a Ren várias e várias vezes que ela era curiosa demais para seu próprio bem. Levara um chute na barriga quando chegara perto demais de Callie durante a temporada de parto das vacas. Tentara consertar o pneu de um trator com gasolina e um isqueiro, como tinha lido num exemplar antigo da revista *Mecânica popular,* e quase explodira a própria cabeça quando uma bola de fogo irrompera diante de si. Tinha levado seis meses para suas sobrancelhas voltarem ao normal.

Sabia que deveria se esgueirar para fora e voltar para o quarto, mas algo incomodava sua mente, uma sensação de *Isso não está certo.* E havia um alívio nessa distração, nesse adiamento de pensar sobre aquele outro assunto colossal.

O luar atravessava as persianas em golpes de luz pelo piso enquanto ela se aproximava aos poucos e espiava pela janelinha retangular da porta. Reconheceu de imediato o contorno daqueles ombros, a força daquelas costas e a presença imponente que fez arrepios brotarem em sua pele.

Ele voltou o rosto para a luz do monitor, e Ren soube que estava certa: Fitz estava do outro lado da porta, debruçado no escuro enquanto digitava algo furtivamente no computador do dr. Audran.

CAPÍTULO NOVE

FITZ

Fitz já havia feito muita coisa por um A.

Ele vestira uma camiseta de turnê da banda preferida de um professor na aula, fingindo também ser um fã. Organizara campanhas de arrecadação de fundos, entrara em maratonas de jogging, fizera piquete e abaixo-assinado em benefício das causas preferidas por eles. Juntara grupos de estudantes para lotar o auditório para palestrantes convidados e ajudara estudantes com dificuldade com o material. Flertara com professores... e fizera muito mais do que flertar com os assistentes. Certificou-se de fazer com que o reitor o amasse, usou a reputação do pai em todas as oportunidades possíveis e nunca se arrependeu, nem uma vez sequer, porque estava tão perto de cruzar a linha de chegada que podia até sentir o gostinho.

Ele sabia, no fundo do coração, que também não se arrependeria disto, se Ren não tivesse aparecido.

Foi o ínfimo rangido da porta que a entregou. O som mais tênue de metal contra metal, uma dobradiça se movendo uma fração de centímetro. Foi o bastante para tirar sua atenção da tela e levá-la para os centímetros de largura de escuridão que conduziam ao laboratório. Ali, nas sombras, estava um rosto.

E ali, em carne e osso, estava Ren Gylden, com seus olhos verdes enormes, novelos de cabelo dourado e uma boca aberta em O, chocada, empurrando a porta até ela se abrir de vez.

— O que está fazendo aqui?

— Estou...

O pânico subiu como uma maré violenta enquanto as consequências se desdobravam em sua mente: desonestidade acadêmica, a perda da carta da juíza Iman, talvez até da oportunidade de chegar a se formar. Ele estivera tão seguro de seu plano, que nunca se dera ao trabalho de elaborar outro.

Mas então parou, estreitando os olhos.

— O que *você* está fazendo aqui?

— Perguntei primeiro. — Ela apontou para o computador, gaguejando: — Esse... Esse é o livro de notas de Audran.

— O professor me pediu para vir conferir um negócio para ele.

— Você?

O coração dele batia com tanta força que Fitz se perguntou se ela conseguia ouvir.

— É.

— Por quê?

— Porque ele confia em mim.

Ren o encarou, franzindo a testa.

— Por que ele não pediu a um dos novos assistentes?

— Como é que eu vou saber? Ele só me pediu.

A garota ruminou isso por um instante.

— Por que não acendeu a luz, então?

— Sou preguiçoso.

— Mas não tão preguiçoso para deixar de vir ao laboratório à meia-noite de um domingo?

— Só uma visitinha rápida — disse ele, com um sorriso de canto —, e já terminei.

Antes que ele percebesse o que Ren faria, ela se moveu num borrão, dando um passo adiante e estendendo a mão para algo na prateleira. Fitz estava prestes a lhe pedir que o deixasse terminar e voltar para casa, quando um clarão encheu a sala, cegando-o por um instante.

— Se está aqui sob instruções dele, tenho certeza de que não vai se incomodar se eu verificar com o dr. Audran.

Ele apalpou a mesa. Quando sua visão clareou, pôde ver o jeito como ela gentilmente sacudia algo no ar perto da cabeça dele. O estômago de Fitz foi parar nos pés. Ela havia tirado uma foto polaroide dele com o livro de notas de Audran na tela ao fundo.

— Ren — disse ele, aproximando-se aos poucos, falando baixinho e com firmeza. Instalou na cara o meio-sorriso sedutor que era sua marca registrada. — Juro que não é o que está pensando.

Mas, como sempre, Ren era imune aos seus flertes.

— Não era você entrando em pânico por causa da sua nota na prova e entrando escondido aqui para alterá-la no computador de Audran?

Ele engoliu em seco.

— Eu posso explicar.

— Mal posso esperar para ouvir.

Fitz olhou para ela com mais atenção. A energia de golden retriever tinha sumido. Esta Ren estava abalada, chocada. Fosse por raiva por tê-lo encontrado ali ou por algum outro motivo, ela não ia ceder. O terror o encheu de uma escuridão gélida, e Fitz desmoronou na cadeira. Seria assim que tudo se despedaçaria? Oito anos de trabalho árduo e uma ou outra vigarice, e tudo desapareceria com o flash de uma polaroide? Fitz não podia acreditar que seria vencido por uma tecnologia falecida há muito tempo. Tinha tanta coisa dependendo disto, mais do que Ren poderia imaginar.

— Meu pai vai cancelar minha herança se descobrir que trapaceei — mentiu o rapaz, esforçando-se para soar apavorado. Sendo franco, não era um esforço tão grande e, se havia uma coisa que os estudantes de Corona sabiam sobre Fitz, era que seu pai era cheio da grana. — Depois da formatura, tenho planos de criar uma organização beneficente para pesquisar fontes de energia limpa, mas toda a ideia vai se perder se isso for divulgado.

Ela respirou fundo antes de expirar num sopro. Fitz sempre tinha conseguido enxergar as pessoas. Ele tinha exagerado um pouco com aquela história, mas ela estava acreditando, dava para ver.

Ren balançou a cabeça.

— Você está mentindo.

Droga.

— Por que diz isso?

— Sua voz ficou toda enrolada, você deu informações demais e não tem um osso beneficente nesse seu corpo. — Ela apontou. — E está balançando a perna. Um tique evidente.

Ele colocou a mão na coxa para firmá-la.

— Bom, é a verdade.

Ren cruzou os braços e o encarou. Ela parecia nervosa, aqueles olhos verdes gigantes um pouco enlouquecidos. Algo acontecia naquele cérebro enorme dela, e Fitz só podia esperar para ver o que ela faria com a polaroide em sua mão.

— Sabe do que mais, Só Fitz? — disse ela por fim, o maxilar se cerrando com determinação. — Eu não ligo para qual é o seu motivo, na verdade. Só quero saber quanto essa foto vale para você.

— Quanto ela va...? — Ele se interrompeu quando a compreensão chegou. — Está me *chantageando*?

— Chame como quiser. Eu te ouvi na semana passada. Você vai para Nashville durante as férias de primavera, não vai?

— Nashville? — Ele fingiu pensar. — Você deve ter me confundido com alguém.

Ela soltou uma risada fungada.

— Se quer que eu guarde segredo sobre esta foto, vai me levar com você.

Aturdido, ele a encarou, boquiaberto. Estava totalmente desacostumado a estar deste lado de uma negociação e, com franqueza, era horrível.

— Não pode estar falando sério.

— Sério feito um ataque de sono.

Seja lá o que ele planejava dizer em seguida, evaporou de seus pensamentos.

— Um ataque de sono?

— Quando a pessoa sente um impulso incontrolável de dormir. Um sintoma comum de narcolepsia.

— Por que não dizer apenas "sério feito um ataque cardíaco"?

— Porque ataques cardíacos matam! Eu não quero brincar com isso!

— Mas, se alguém tiver um ataque de sono enquanto estiver dirigindo — argumentou ele —, isso não poderia ser fatal tam...

— Fitz! Escute o que estou te dizendo! Se quiser manter isso em segredo, vai me levar com você. Sim ou não?

Uma onda de vulnerabilidade passou pelo rosto dela, e ele sentiu uma sutil mudança de poder. Não era o suficiente para colocar a bola de volta na sua área; ele precisava usar tudo de que dispunha.

— Acho que precisa me contar o que fez *você* entrar escondida no laboratório à meia-noite de um domingo.

— De jeito nenhum — disse ela, sacudindo a cabeça, determinada.

— Então vá em frente e mostre a foto para Audran. Eu vou apenas dizer que estava arrumando as coisas depois de te flagrar aqui mexendo na sua nota.

Ela arfou longamente, horrorizada.

— Você não ousaria.

Isso o fez rir.

— Mas é claro que ousaria. Se vai me derrubar, eu te levo comigo.

— Audran não acreditaria. E... — Ela fitou em volta, procurando em desespero por algo, antes de fixar o olhar duro nele outra vez. — Escuta aqui, mocinho. Todo mundo pode ser tapeado pelo seu charme, sua aparência e sua voz, mas eu, não.

O rapaz se inclinou mais para perto, dando seu melhor sorriso sedutor. Era nisso que Fitz era bom. Podia escapar de qualquer coisa flertando.

— Meu charme, minha aparência e minha voz, hein?

Ela corou. Bingo.

— O que estou dizendo — começou ela, pelo menos uma vez visivelmente agitada — é que suponho que esta não seja a primeira vez que você tenha trapaceado, e a última coisa que deseja é o reitor olhando com mais atenção para o seu passado aqui.

Ela estava chutando, mas chegou perto demais da verdade para o gosto dele. Fitz fechou os olhos, tentando avaliar a situação de maneira objetiva. Um punhado de dias com Ren tagarelando em seu ouvido no carro contra potencialmente ter uma acusação de desonestidade acadêmica no histórico permanente, perder sua carta de recomendação e, o mais importante, arruinar qualquer chance de ter sua ficha criminal apagada. Basicamente, se Ren o expusesse, Fitz podia perder tudo.

Não havia dúvidas. Ele tinha chegado longe demais para parar.

Fitz se abaixou, apoiando a testa na palma da mão. Podia levá-la a Nashville e largá-la onde ela precisava chegar antes de ir para Mary, antes de sua entrevista, antes que Ren descobrisse qualquer outra coisa sobre sua vida.

— Eu planejava partir na terça-feira, antes de as férias começarem. Isso quer dizer que vou perder meia semana de aulas.

— Tudo bem — disse ela, assentindo. — Eu posso compensar, sem problemas.

Maxilar cerrado, ele fitou a parede por alguns instantes, respirando fundo. Por fim, olhou diretamente para ela, tentando infundir alguma ameaça na voz:

— Se vier comigo, haverá regras.

O rosto dela se desanuviou, os olhos se arregalando, aliviados.

— Tudo o que você disser.

— Número um, eu estou no comando.

— Cem por cento!

— E... — Ele vasculhou a mente tentando achar mais regras básicas, mas tudo em que conseguia pensar era no quanto tudo aquilo seria uma droga.

— E?

— E eu te digo o resto quando partirmos.

Ela levou a mão à testa numa continência desajeitada.

— Sim, senhor!

— Regra número dois: nada de continências.

Ren abaixou a cabeça e fez uma reverência em vez disso.

— Continuação da regra dois: nada de reverências.

Ela se aprumou, rígida.

— Estou tão aliviada. Obrigada, Fitz. Prometo que não vou mostrar a foto para ninguém, e pode contar comigo, porque...

— Nada de conversa também.

Ela fez o gesto de fechar um zíper sobre a boca e ele se afastou da mesa, levantando. Com um suspiro, Fitz se virou, assegurando-se de que o computador de Audran tivesse sua nota alterada antes de o desligar e conferindo se todos os itens na mesa estavam do jeito que os encontrara. Quando virou de novo, Ren ainda estava em posição de sentido, esperando.

Por trás dos lábios presos, ela murmurou:

— Euroreroeraheohoaehaehiahemhehohosemos!

Ele a encarou, e enfim cedeu.

— O quê?

Ren gesticulou, abrindo o zíper dos lábios.

— Prometo ser a melhor companheira de viagem de todos os tempos!

— Sim, claro, tanto faz — disse ele. — Encontre comigo na frente de Davis Hall às dezoito horas na terça. Não se atrase.

CAPÍTULO DEZ

REN

Ren nunca tinha visto um avião a menos de dezenas de milhares de metros no alto, mas seus pais, sim. Eles voavam para todo lado, pelo visto, até que a ganância e a corrupção do mundo ficaram excessivas e eles venderam tudo o que tinham e se mudaram para a terra que Steve herdara dos avós, que se tornara a propriedade deles. Mas, ainda que não colocassem mais os pés num aeroporto, os pais dela faziam sua vontade quando Ren era pequena e queria ouvir a respeito. Eles lhe contavam sobre os atendentes em solo e seus uniformes elegantes, sobre as filas de segurança e como isso os estressava horrivelmente. Ren pedia várias e várias vezes para ouvir como os aviões eram grandes de perto, sobre andar nas pontes telescópicas, chegar ao seu lugar e receber saquinhos de amendoins ou bolachinhas e uma lata inteira de ginger ale só para si, e sobre chegar ao aeroporto horas mais cedo para passar por tudo isso.

Ren não esperava que uma viagem de carro fosse parecida em nada com uma de avião, mas, só para prevenir, caso fosse preciso mais preparo do que esperava, estava pronta e na calçada em frente a Davis Hall às cinco da tarde na terça-feira. Às cinco e quinze, tinha razoável certeza de que viagens de carro funcionavam de modo bem diferente das viagens aéreas. Havia bastante gente andando por ali, muitos carros encostando na calçada, mas nada de Fitz.

Isso lhe deu tempo para ficar sozinha com os pensamentos dos quais tinha se empenhado ao máximo para fugir durante as últimas quarenta horas, mais ou menos. O que estava fazendo? Estava mesmo pensando em partir? Durante os últimos cinco dias, sentira-se uma desconhecida na própria pele — frenética, ansiosa, desconfiada. Já estivera frustrada com os pais antes, é claro, mas apenas em relação a coisas pequenas. Coisas como quando não a deixavam tentar algo novo para ajudar com a colheita, ou quando não queriam expandir e acrescentar uma nova feira à viagem mensal deles. Mas nada parecido com isso, quando a confusão e a mágoa pareciam se enrolar numa bola de dor que ela não sabia como encarar.

Será que Ren faria mesmo *isto*? Isto, ou seja, entrar num carro com alguém que era quase um desconhecido e viajar por dias? Que escolha ela tinha? *Precisava* conhecer Christopher Koning. A curiosidade tinha se transformado da noite para o dia numa necessidade ardente, desesperada. Infelizmente, ela dispunha de apenas 63 dólares. Nem de longe o bastante para uma passagem de ônibus, quanto mais uma de avião para Atlanta, ida e volta. No entanto, se Fitz pudesse levá-la até Nashville, ela imaginava que seria capaz de pagar para ir de ônibus de lá até Atlanta.

O maior problema eram seus pais. Isso não era sair escondido do campus para buscar um sanduíche ou comprar um novo despertador. Isso era sair, sair *mesmo*. Hoje era terça-feira; Steve e Gloria estariam ali na tarde de sexta para buscar Ren, esperando que ela ficasse em casa durante as férias inteiras de primavera, na semana seguinte. Ela tinha que atrasá-los, mas ainda não sabia *como*. E se aparecessem mais cedo, antes que ela tivesse pensado numa boa desculpa para que continuassem em casa? Será que iriam até o quarto dela e perguntariam a Miriam onde Ren estava? Será que a colega lhes contaria que não via Ren há três dias? E depois? O que ela faria se conseguisse de fato encontrar Christopher Koning? Será que encontrá-lo realmente valia o risco de os pais não lhe permitirem voltar para a faculdade?

O pânico arranhava a garganta de Ren diante das possibilidades que giravam a partir deste ponto, e ela piscou com força, tentando desanuviar a visão. Atrás das pálpebras, imaginou uma rodovia passando por baixo de si, o horizonte de Atlanta entrando no campo de visão, e o alívio tranquilizante dos fogos de artifício explodindo ao redor de tudo. A adrenalina inquietante deixou seu sangue quando a mente se desfocou e ela sentiu a segurança de uma mão quente e grande segurando a sua, quando viu as luzes cintilantes brilhando bem à sua frente.

A verdade é que essa viagem era apenas parcialmente para encontrar Christopher Koning. Sempre existira algo dentro de Ren que sabia que havia mais lá fora — mais a aprender, mais para ver, mais gente para conhecer, e mais a acrescentar à sua história. Ela sabia, toda vez que imaginava os fogos de artifício, que a fantasia de alguma maneira a retirava da propriedade. O medo e a esperança de que essa fosse uma pista para tudo isso se entrelaçavam em Ren, fazendo-a se sentir como um rochedo equilibrado precariamente na beirada de um despenhadeiro.

Deu corda no relógio de pulso distraidamente antes de afastar a manga para olhar as horas. Cinco e meia.

A cafeteria do outro lado da rua estava aberta. Parecia confortável lá dentro, com uma luz suave e uma vitrine de pães cheia de delícias assadas, cujo aroma ela quase podia sentir de onde se encontrava na calçada. Cavoucando no bolso, sentiu o pequeno maço de dinheiro ali. Teria que durar pelo menos até a próxima semana. Mas se Fitz a levaria para o outro lado do país, o mínimo que ela podia fazer era gastar um dólar num café gostoso para ele, certo?

Quando saiu da cafeteria, com o café de *quatro dólares* na mão, Fitz estava debruçado sobre o capô de um Ford Mustang branco e enferrujado estacionado na calçada.

— Posso ter que levá-la comigo — resmungava o jovem enquanto ela se aproximava por trás —, mas não tenho que ser bacana.

Um apito alto soou de algum lugar dentro do motor. Fitz fechou o capô com uma pancada e o som ecoou com um estalo.

— Aposto que ela não chega até Missoula. Vamos ver quem desiste primeiro.

— Quem vai desistir antes de Missoula?

Ele se virou, assustado.

— Oi. Ah. Ninguém.

Fitz fez uma carranca e um cantinho da atenção de Ren ficou na visão de seu cabelo espetado de lado de um jeito meigo, bagunçado pelos dedos que tinham passado por ali, supôs ela. Aprumou-se. A aparência podia ser agradável, mas o homem era rabugento.

— Eu disse a você para estar aqui às seis.

— São cinco e quarenta e cinco.

— Exatamente — disse ele. — Não preciso de mais tempo com você do que já terei.

Ren lembrou que o que Fitz havia dito era verdade: ele não tinha que ser bacana. Tinha apenas que levá-la para mais perto de Atlanta.

— Com quem estava falando? — perguntou ela.

— Meu carro. Max.

— Você deu um nome para o seu carro? — perguntou ela, deliciada. — Nós demos um nome para o nosso trator!

Fitz estava com aquela expressão que usara perto dela algumas vezes já, aquela que dizia que ele não sabia se deveria achar algo engraçado.

— Tá, vou acreditar. Como é o nome do seu trator, Ren?

O peito dela se apertou, e desejou não ter mencionado aquilo.

— Steve.

— Steve, hein? Uau. Legal.

Fitz foi até a calçada para pegar a mochila.

Ren engoliu em seco, seguindo-o.

— É. Gloria... Hã, minha mãe, ela deu o nome em homenagem a meu pai.

Podia ouvir como a palavra *pai* saíra espremida, como se sua garganta não quisesse dizer aquilo. Pela milésima vez, Ren sentiu-se muito ciente de que o homem que fora criada para considerar seu pai biológico podia não sê-lo, no final das contas.

O pesar era como alguém apertando sua traqueia, e ela não soube o que fazer além de estender o café para Fitz.

— Aqui. Comprei isso pra você.

— O que é?

Ela apontou para o café por cima do ombro.

— É dali. O especial de hoje. Alguma coisa com chocolate branco. É para agradecer por me levar.

— Não estou te levando por escolha própria.

— Eu sei. Mas me sinto mal por te chantagear.

— Bem, sem dúvida, um café conserta tudo.

Ele largou a mochila para pegar o café, mas, antes que pudesse dar um gole, Ren agarrou seu antebraço e apontou para o copo.

— Não, não, olhe antes! Ela fez uma *folha* com a *espuma*!

Fitz retirou a tampa, consideravelmente menos impressionado do que ela ficara, dizendo, inexpressivo:

— Uau, olha só. — Ele tomou um gole, o corpo todo estremecendo. — Ai, meu Deus, como é doce.

Ren riu.

— Foram quatro dólares, então talvez ela quisesse fazer valer cada centavo com açúcar...

Com um sorriso brincalhão, Fitz abriu a boca para comentar algo e depois a fechou de repente, levando a mão livre para apertar a ponte do nariz.

— Olha, Suécia, vamos... vamos repassar as regras básicas.

Ela estava preparada para isso.

— Regra número um: você está no comando. Regra número dois: nada de continências ou reverências.

— Certo — concordou ele. — E nada de...

— Ah! — A garota se lembrou de algo que queria mostrar para ele antes e procurou na mochila. — Eu fiz sanduíches!

O lábio de Fitz se curvou e ela seguiu o seu olhar para os sete sanduíches de manteiga de amendoim e geleia que havia feito naquela tarde, no refeitório.

— Eles estão um pouco amassados — admitiu ela —, mas eu os faço toda segunda-feira para durar a semana e, pode acreditar, eles ficam melhor com o tempo. Se racionarmos, isso pode nos sustentar até Nashville.

Com delicadeza, Fitz tirou o pacote da mão dela e o largou numa lixeira perto do meio-fio.

— Não.

— Por que fez isso? — Ela foi até a lixeira e olhou para dentro, mas eles já tinham sido engolidos pela bagunça aleatória de cascas de banana, copos de café e outros detritos. — O que nós vamos com...

— Regra número três: nada de comer dentro do carro.

— Não é para isso que servem as viagens de carro? Comer, dirigir e cantar...

— Regras quatro a seis, eu estou no comando da música, nada de cantoria, nada de ser irritante.

O humor dela sofreu uma queda.

— Essas regras não são muito divertidas.

Fitz soltou uma risada.

— Você está me chantageando. Eu não vou tornar essa viagem *agradável.*

Ren abaixou a voz num sussurro.

— Eu já te disse que me sinto mal a respeito. Foi por isso que te trouxe o café.

— Regra número sete — disse ele —, nada de ficar se intrometendo no trajeto do banco de trás.

Ren se abaixou para olhar pela janela traseira.

— Eu tenho que sentar no banco de trás?

— Regra *oito.* — Ele a ignorou e pousou a mão com gentileza no teto do carro. — Trate Max com respeito. Regra nove: nada de conversar.

— *Nadica?*

— Lembra da regra seis?

Murchando, ela assentiu.

— Nada de ser irritante.

— E por que está indo para Nashville? — perguntou ele. — Se é tão importante que está disposta até a me *extorquir,* por que não pegar um ônibus ou, melhor ainda, voar?

Ela empinou o queixo, endurecendo contra a onda de náusea que a percorreu.

— Não é da sua conta.

— Bom, tudo bem, mas aqui vai a regra número dez: espero que tenha como voltar para casa, porque não sei que dia vou retornar, e não vou ficar me adaptando à sua agenda.

O cérebro dela travou. Ela não tinha descoberto ainda nem como chegaria a Atlanta saindo de Nashville, quanto mais que talvez precisasse dar um jeito de voltar a Spokane depois disso.

Talvez sentindo algo na reação dela, Fitz se abaixou para capturar o olhar dela.

— Você *tem* um plano para voltar para casa, certo?

Ela assentiu vagamente.

Ele se inclinou mais para perto.

— Suécia?

— Tenho — disse ela, com mais convicção. Tarde demais para voltar atrás agora. — Tenho, sim... Ou ao menos terei quando chegar a hora de precisar voltar. Mas, de qualquer forma, não é problema seu.

Fitz se virou, abrindo o porta-malas para colocar as bolsas dos dois.

— Temos uma garota que gosta de improvisar aqui, Max. — Ele fez uma pausa antes de fechar o bagageiro. — Você precisa de alguma coisa daqui antes de sairmos? Só vamos parar em Missoula.

Com a boca fechada com força, ela balançou a cabeça com rapidez, negando.

— Bom.

Ele fechou o porta-malas, assentindo com decisão.

— Maseuqueriadizer — cochichou ela num jato, encolhendo sob a carranca dele. — Só queria dizer obrigada. Sei que está fazendo isso sob pressão, mas é muito importante pra mim.

Cavoucando no bolso do casaco, ela tirou de lá um envelope e o empurrou na direção dele.

— Também fiz um cartão para você. Tá, agora eu vou tentar seguir a regra seis.

Ele pegou o envelope, abrindo-o sem cerimônias. Lá dentro havia um cartão desenhado à mão com as palavras OBRIGADA, "SÓ FITZ" em letras maiúsculas coloridas cercadas por um campo vibrante de fogos de artifício intrincados e pequeninos. Amarelos e laranja, verdes e azuis, vermelhos e roxos. A precisão, de perto, era impressionante, ela sabia. Porém, quando vistos de uma pequena distância, se pareceriam com vitral. Ela fizera o cartão na noite anterior — tinha passado quase duas horas nisso, na verdade — e estava orgulhosa do resultado.

Por um instante, a testa rabugenta de Fitz ficou lisa enquanto ele encarava o cartão.

— *Você* fez isso?

— Foi.

Ele soltou um suspiro de derrota e fechou os olhos com força por um momento, antes de enfiar o cartão no bolso e apontar para a porta do carona.

— Entra.

A empolgação se agitou dentro dela, borbulhando para fora num pequeno combo de pulinho e palmas.

— Pare com isso — pediu ele, dando a volta no carro.

— É que estou tão entu...

— Xiiiu.

CAPÍTULO ONZE

FITZ

Até o clique da fivela do cinto de segurança dela foi exuberante demais.

— Calma lá — resmungou ele.

— Só estou entrando no carro!

— Só... — Ele exalou num sopro. — Entre com mais tranquilidade.

A garota assentiu com firmeza, e ele podia jurar que Ren estava segurando o impulso de bater continência.

Ele se afastou do meio-fio e ambos partiram. Fitz observou as luzes da Corona College ficarem cada vez menores no espelho retrovisor... junto ao seu entusiasmo por aquela viagem.

Não era assim que ele imaginara dirigir de Spokane para Nashville. Imaginara a si mesmo, Max, uma caneca gigante de café no porta-copos e música tocando, as janelas abertas. Imaginara ter a liberdade de deixar os pensamentos correrem soltos com a primeira lista de *O que vem agora* que ele já havia apreciado. Estava a três meses de se formar na universidade, três meses de conseguir tudo o que lhe fora prometido, três meses de começar sua vingança e recomeçar do zero, sozinho.

Só que não estava sozinho. Tinha a acompanhante mais irritante do mundo, e ela escrevia algo com fúria no caderno em seu colo.

Talvez fosse isso o que ela faria o tempo todo?

Talvez escrevesse e desenhasse, e Fitz poderia apenas fingir que ela não estava...

Ren levantou a mão e ele apertou o volante com mais força.

— Pois não?

— Você tem um mapa?

— Você quer dizer um GPS? Tenho, claro.

— Não um mapa de papel? — perguntou ela.

— As pessoas quase não usam mais isso.

— Bem, como você provavelmente sabe, eu não tenho um celu...

— Regra nove. — Ele a relembrou.

— Estaria menos inclinada a *falar* — disse ela, cortante — se pudesse acompanhar nosso progresso na estrada.

— Então você mesma deveria ter trazido um mapa.

— Ah! — Ela bateu palmas, em deleite. — Não consegui dormir esta noite, então peguei o notebook de Miriam emprestado para procurar alguns joguinhos de viagem!

Ren abriu o caderno de novo, no qual, uma rápida olhadela o informou, ela havia anotado as regras declaradas por ele para a viagem. Virou a página.

— Tem uma brincadeira com as placas dos carros, nós podemos...

— Não.

— ... tentar encontrar uma placa de cada estado, e...

— Não.

— ... o jogo do alfabeto, em que a gente encontra placas que comecem com cada letra do...

— Nada de jogos. Só... Aqui.

Ele rosnou, pegando o celular e, com os olhos na estrada, segurou-o diante do rosto para destravá-lo.

— Abra o Google Maps, mas não toque em mais nada.

Ela soltou um gritinho, segurando o aparelho com o braço esticado.

— Não leia minhas mensagens de texto.

— Não lerei.

— Nem meus e-mails.

— Por que eu leria seus e-mails?

— Sei lá, apenas não leia.

Após cerca de cinco minutos de abençoado silêncio, Fitz sentiu os ombros relaxarem, aliviados. Talvez ela fosse capaz de ficar quieta. Ren estava hipnotizada assistindo ao pequeno círculo azul deles se movendo pela interestadual, o que permitiu que Fitz voltasse ao alívio envolvente do *O que vem agora*. Ele listou mentalmente o percurso geral: terminar os estudos, obter a carta de recomendação da juíza Iman, completar seu estágio em Direito, fazer as provas, entrar na faculdade de Direito. E depois acabar implacavelmente com o pai.

Terminar os estudos não seria um problema; obter a carta de recomendação da juíza poderia vir a sê-lo, mas não havia nada que ele pudesse fazer a respeito no momento. No momento, deveria se concentrar apenas em passar na entrevista para o estágio pago de um ano no escritório de Fellows, Wing e Greenleaf. Eles não só eram a melhor firma de Direito Corporativo do país, como ficavam em Nashville... onde ele estaria perto de Mary outra vez. Onde, enfim, poderia ficar de olho nela.

Uma gargalhada aguda aos berros soou pelo carro, e Fitz não pôde evitar pisar nos freios com tudo.

— Puta me... *O quê?* O que foi?

— Tem um lugar chamado Pico do Sexo a uns 95 quilômetros naquela direção!

Ele levou um instante olhando para Ren, boquiaberto, antes de voltar a fitar a estrada.

— O que diabos é o Pico do Sexo?

— Não sei! Mas está *no mapa*! — Ela se virou para ele. — Fitz, posso usar seu navegador para pesquisar?

Ele suspirou, resignado.

— Tá bem. Mas não olhe para as outras abas.

Ela ficou quieta por um segundo e depois soltou um *humm*.

— Ah — disse ela, franzindo a sobrancelha para a tela. — O nome é enganoso. É um mirante e uma área de acampamento. Não vejo nada sobre sexo acontecendo lá.

— Um mirante? Ah, com certeza as pessoas fazem sexo por lá.

— *Fazem*, é?

— Quer dizer, presumo que sim. Chamam de Pico do Sexo...
— É, acho que você saberia.
— O que isso quer dizer?
Ela ignorou a pergunta, murmurando assombrada:
— A internet é mágica.
Ele deu uma olhada no que ela estava pesquisando.
— O que você jogou no Google?
— Se as pessoas fazem sexo no Pico do Sexo.
— Tá bom, Suécia, vamos só... — Ele estendeu a mão, pegou o celular e o guardou no console central. — Talvez seja bom dar uma pausa no Google. Não quero que fique enjoada.
— Ah, bom argumento.

Ela olhou para a paisagem que escurecia lentamente diante deles por alguns minutos e pigarreou antes de se voltar para ele. Não falou nada, mas Fitz sentiu a pressão da atenção dela na lateral do rosto como um dedo cutucando-o com gentileza.

Por fim, não aguentou mais.
— Deus do céu. *O quê?*
— Queria pedir desculpas se fui rude agora há pouco quando disse "você saberia". Você pode não ser um libertino, não quero presumir coisas.
— Um *libertino*? Sério, Ren, onde foi que você aprendeu a falar?
Ela ignorou a pergunta.
— Logo que cheguei, antes de encontrar com você para a visita guiada? Miriam, a minha colega de quarto, disse que você estava sempre pegando todo mundo e me alertou para que eu não deixasse você me pegar.

Fitz juraria que o motor de Max engasgou nesse instante, e segurou o volante com mais força.
— Regra onze. Nada de discutir quem pegou quem.
Assentindo, ela tirou o lápis dos anéis da espiral do caderno, virou a página mais uma vez e acrescentou a regra número onze na lista de regras.

Ele sentiu uma mudança em Ren no segundo em que chegaram à fronteira com Idaho. Assim que passaram a placa indicando que tinham cruzado o limite entre os estados, os ombros dela subiram até as orelhas e ela puxou os joelhos para cima, abraçando a si mesma.

— Tudo bem aí, Suécia?

— Tudo.

Ele não tinha tanta certeza. Por todos os 45 minutos que levaram para atravessar a Panhandle, ela pareceu passar por uma crise existencial. Resmungando baixinho consigo mesma, argumentava com uma voz invisível. Ele pensou ter ouvido um *Se eles descobrirem, isso os mataria!*

Ignorando-a, aumentou o volume da música.

Finalmente, Ren levantou a mão para falar.

Ele abaixou o volume.

— Pois não?

Ela então largou uma bomba:

— Fitz, a gente pode... Pode dar meia-volta?

Sob eles, Max derrapou na estrada.

— Como é?

Ren rapidamente agitou as mãos num aceno.

— Deixa pra lá. *Não* — disse ela, com mais força. — Ignore. Não quero dar meia-volta.

Ele considerou a relativa chateação de perder três horas de viagem ida e volta contra a chateação ainda maior de continuar com ela durante os próximos dias.

— Estamos só a algumas horas de viagem. Se quiser voltar, me diga agora.

— Não. Siga em frente. — Mas aí ela grunhiu, apoiando a cabeça contra o assento. — O que eles não sabem não pode magoá-los, certo?

— Olha... Sei que isso é estressante para você, tá? Mas não tem nada de errado. Diga agora e posso te levar de volta.

— Não. *Não.* — Depois ela soltou: — Sou apenas uma filha terrível, só isso.

E largou a cabeça entre as mãos.

— Deixe eu te perguntar uma coisa — disse Fitz, depois tentou outro gole da bomba açucarada que ela comprara para ele. — Mais alguém, além de mim, sabe que você saiu?

Ela abaixou a mão para mexer com o caderno no colo.

— Claro.

Uma mentira óbvia.

— Você acha que essa é uma escolha segura? — perguntou ele, levantando a mão quando ela começou a protestar. — Vamos lá, menina.

— Eu tenho quase 23 anos, Fitz, não sou criança.

Ele soltou uma risada.

— Só estou dizendo que você mal me conhece.

— Você? — Ela voltou aqueles olhos verdes gigantes para ele. — Acho que, por baixo dessa casca arrogante, você é um coração mole.

Ele riu, incrédulo.

— Posso te garantir que nenhuma mulher já me chamou disso antes.

Ren sorriu, meiga. Meiga até demais.

— Tá bem — disse ela. — Você é só um *pouquinho* mole.

— Ai, meu Deus. Isso não é...

— Mas enfim — interrompeu ela, colocando a expressão de durona outra vez. — Eu te disse, não é da sua conta aonde estou indo ou quem sabe disso.

— Não deveria confiar em mim apenas porque vamos para a mesma faculdade.

Com um sorriso enorme, como se o tivesse encurralado, ela falou:

— O fato de estar preocupado com isso me diz que você é um cara bacana.

Um cara bacana? Ela não fazia ideia.

— Apenas... Você vai pegar um quarto de hotel só pra você, tá? E mantenha a porta trancada.

— Hotel?

Ele virou para olhá-la de novo.

— Sim...?

— Não vamos ficar em hotéis, vamos?

Fitz tossiu, incrédulo.

— Quer dormir na rua?

— Na rua, não, mas pensei que dormiríamos no carro.

Uma gargalhada escapou dele.

— *De jeito nenhum.*

— Não tenho dinheiro para um hotel, Fitz. Tenho apenas um pouco de dinheiro para a comida.

— Como assim? — O pânico escalou pela garganta dele. — Como esperava chegar do outro lado do país?

— Bem, você jogou fora meus sanduíches, o que definitivamente é uma pena, porque...

— Espera. — Sinos de alarme soaram. De alguma forma, ele suspeitava de que as definições de ambos do que era *um pouco de dinheiro para a comida* não se alinhavam. — Quanto dinheiro tem na sua conta bancária?

Ela riu como se isso fosse uma pergunta boba.

— Eu não tenho conta bancária.

Por vários e longos instantes ele encarou a estrada escura desaparecendo sob o carro, sem expressão. Por fim, conseguiu dizer:

— Tá bem. Quanto dinheiro você trouxe?

— Eu tenho por volta de sessenta dólares.

A exasperação explodiu no peito dele. Tudo isso eram coisas que deveria ter perguntado antes de saírem: alguém sabe que você está indo? Tem dinheiro suficiente para a viagem? Como vai voltar para casa? Fitz tinha separado dinheiro suficiente dos pagamentos para cobrir suas despesas e talvez um pouco a mais, mas com certeza não o bastante para dois quartos de hotel em toda cidade, duas refeições em cada parada. Isso era uma insanidade.

— Ren, é sério isso? Mesmo que sejamos frugais, você só tem o suficiente para talvez seis refeições, e está planejando ficar fora por uma *semana*!

— Eu vou.. A gente vai dar um jeito. Vou te compensar! — Ela arregalou aqueles olhos verdes para ele, e Fitz se voltou para a estrada. — Prometo.

Ela fez uma pausa e depois falou com tanta sinceridade, com tanta profundidade, que ele se viu virando para Ren de novo.

— Eu *prometo,* Fitz.

Sincera ou não, aquilo era absurdo.

— Como é que você vai me compensar? Está planejando montar uma mesa para vender temperos para conserva no pátio quando voltarmos?

Empolgada por um instante, Ren abriu a boca para responder mas depois fechou os lábios, estreitando os olhos. O jovem ignorou a forma como essa frustração fofa fez sua nuca se arrepiar.

— Acho que está me provocando — disse ela.

— É claro que estou. Mas o que mais você vai fazer? Arranjar um emprego na Starbucks? Talvez trabalhar como caixa na Target? — Ele a analisou em olhadelas roubadas da estrada, genuinamente curioso agora. — Todo mundo sabe que você nem sai do campus, exceto quando seus pais te buscam na sexta-feira.

Ren virou o rosto para a frente, a expressão desabando diante da zombaria no tom dele.

— Não pensei que me destacaria tanto.

— Está me zoando? — Ele soltou um riso que era quase tosse. — Suécia, você chegou a ler o perfil a seu respeito? Você entrou na metade do ano. Tem dezessete hectares de cabelo loiro, se os seus olhos fossem maiores você seria um lêmure, e você cumprimenta todos os mamíferos que encontra no campus. Nunca esteve numa instituição escolar antes, mas sabe mais do que a maioria dos professores, pode consertar um foguete com fita adesiva e um cadarço, e tapeou todo mundo, menos eu, fazendo todos acreditarem que você é um presente de Deus. É, eu diria que você se destaca um pouquinho.

Um leve remorso o percorreu, mas o empurrou de escanteio ao ver a deixa da insegurança da garota sobre ser um peixe fora d'água.

— Você mal esteve fora do campus, mas acha que pode se cuidar numa viagem para o outro lado do país com um desconhecido? — Fitz riu. — Você realmente é muito ingênua.

Sentiu-se um idiota, mas pelo menos funcionou. Ela não disse mais nada pelo resto da viagem até Missoula.

CAPÍTULO DOZE

REN

Um dilema real caiu aos pés dela quando chegou a hora de parar por aquela noite. Ela havia resolvido ficar quieta pelo resto do dia, e aí os dois pararam na frente do que devia ser o hotel mais lindo que já vira. O prédio em si tinha cor de areia, com uma entrada da largura de cinco portas deslizantes e um arco branco gigante e bem-iluminado. Atrás deles havia uma ampla alameda pavimentada ladeada por jardins bem-cuidados, com flores, grama e rochas lindamente arranjadas.

Desceram do carro, se alongaram sob a luz minguante e olharam para seu lar por aquela noite.

Ren durou dez segundos antes de explodir:

— É tão lindo!

Fitz seguiu a atenção dela para a entrada, seu olhar varrendo a paisagem diante deles, sem se impressionar, e depois voltando para ela.

— É um Holiday Inn.

Ela suspirou, impressionada.

— Até o nome soa mágico.

Ele a encarou por mais um instante antes de ir até a traseira do Mustang sem dizer nada e retirar de lá as bolsas de ambos, passando uma em torno de cada ombro seu. A dele era uma bolsa de couro impecável. A dela era uma mochila velha e surrada. Juntas, pareciam tão engraçadas que ela não conteve uma risada.

— Não precisa carregar minhas coisas, Fitz — disse Ren, correndo atrás dele.

— Tudo bem.

As portas automáticas se abriram deslizando, e os dois foram atingidos por uma muralha de ar frio cheirando a produtos industriais de limpeza. Ela esperava que a temperatura fosse esquentar quanto mais ao sul eles se movessem, então não se dera ao trabalho de trazer o casaco, mas o ar do início de abril em Missoula ainda tinha um certo gelo e o ar-condicionado não estava ajudando. Esfregou os braços, acompanhando Fitz para um saguão com luminárias de latão brilhante, uma lareira de pedras empilhadas e pisos de madeira para todo lado.

— Uau — murmurou ela.

No balcão da recepção, uma garota surgiu vinda dos fundos, parando abruptamente quando viu Fitz.

Colocando a bagagem de ambos a seus pés, ele se debruçou com os braços cruzados sobre o balcão de fórmica.

— Oi — disse ele, a voz baixa e grave.

Mesmo de trás dele, Ren podia ouvir o sorriso que era a marca registrada dele naquele som e levantou a cabeça a tempo de pegar a mulher visivelmente derretendo.

— Oi... Olá. — Ela engoliu em seco. — Boa noi... Bem-vindo. A Missoula... Check-in?

Com naturalidade, ele enfiou a mão no bolso traseiro e tirou de lá a carteira.

— Tenho uma reserva. — Entregou seu documento. — Mas estava pensando, será que poderíamos acrescentar um segundo quarto?

A mulher empurrou uma nuvem de cachos cheios de frizz para longe do rosto e digitou o nome dele.

— Humm... Estou vendo a sua reserva aqui... Uma noite, num quarto duplo? — Ela olhou de lado para Ren e em seguida desviou o olhar depressa. — Mas você quer um segundo quarto?

— Isso mesmo.

Ela pressionou mais algumas teclas e fez uma careta.

— Parece que estamos com lotação esgotada por causa do rodeio e não poderemos acrescentar outro quarto esta noite.

Ele deixou a voz ainda mais grave, pingando mel.

— Tem certeza?

A garota o encarou por um instante longo, em silêncio. Ren olhou de Fitz para a garota, e de novo para Fitz, se perguntando o que estava acontecendo ali. Finalmente, ele pigarreou e a garota voltou ao mundo consciente.

— Hã... É-é. A menos que queiram um quarto de nível clube.

— Quanto custa um desses?

Ela engoliu em seco.

— Duzentos e cinquenta.

— Duzentos e cinquenta dólares?

— Isso.

— Por noite? — perguntou ele.

— Isso.

— Em Missoula?

— Isso.

— Numa terça-feira?

Ela engoliu em seco de novo, os olhos se desviando.

— Isso.

Fitz murchou, voltando-se para Ren.

— Pode ficar com o quarto. Eu durmo no carro.

— Não! — gritou ela, dando um susto em todos. — De jeito *nenhum*. Se alguém for dormir no carro, serei eu.

Fitz negou com a cabeça.

— Nós não vamos fazer isso.

— Então nem vou subir para o quarto — disse a jovem. — Estou falando sério, Fitz.

Após um momento de contemplação com maxilares cerrados, ele se virou de novo para a garota no balcão, resignado.

— Tudo bem. Acho que vamos ficar com o quarto, então. Tem alguma cama extra que possa mandar para lá?

Ela anuiu, depois parou.

— Eu... Não, desculpe. Infelizmente, um quarto deste tamanho não acomoda cama extra.

— Não se preocupe — cochichou Ren. — Não vai haver nenhuma pouca-vergonha.

A garota sufocou uma risada, e Fitz olhou para Ren com um sorriso malicioso.

— Pouca-vergonha?

— Sabe como é. Nada de beijo e bolin...

— Sim, Ren, eu sei o que é pouca-vergonha. — Com uma risada discreta, ele entregou o cartão de crédito, assinou uma tela quando solicitado, aceitou o cartão-chave e, sem dizer nada, pegou as bolsas dos dois outra vez. — Obrigado — disse por cima do ombro, o charme no modo off.

Ren sorriu para a outra mulher, dizendo um rápido *Muito obrigada* antes de correr atrás de Fitz até os elevadores. Em silêncio, entraram quando as portas abriram e Fitz apertou o botão para o quinto andar.

— Eu não ligo mesmo de dormir no tapete — falou Ren.

Ele exalou pelo nariz, os olhos no alto enquanto via os números subirem, e depois saiu sem responder. Ren pretendia, definitivamente, continuar discutindo, mas, quando ele destrancou a porta e indicou que a garota entrasse na sua frente, ela parou, em choque.

Nunca estivera num hotel, quanto mais dormira em um, e simplesmente não tinha palavras para quanto tudo era deslumbrante. O quarto em si era do tamanho de metade do chalé e, quando Fitz passou por uma porta e acendeu a luz num banheiro, Ren soltou um grito, cobrindo a boca com a mão.

— Um banheiro no *quarto*? De verdade?

Quando Fitz emergiu, Ren podia jurar que ele estava lutando contra um sorriso.

— Bom, pelo menos você é fácil de agradar.

— Nunca dormi num hotel.

Uma sobrancelha escura se arqueou.

— Nunca?

— Eu nunca tinha passado uma noite sequer longe da minha cama antes de Corona.

— Mas nem ferrando.

— Feeeer... rando, sim — disse ela.

Fitz fingiu estar chocado.

— Um dia na estrada, Suécia, e já está com a boca suja.

Enquanto ele saía para colocar a etiqueta do estacionamento no carro, Ren olhou ao redor, abrindo gavetas e explorando o que o quarto tinha a oferecer. Uma cômoda com espaço para roupas, um frigobar vazio que não parecia estar ligado. A vista não era lá grande coisa — uma rua, colinas vazias à distância —, mas, ainda que Fitz não estivesse impressionado, Ren não conseguia banalizar o luxo de ter tudo na palma das mãos.

Fitz voltou e largou as chaves do carro na cômoda.

— Vou tomar um banho.

Com um aceno distraído, Ren retomou sua bisbilhotice. Encontrou uma gaveta na mesa de cabeceira com uma Bíblia e um Livro dos Mórmons, uma gaveta na mesa com um bloquinho de notas e uma caneta do Holiday Inn, uma pasta na cômoda com informações sobre todo tipo de coisa a se fazer em Missoula, e um armário com travesseiros e cobertores suficientes para arrumar uma cama digna de rainha.

Colocando mãos à obra, Ren dobrou o cobertor mais espesso no chão para servir de colchão e depois o segundo para servir de coberta, jogando um par de travesseiros por cima e olhando para o resultado, satisfeita.

— Perfeito — disse ela, bem quando a porta do banheiro se abriu e Fitz saiu numa nuvem de vapor.

— Não olhe — avisou ele de imediato, mas já era tarde demais, porque ela tinha enchido os olhos com o tronco nu e molhado dele, e a linha escura de pelos logo acima da toalha que ele agarrava em volta da cintura. Ren cobriu o rosto com a mão. — Esqueci minha bolsa — explicou.

A porta tornou a fechar e o pensamento da cama improvisada perfeita e a animação de estar num quarto de hotel pela primeira vez foram eclipsados por uma descarga de adrenalina tão intensa, que ela quase tropeçou na cadeira, sentindo-se com calor, nervosa e aturdida. Já tinha visto homens sem camisa; durante a colheita, esquentava, e Steve e outros vizinhos que aparecessem para ajudar com frequência tiravam a camisa no fim do dia ou mesmo enquanto trabalhavam, mas eles não se pareciam em nada com *aquilo*. Como pele esculpida, lisa, quente. Ao mesmo tempo macia e firme. As palmas de suas mãos pareciam febris só de pensar em tocar nele.

Espera aí. Por que ela estava pensando em tocar nele?

Linda, na biblioteca, guardava para Ren todo livro que cruzasse sua mesa, e muitos deles eram romances, que Ren, é claro, devorava com voracidade. Mas no verão passado ela havia registrado, enquanto lia um, que só vivenciara aquelas sensações como leitora: o coração disparado, os arrepios na nuca, a sensação de ficar inarticulada na presença de alguém, a sensação de ser envolta em calor, de ser tomada por ele. E ali estava Ren na vida real, reagindo exatamente daquela forma depois de ver Fitz apenas de toalha.

Ren havia *dito* para ele que não ia ter pouca-vergonha alguma. Ela já era um fardo para ele. A última coisa de que precisava era mais uma mulher o encarando com coraçõezinhos nos olhos quando ele só estava tentando chegar a Nashville para seja lá o que fosse que faria lá. Assim, quando Fitz saiu, abençoadamente vestido e evitando contato visual, Ren entrou no banheiro logo na sequência, deixando a água o mais fria possível para dispersar qualquer intenção romântica e tola.

CAPÍTULO TREZE

FITZ

A última coisa de que Fitz precisava no final desse pesadelo de dia era Ren cantando a plenos pulmões no chuveiro. Mesmo que fosse Dolly Parton — e mesmo que ela estivesse até cantando bem —, ele vinha ansiando por dez minutos abençoados para fingir que estava sozinho no quarto.

Muito embora... Se ele tivesse aceitado a oferta dela de dormir no carro, *poderia* estar sozinho agora. Isso era culpa dele. Ren era pequena, mas era valente, e provavelmente teria ficado bem dormindo no estacionamento de um Holiday Inn. Infelizmente, Fitz sabia melhor do que ninguém que tipo de lixo humano havia por aí. Não importava quanto ela o irritasse, ele não teria dormido sequer um minuto sabendo que Ren estaria lá fora sozinha.

E olha só. Ela tinha arrumado uma cama para ele com os cobertores extras. Estava *tentando* ser útil. Fitz podia lhe dar crédito parcial por isso.

Levando sua bolsa para a cama improvisada, tirou de lá os carregadores e vasculhou as paredes, localizando enfim uma tomada escondida atrás da perna de uma mesa e conectando o celular. Ele evitaria as ligações dos pais até o final dos tempos, mas tentava ao menos fazer contato com Mary a cada poucos dias.

A linha tocou uma vez, duas, antes que ela atendesse.

— Oi, meu bem.

Ao som de sua voz suave e etérea, Fitz sentiu os músculos relaxando. Ajeitou-se na cama improvisada.

— Oi, Mare.

— Está tarde. Chegou bem a Missoula? — perguntou ela.

— Cheguei. Viagem tranquila.

— Ainda vai chegar aqui no fim de semana?

— Esse é o plano. — Ele fez uma careta quando Ren começou a cantar "My Tennessee mountain home" e o som ecoou pelo banheiro, saindo para onde ele estava sentado. Fitz ergueu a voz, de repente desesperado para finalizar a ligação. — Não tenho muito mais para contar, então acho que...

— Quem é?

Ele fechou os olhos com força.

— Quem é o quê?

Mary deu uma risada rouca, a voz grave.

— Estou ouvindo uma garota cantando no seu quarto, menino, não banque o besta comigo.

— Deve ser a camareira no corredor.

O silêncio dela comunicou o ceticismo que ele podia imaginar com facilidade em seu rosto. Porém, quando falou, ele ouviu apenas o sorriso dela.

— Está trazendo alguém junto na sua visita?

— Não — disse ele, depressa demais, brusco demais. Cedendo, admitiu: — Ela é uma colega de classe que precisava de carona. Não há nada entre nós. — Por algum motivo confuso, acrescentou: — Ela não podia pagar pela passagem de avião, nem de ônibus.

— Isso foi gentil da sua parte, menino meigo.

— Não, não foi nada — disse ele.

Um silêncio se estendeu do outro lado.

— Mas, se são só vocês dois, sabe o que isso quer dizer, não sabe? Significa que cabe a você cuidar da menina, goste dela ou não.

Uma dorzinha ínfima brotou em suas costelas ante a ideia de Mary nessa idade, à mercê de um desconhecido, como Ren estava agora. Se havia alguém que entendia como a vida de Fitz tinha sido dura, esse alguém era Mary — porque a dela também tinha sido.

Era exatamente por isso que ele jamais deixaria Ren dormir no carro.

— Claro que vou cuidar, Mare. Você me conhece.

— Você é um bom menino.

Não sou, não, pensou ele. Mas, para a única mulher que lhe importava, disse:

— Estou tentando.

Quando a porta do banheiro se abriu, Fitz já tinha desligado e refletia se queria pedir hambúrguer ou burritos para entrega. Estava morrendo de fome. Também tinha se resignado ao fato de que bancaria Ren naquela viagem. Apesar do que todos presumiam, Fitz não estava cheio da grana, mas trabalhava duro e não gastava muito; também não estava passando fome. Depois se preocuparia com como ela lhe devolveria. Por enquanto, a fome assumia a prioridade.

— Hambúrguer ou burritos? — perguntou ele, sem levantar a cabeça.

— Fitz! Essa é a minha cama!

Agora ele tinha levantado a cabeça. Todo aquele cabelo estava, de algum modo, embrulhado numa toalha. Ela vestia uma camiseta grande demais que, ele esperava, cobrisse um short de pijama, mas a única coisa que se estendia para além da barra da camiseta eram suas pernas longas e lisas. Nos braços havia uma porção de roupas; uma alça fina de sutiã pendia da pilha e ele imediatamente desviou o olhar, sem querer colocar sutiãs e Ren no mesmo pensamento.

— Do que está falando? — perguntou ele, os olhos de volta ao telefone.

— A cama — disse ela, e aproximou-se, de modo que ele ficou olhando para os pés descalços dela. — Eu arrumei para mim. Você pagou pelo quarto, você dorme na cama de verdade.

— Não tem problema.

— Fitz...

— Ren — ele a interrompeu, olhando para ela outra vez. — Não vou discutir sobre isso. Estou faminto demais. Só me diga se prefere hambúrguer ou burritos.

Uma breve pausa e então:

— Eu nunca comi um burrito. É bom?

Ele se sentou.

— Se burrito é *bom*? Isso é uma pergunta séria?

Ele tinha que parar de se surpreender toda vez que encontrava algo que Ren nunca tinha experimentado, mas algumas coisas estavam além de sua compreensão. Fitz não conseguia imaginar a vida sem burritos e, apesar das horas de aborrecimento naquele dia, sentiu uma pontada de empolgação por ela vivenciar aquilo.

— Teremos burritos, então. Confie em mim, você vai ficar maluca por eles.

Ela foi até sua mochila e depois se aproximou, entregando-lhe uma nota de cinco dólares. Fitz a recusou.

— A gente vê como fica depois, tá? Vou guardar os recibos.

— Tá, mas, por favor, fique com a cama grande.

Fitz se deitou de novo, esfregando-se por todo canto da pilha de cobertores no chão, rolando de barriga para baixo, depois de costas, antes de voltar a se sentar.

— Pronto — disse ele. — Marquei tudo. É meu.

— Ah, faça-me o favor! Se acha que isso me impediria, com certeza não sabe que eu já dormi num cercado junto aos porcos.

— Que nojo. — Aquilo não era muito pior do que alguns dos lugares em que ele tinha dormido, mas não se deu ao trabalho de mencionar. Fitz se ajoelhou para procurar o controle remoto da TV. — Por que não escolhe algo para a gente assistir?

Ren pegou o controle como se ele estivesse lhe entregando uma varinha de condão.

— Sério?

— Com grandes poderes vêm grandes responsabilidades — disse ele, distraído, olhando o cardápio de um restaurante mexicano local. — Escolha com sabedoria.

— Tem tantos botões...

— Aperte o vermelho.

Ela apertou e arfou quando a tela ganhou vida.

— Incrível.

Ele fez o pedido de delivery e assistiu, divertindo-se, enquanto, por um processo de tentativa e erro que os levou sem querer à seção de filmes adultos e logo para fora dela, Ren navegava até as opções de filmes gratuitos.

— O que é bom aqui? — Ela fez uma pausa em *As patricinhas de Beverly Hills*. — É baseado em *Emma*? Isso parece divertido!

— É muito bom. Vamos com esse.

Ela caiu de costas na cama, abrindo os braços e as pernas como se estivesse fazendo um anjo na neve.

— Tenho certeza de que já sabe o que vou dizer! — disse ela em voz alta, como se Fitz estivesse no outro quarto, e não a dois metros e meio dela.

— Que você nunca esteve numa cama tão grande?

Os créditos de abertura começaram, e Ren se levantou ao ouvir, sentando de pernas cruzadas no colchão. Fitz revirou seu interior em busca daquela sementinha de irritação a cada coisa que ela fazia, mas, ao menos por esta noite, a sensação parecia ter tirado uma folga. A comida deles chegou depressa e Ren deu tapinhas no colchão a seu lado, estendendo algumas toalhas e insistindo para que eles fizessem um piquenique de burritos na cama. À primeira mordida, ela soltou um gemido tão sugestivo que Fitz teve que morder a bochecha para evitar reagir com uma risada, uma piada, qualquer coisa para atenuar o modo como seu cérebro deu curto-circuito com o som. Uma olhada para ela, e ele soube que Ren não fazia ideia do que acabara de fazer.

Ele piscou, voltou a olhar para a TV, desconfortável com a rapidez com que se via amolecendo em relação a alguém que, apenas algumas horas antes, estava definitivamente em sua lista de desafetos.

E, como se algum poder no universo soubesse que ele precisava se lembrar de quanto ela podia ser irritante, ela deu play no filme e o encheu de perguntas constantes.

— Já esteve em Beverly Hills?

— Sabe andar de skate?

— A sua escola do ensino médio era assim?

— Será que alguém realmente tem um closet como o da Cher?

— O que as pessoas fazem em festas?

Quando ela pediu que Fitz explicasse a piada sobre bolas voando no rosto de alguém, ele agarrou um travesseiro e fingiu sufocá-la com ele.

— Tudo bem — disse ele, rindo a contragosto —, vamos assistir ao filme.

Por sorte, depois disso Ren ficou quieta, agarrando o travesseiro e abraçando-o junto ao corpo enquanto assistia com olhos arregalados e atentos até os créditos finais terminarem de aparecer.

Fitz entrou no banheiro, pegando a escova de dentes na nécessaire e passando-a debaixo da água. No quarto, a TV foi desligada e passos soaram pelo piso da entrada.

— Esse filme foi tão bom — declarou ela, entrando no banheiro com ele e passando a própria escova debaixo da água. — Mas como adaptação de *Emma...* — Ela enfiou a escova na bochecha, falando com ela na boca. — Achei meio fraca.

Fitz arqueou as sobrancelhas, assistindo enquanto ela começava a escovar os dentes, a boca se enchendo de espuma.

— Fique à vontade, pode se juntar a mim — disse ele, irônico.

Fitz nunca tivera uma namorada por tempo suficiente para criar uma rotina noturna, e ali estava Ren, de pé com ele na pia, de pijamas, escancarando a boca sem vergonha nenhuma para alcançar os molares.

— Cher é warramentchy linna e esheshial — resmungou ela, e então se abaixou para cuspir.

— Não entendi nadinha — disse Fitz.

— Cher é claramente linda e especial — repetiu Ren.

— E daí?

— *Daí* — falou ela, apoiando-se no balcão para ficar de frente para ele — que *Emma* é um livro sobre uma garota considerada querida e especial por todos da cidadezinha minúscula e isolada ao seu redor, mas que, tirando isso, é completamente comum.

— Certo — disse ele, com a escova na boca.

— Foi um filme fofinho, mas me faz pensar que, seja lá quem escreveu isso, perdeu uma das mensagens mais importantes de Jane Austen.

Ele se abaixou, cuspindo a pasta de dente na pia.

— Vá escrever sobre isso no seu caderno, Ren. Francamente, não ligo tanto assim para *Emma* nem para *As patricinhas de Beverly Hills.*

Ela o seguiu de volta para o quarto com a escova na mão. O rapaz não tinha reparado durante o filme quando ela tirara a toalha para deixar o cabelo secar ao ar livre, mas as mechas caíam até a altura do bumbum agora em ondas metálicas brilhantes que ela começou a escovar de modo meticuloso.

— Talvez eu seja o primeiro a mencionar isso — disse ele, sentado na cadeira da escrivaninha e virando para lá e para cá num arco lento —, mas o seu cabelo é bem comprido.

Ela soltou um *há-há-há* brincalhão.

— Não diga!

Fitz observou enquanto ela desemaranhava um nozinho. Era hipnotizante. E depois se deu conta de que a encarava. Piscando e desviando o olhar, ele fitou os próprios pés.

— Escovar isso tudo parece dar muito trabalho.

— E dá.

— Já cortou curto alguma vez?

— Não, mas aparo as pontas duas vezes por ano para mantê-lo saudável.

— Já *quis* cortar curto?

Ela soltou um *humm*, pensando acerca do assunto, e em seguida sorriu para ele.

— Nunca pensei na questão por esse ângulo. Não é esquisito? Gloria, minha mãe, sempre teve opiniões fortes contra cortar, então simplesmente aceitei, tanto faz. — Ren suspirou. — Eu sabia que haveria algumas coisas em que seria diferente das outras garotas, mas há muitas coisas que só me dei conta de que eram estranhas a meu respeito quando cheguei à faculdade.

As palavras escaparam antes que ele pudesse considerar de onde viera o impulso.

— Seu cabelo não é esquisito. É só diferente, mas não de um jeito ruim.

Não passou despercebido a Fitz como as bochechas dela coraram.

— Acho que, quando eu era pequena, ele era tão loiro que era quase branco — disse ela. — Conforme fiquei mais velha e li mais sobre simbolismo e os tipos de sinais que os seres humanos de várias culturas e históricos carregam consigo ao longo da vida, comecei a entender que meus pais igualam meu cabelo ao modo como nossas vidas são intocadas na propriedade. — Quando ele levantou a cabeça, encontrou-a fitando a parede, contemplativa. — Eles não têm como voltar atrás e mudar o passado deles, mas podem fazer com que minha criação seja perfeita, sabe? Eles têm muito orgulho de me criar do jeito que acham que todos deveriam ser: sem a influência da cultura pop ou da internet, com a habilidade de ser completamente autossuficiente.

— Parece que os seus pais ainda têm muita influência sobre o que você faz.

Ren suspirou, rompendo o transe para olhar para ele. Naquele instante, ela parecia muito mais velha do que até três horas atrás.

— Não tanta quanto eles gostariam.

Ela iniciou o complicado processo de trançar o cabelo e ele ficou em silêncio, observando os dedos competentes passarem as mechas para lá e para cá até ela ter uma trança espessa e certinha jogada por cima de um ombro. Ele notou o peso nas pálpebras dela, e Ren bocejou de súbito, depois cobriu a boca com a mão.

— Uau, desculpa! O soninho bateu do nada.

— Eu também estou acabado.

Levantando, Fitz foi apagar as luzes. O quarto foi coberto pela escuridão e ele trombou com a lateral da cama, tropeçando num sapato enquanto atravessava o quarto.

Ren riu.

— Tudo bem?

— Estou, sim.

Ele se ajeitou em sua caminha, puxando o cobertor até a cintura. Ambos ficaram em silêncio e, na escuridão, o quarto pareceu encolher. Ele pensou no que Mary dissera mais cedo e quis reassegurar a Ren de alguma forma que, apesar de mal se conhecerem e de as circunstâncias da viagem serem estranhas, ela estava a salvo e podia dormir.

— Isso é tipo uma festa do pijama — cochichou ela, a voz eufórica mesmo com a sombra de exaustão ali presente. — Fitz se deu conta de que ela realmente não estava nervosa por estar perto dele, nem um pouquinho. — Eu só vi uma festa do pijama em *Grease*.

— Quer furar nossas orelhas?

Ela caiu na risada.

— Você assistiu *Grease*?

— Todo mundo assistiu *Grease*, menina. É um clássico.

Ele podia ouvi-la se mexendo na cama, podia ouvir as pernas chutando as cobertas. Deus do céu, estava tão *consciente da presença dela*.

— Já esteve numa festa do pijama? — perguntou ela.

— Claro.

— O que os meninos fazem?

— Na maior parte, comemos porcaria e jogamos videogames. — Ele olhou para a cama no escuro, perguntando-se pela primeira vez como tinha sido a vida dela de fato durante os últimos vinte e dois anos. — Você nunca esteve numa festa do pijama, sério mesmo?

— Não.

Um carro passou do lado de fora, os pneus estalando no asfalto.

— Não havia outras crianças da sua idade por perto? — indagou ele.

— Ah, havia algumas — falou ela. — Mas Gloria sempre disse que crianças deveriam dormir na própria cama à noite. Ela não gostava muito que eu fosse para a casa dos outros.

Ele fechou os olhos, maravilhando-se com quanto a vida deles tinha sido diferente uma da outra. A mãe superprotetora de Ren garantira que ela nunca passasse uma noite longe da própria cama. Por muito anos, Fitz não tivera mãe e ficava agradecido quando tinha uma cama onde dormir. Os dois tinham tido, de certa forma, experiências problemáticas, mas de maneiras totalmente diferentes.

— Sei lá — disse ele. — Acho que ficar longe de casa é um modo de as crianças aprenderem a ser educadas na frente de outras pessoas, a se comportar como uma visita.

Um longo instante de silêncio se seguiu. Ele começava a se perguntar se ela tinha pegado no sono quando a voz de Ren subiu da escuridão, tingida de tristeza.

— Estou começando a achar que Gloria estava errada sobre algumas coisas.

Ele não fazia ideia do que dizer quanto a isto, então deixou passar, e ambos recaíram no silêncio.

— Você ronca? — perguntou ela por fim.

— Ninguém nunca me disse que eu ronco.

— Eu também não.

— Como pode saber? — perguntou ele. — Nunca esteve numa festa do pijama.

— Bom argumento. — Ela riu, envergonhada, e o som o atingiu num novo ponto sensível do peito. — Boa noite, Fitz.

— Boa noite, Ren.

CAPÍTULO CATORZE

REN

Ren não se lembrava de ter adormecido. Lembrava da vibração gentil da voz de Fitz e depois mais nada, nem mesmo o alívio de deixar o dia ir embora. Após algumas horas de um sono profundo e sem sonhos, seus olhos se abriram e, na escuridão do quarto de hotel, com apenas o ritmo constante da respiração de Fitz e o ronco e chiado ocasional do aquecedor, viu-se presa e completamente a sós com seus pensamentos.

Às vezes, nos pontos mais exaustivos das temporadas de plantio ou colheita, Ren dizia a si mesma para bloquear toda e qualquer reflexão e continuar se movendo. *Não pense no alívio de terminar, ou na recompensa do outro lado. Apenas complete esta tarefa, depois a próxima, depois a próxima.* O dia anterior tinha sido um pouco assim. Movia-se na direção de um objetivo, sem pensar na possibilidade de um pai em algum ponto mais adiante, nem nos dois pais preocupados lá em Idaho.

Mas, uma vez que a consciência abriu a torneira dos pensamentos, ela não conseguiu mais fechá-la. A preocupação se avolumou como uma maré salgada, a culpa, a dúvida e o remorso em seu encalço. Ela tinha sido tola em partir dessa maneira, impulsiva. Dali a dois dias e meio, Gloria e Steve iriam para o campus e procurariam pela filha, mas ela estaria bem longe, do outro lado do país. Precisava impedir que fossem ao campus na sexta. Não importava quanto ficasse zangada com uma mentira desenterrada pelo teste de DNA, não podia simplesmente desaparecer.

Uma carta não chegaria lá a tempo, e não havia linha telefônica na propriedade, portanto, não havia como telefonar...

Os olhos dela se arregalaram, a mesa de cabeceira tomando forma na luz tênue. Era a manhã de quarta-feira, o dia em que os pais iam para a cidade. Se Gloria e Steve mantivessem a rotina, estariam na lojinha de bugigangas Hill Valley às sete, bem quando ela abria.

À s seis, ela se levantou e usou o banheiro, escovou os dentes e voltou para a cama. Fitz ainda estava apagado. Às seis e quinze, abriu algumas gavetas, fechando-as com suavidade a princípio, e depois com menos suavidade. Ele ainda dormia. Às seis e meia, fingiu um acesso de tosse, e ele continuou dormindo durante o acesso todo. E, às seis e quarenta e cinco, ela o chamou pelo nome três vezes... e nada.

Mas ainda assim, quando o relógio na mesa de cabeceira deu sete horas, ela olhou de relance para ele, estudando-o em silêncio em busca de algum movimento. Tudo o que notou foram respirações lentas e regulares, e pequenas contrações musculares enquanto Fitz dormia. Com cuidado, tirou o telefone dele de sob a cama no chão e tocou na tela. Um teclado digital apareceu e Ren o encarou, sem saber o que fazer. Digitou zero. Esperou. Nada aconteceu. Ela digitou um-dois-três-quatro-cinco. Nada.

Soltando um rosnado baixo de frustração, Ren tentou se lembrar de como ele tinha acessado o celular para ela no carro. Com uma careta de esperança, Ren segurou o telefone na frente do rosto de Fitz e soltou um gritinho baixo de vitória quando a tela destravou. Abrindo o navegador, procurou no Google o número do telefone da lojinha Hill Valley e anotou numa folha do bloquinho da mesa.

Com o número na mão, guardou o telefone de Fitz de novo debaixo da cama e levou o telefone sem fio do quarto para o banheiro, fechando a porta com cautela. Após apenas dois toques, a ligação foi atendida e ela mandou um pedido silencioso para o universo. *Por favor, tomara que estejam lá.*

Ela reconheceria a voz do velho Jesse em qualquer lugar. Anos fumando Marlboro sem filtro tinham deixado marcas em suas palavras, com cada uma delas se arrastando em cascalho, fumaça e cinzas.

— Hill Valley — disse ele. — Em que posso ajudar?

Ela cobriu o bocal com a mão, tomando cuidado para manter a voz baixa.

— Jesse?

— Pois não?

— Olá... É... É a Ren.

Uma pausa, e então:

— Ren? Ren Gylden? Menina, o que cê tá fazendo me ligando no telefone?

— Não sei se ouviu falar, mas estou na faculdade agora.

— Ouvi, sim — confirmou ele, e o coração dela se espremeu diante do orgulho comunitário que se filtrou pelo telefone. — Isso é uma vitória e tanto.

— É, sim, obrigada. — A jovem pigarreou. — Então, o negócio é que não tenho como falar com meus pais, mas anotei a data errada para o começo das minhas férias de primavera na semana que vem e preciso avisar os dois.

— Por que você tá cochichando, meu bem?

— Ah. — Ela olhou para a fina porta separando-a do quarto silencioso. Tudo o que podia fazer era torcer para que ele estivesse tão morto para o mundo quanto estivera alguns minutos antes. — Minha colega de quarto ainda está dormindo, mas queria ligar para a loja cedo, porque sei que Steve e Gloria devem chegar aí logo para buscar suprimentos.

— Ah — disse ele. — Entendi. Quer que eu passe o seu número para eles e aí eles te telefonam daqui?

— Não me incomodo de esperar na linha, se não tiver problema pra você. Imagino que devam estar aí em breve.

A risada de Jesse foi um ronco que se transformou em tosse.

— Bem, tudo certo pra mim, meu bem, se é o que você quer. Coloco eles na linha quando chegarem aqui.

O receptor dele bateu contra o balcão e ela o ouviu enquanto explicava o caso para a esposa, Tammy, ao fundo. A ansiedade fervia em seu estômago, ácida, ao som de Jesse ajudando um cliente ao fundo, da campainha da caixa registradora e do baque de uma gaveta.

Entrando na banheira vazia, ela se sentou e puxou os joelhos para o peito, jogando uma toalha sobre a cabeça para acrescentar mais um nível de isolamento.

Tomou um susto quando o receptor raspou contra o balcão e a voz da mãe, tão estranha dessa maneira, surgiu pela linha telefônica.

— Ren? É você?

Rodeando o bocal com a mão, ela murmurou:

— Oi, sou eu, sim.

— Tá tudo bem?

— Tá tudo bem, sim. Eu só queria...

— Por que você tá cochichando?

Fazendo uma careta, ela mentiu.

— Miriam ainda está dormindo.

— São sete da manhã — disse a mãe, incrédula. — O dia está claro lá fora.

Espremendo os olhos, ela tentou pensar no jeito mais fácil de passar por essa fase da conversa.

— Eu sei. Universitários dormem até mais tarde, acho. Escuta, eu anotei as datas erradas para as férias de primavera na semana que vem.

— Você o quê? Quase não consigo te escutar.

Ela olhou para a porta de relance, nervosa, os ouvidos alertas para qualquer som.

— Anotei as datas erradas para as férias de primavera.

— Como poderia fazer uma coisa dessas?

— Não sei. Desculpe. A semana que vem é a semana de provas do meio do semestre. — A mentira parecia oleosa e inadequada em sua boca, mas Ren a engoliu e seguiu em frente. — E esperava poder usar este fim de semana para estudar.

— Está me dizendo que quer ficar no dormitório no fim de semana? E que não vai estar em casa na semana que vem, só na outra?

Ren fez uma careta, perguntando-se como compensaria a perda de uma semana inteira de aulas depois das férias de primavera. Mas engoliu em seco e falou:

— Isso mesmo, senhora.

— Não sei não, Ren.

— Por favor? Eu monto um sistema de irrigação por gotejamento na estufa, assim você não precisa mais regar, e posso trabalhar com mais afinco na semana seguinte para compensar tudo o que deixei para trás. Acho que não atrapalharia muito ficar só este fim de semana antes das provas. Vou ficar apenas no meu quarto ou na biblioteca. — Ela engoliu em seco de novo, fazendo uma careta por causa da mentira. — Juro.

Ela ouviu a voz abafada de Gloria, depois a de Steve, e o estômago de Ren começou a subir para a garganta enquanto os pais discutiam ao fundo. Por fim, Gloria voltou.

— Só este fim de semana, Ren. Estou falando sério. Estaremos aí na sexta-feira que vem, como sempre.

O alívio foi uma explosão de luz solar sobre sua pele.

— É claro! Obrigada!

— Mas vai precisar fazer por merecer esse tempo livre que está recebendo. Teremos uma lista para você quando voltar para casa.

Ren assentiu, exultante.

— Com certeza.

— Nada de sair do campus, nada que nós não aprovaríamos.

— É claro, senhora. Entendo.

A voz de Steve chegou mais perto, como se ele estivesse se debruçando na direção do telefone.

— Estamos deixando-a fazer isso só desta vez, Ren. Você recebe um passe, e é só.

Uma pontada de pânico a perfurou, mas ela respirou até que passasse.

— Diga a ele que eu entendo, e fico muito grata. — Fazendo uma careta, tornou a abaixar a voz. — Vejo vocês daqui a uma semana e meia.

A mãe dela deu um *Tudo bem, então* relutante.

— Amo você, Gloria! — disse Ren, esperando ouvir o mesmo em retorno. — Alô?

A mãe dela já tinha desligado.

Ren ficou em silêncio por um longo instante, tentando encontrar alívio em tudo aquilo, mas sentindo, acima de tudo, o estômago revirado. Gloria não dissera nada fora do comum, mas Ren já sentia a distância se expandindo entre eles mesmo assim, e odiava isso. Para o bem ou para o mal, eles eram tudo o que Ren tinha no mundo... Mesmo que o que estivesse fazendo em segredo aumentasse ainda mais essa distância.

Saindo de sua pequena caverna, retirou-se da banheira, pendurou a toalha e atravessou o banheiro. Hesitando no limiar da porta, tentou ouvir. Tudo quieto ainda. Com uma inspiração tranquilizante, virou a maçaneta com gentileza e abriu a porta. O temor deslizou, grudento e frio, pelas suas veias. Ali, de pé do outro lado da porta, esperando por ela, estava Fitz.

— Antes de rodarmos mais um quilômetro sequer hoje — anunciou ele —, é melhor me contar o que diabos está havendo.

CAPÍTULO QUINZE

FITZ

Fitz passou por ela, entrando no banheiro.

— Quanto você ouviu? — indagou, atrás dele.

— O suficiente. — Ele passou a escova de dentes na água e a enfiou na boca, fazendo movimentos vigorosos. — Eu estava certo, não é? Ninguém faz ideia de onde você está.

A garota pegou a própria escova.

— Eu te disse ontem, isso não é da sua conta.

— Quem sai para uma viagem de três mil e setecentos quilômetros de estrada sem avisar ninguém?

— Alguém sabe onde *você* está? — disparou ele em resposta.

Tudo bem, nessa ela o pegara. Exceto por avisar Mary e confirmar com a equipe de RH da Fellows, Wing e Greenleaf, ele partira sem muito estardalhaço.

— É diferente — disse ele.

— Como?

— Eu sou homem, para começar.

Os olhos dela se arregalaram.

— Aaaah, bom! *Nesse* caso, ó gigante invencível...

— Não era nesse sentido que eu queria dizer — interrompeu ele, abaixando para cuspir e enxaguar a boca. — Quis dizer: saem cinquenta episódios de podcast por semana falando sobre mulheres que desapareceram e que começam exatamente assim.

— Não estou desaparecida, Fitz. Estou com você — falou ela, procurando seu rosto. — E já te conheço bem o bastante para saber que não vai deixar nada ruim me acontecer.

Ele jogou a toalha de mão que usara para enxugar o rosto.

— Não quero essa responsabilidade. Não entende? Eu não quero ser responsável pelo seu bem-estar. Nunca quis isso.

— Então só me dê uma carona e pare de se preocupar!

— Como posso fazer isso? — perguntou ele, fervendo de raiva. — Nem sei quais são os seus planos para quando chegarmos a Nashville.

— Vou pegar um ônibus para Atlanta.

Fitz ficou zonzo, tamanha a sua incredulidade.

— O quê? O que vai fazer em *Atlanta*?

— Não. É. Da. Sua. Conta.

— Mas você planeja voltar para a faculdade em algum momento, né?

— Mas é claro!

— *É cla...?* — Ele se interrompeu, incrédulo. — Suécia, *nada* nesse seu plano é óbvio.

Ren lançou as mãos para o ar.

— Não precisa ser!

Fitz estourou.

— Não quero ser a última pessoa a te ver viva caso não apareça mais na faculdade!

A última frase reverberou no azulejo do banheiro, e ambos se viram numa disputa de olhares fixos. O maxilar de Ren se contraiu, as narinas inflando, e a parte mais animal dele gostou de vê-la agitada, as emoções intensas por trás daquela imagem feliz de Garota de Ouro. Desviando o olhar, ele passou a mão pelo cabelo, frustrado.

— Diga-me o que te fez atravessar o país às pressas, sem dinheiro, sem garantia de segurança, ou não vou dirigir nem mais um quilômetro.

Ela soltou o ar numa exalação longa e forte.

— Tudo bem — disse por fim. — Mas preciso comer primeiro. Não aguento drama de barriga vazia.

Eles se vestiram e fizeram as malas num silêncio tenso, depois atravessaram o estacionamento movimentado e foram até um edifício de tijolos marcado apenas como MERCADO. Lá dentro, uma longa fila era visível pelas vidraças embaçadas, mas o cheiro que podiam sentir da calçada prometia que a espera valeria a pena. Fitz segurou a porta aberta para Ren, que entrou com sua mochila gasta, e ele não pôde evitar uma pontada de compaixão. Ren era linda e brilhante, com o cabelo preso em duas tranças unidas em um coque e lábios tão naturalmente vermelhos quanto a geleia de framboesa vertendo dos donuts atrás do vidro, mas qualquer um que a olhasse podia ver pobreza e inocência emanando de cada parte dela. Prendiam-se a ela feito chiclete num sapato.

A pobreza ele entendia. Não podia culpá-la por ser pobre, quando ele mesmo também tivera que lutar por cada centavo. Era a inocência que o incomodava. Como ela podia ter pensado que atravessaria o país sem que alguém a tapeasse, roubasse, explorasse, ou coisa pior? Se a garota queria tanto assim cair no mundo, o rato de rua que havia em Fitz pensava que ela deveria encarar o mundo de frente, sem sua ajuda. Mas, mesmo enquanto pensava isto, ele usava o corpo para abrigar o dela, mudando de posição para que ficasse junto da vitrine de pães e não fosse sacudida pelos clientes que entravam e saíam pela porta. Argh, Ren tinha razão. Ele não deixaria que nada lhe acontecesse, o que significava encontrar um jeito de garantir que ela voltasse para Spokane.

No balcão, ela pediu um donut cor-de-rosa gigante e um copo com água — recusando o dinheiro quando ele se ofereceu para pagar. Ele pegou dois sanduíches e um copo de café puro antes de gesticular para que ela fosse na frente até uma mesa vazia nos fundos.

Ele não demorou nada para engolir o café da manhã, mas, quando terminou, deu-se conta de que Ren tinha apenas dado algumas mordidas no dela. Depois de limpar as mãos num guardanapo, ele o jogou no prato vazio.

— O donut estava amanhecido ou algo assim?

— Não, está muito bom. Só estou sem apetite. — Ela empurrou o prato na direção dele. — Quer?

Fitz nunca recusara comida grátis na vida e arrancou metade do donut numa mordida só.

— Certo — disse ele. Deixara que ela adiasse aquilo por tempo suficiente. — Sou todo ouvidos.

Ren suspirou e olhou para além dele, para a janela, os olhos desfocados.

— Lembra aquele teste de DNA que Audran nos deu?

Ele respondeu enquanto mastigava outro bocado.

— Hã, lembro. Isso foi há apenas uma semana.

— Quando recebemos as páginas impressas com o resultado — disse ela, colocando as mãos em torno da água —, o meu indicava um match paterno.

— Ah, é? — perguntou ele, jogando o último naco na boca. *Sorte sua*, pensou.

Ren voltou os olhos para ele.

— É.

Fitz podia ver que ela estava esperando algo lhe ocorrer, mas deu de ombros.

— O quê?

— Meus pais moram numa propriedade — disse ela, lentamente. — Não temos telefone. Usamos uma bomba para nossa água. Minha mãe e meu pai pensam que o mundo lá fora é um veneno. Que a tecnologia é um veneno. — Ela apontou para o prato, agora vazio, sendo alguns granulados em tons de arco-íris os únicos resquícios. — Que comida que não tenha sido feita por nós ou cultivada por nós está maculada.

— E eles estão errados? — perguntou ele, limpando a boca. — Estava uma delícia, mas só aquela cobertura cor-de-rosa provavelmente tinha umas quinze coisas que poderiam me matar.

Isso fez Ren rir, mas com tristeza.

— Acho que não entendeu o que eu queria dizer.

— Então me explique como se eu fosse uma criança de colo.

— Meu pai, ou seja lá quem for o Steve, jamais daria o DNA dele para uma empresa. Ele nunca, nem em um milhão de anos, cuspiria num tubo de ensaio e o enviaria pelo correio daquele jeito. Não há nenhuma chance de ele ser o match paterno no meu resultado.

Fitz se recostou na cadeira como se tivesse sido empurrado. Estivera tão absorto nos próprios problemas de família, tão determinado a seguir adiante com o próprio plano, que não parara para considerar que outra pessoa poderia receber uma bomba com aquele trabalho de DNA.

— Acha que ele não é o seu pai verdadeiro?

— Não sei.

Ela enfiou a mão na mochila e tirou de lá uma folha de papel dobrada com cuidado. Quando a abriu na mesa entre os dois, Fitz olhou para baixo. Era a foto de um homem, impressa em papel comum. Ele tinha cabelos claros, olhos claros grandes e amistosos, e o sorriso de um otimista. Parecia polido e — Fitz era familiar com o tipo — rico.

E parecia *exatamente* igual a Ren.

— Ah — disse ele, exalando. — Vou chutar que este não é o cara que está na propriedade.

Ren balançou a cabeça.

— Esse é o cara de Atlanta. Acho que ele pode ser meu pai.

— Você *acha?* — Fitz levantou a mão, apertando a ponte do nariz enquanto pensava naquilo mais a fundo. — Entrou em contato com ele antes de sair da cidade ontem?

A jovem fez uma careta.

— Claro que não.

— Então vai viajar o caminho todo até Atlanta e...? Sentar do lado de fora da porta dele e esperar que ele saia para poder perguntar se teve uma filha 23 anos atrás?

— O quê? *Não!*

Apoiando os cotovelos na mesa, Fitz se debruçou.

— Estou perguntando qual é o seu plano, Raio de Sol.

Por um instante, ele congelou. Não sabia muito bem de onde tinha saído o novo apelido. Mas, se ela reparara nele — ou no tom gentil —, não reagiu.

— Vou falar com ele — explicou Ren. — Eu só... Não decidi ainda o que vou falar.

— Tá. Olha. — Ele estendeu as mãos à frente. — Pode me chamar de maluco, mas dirigir até Atlanta para encontrar alguém que pode ou não ser seu pai parece muito trabalhoso, quando podia apenas perguntar para a sua mãe a respeito.

— Você não entende — disse Ren, e começou a rasgar o guardanapo em pedacinhos. — Meus pais... Bem, Steve e Gloria... Eles quase não me deixaram ir para a faculdade. Têm regras estritas sobre o que posso ou não fazer enquanto estou fora. Querem que eu vá para casa todo fim de semana. Não querem me ouvir falar da faculdade. Não querem falar sobre isso. Estão só procurando um motivo para me dizer que não poderei voltar no outono. Se, depois de apenas algumas semanas na universidade, eu voltar para casa e começar a interrogar Gloria a respeito da possibilidade de um pai biológico secreto por aí em algum lugar, vão me trancafiar tão depressa que ficarei na propriedade para sempre.

— Você é uma adulta. Eles não podem te manter lá contra a sua vontade.

— Eu sei. E não deveria falar desse jeito. Quer dizer, eu planejo voltar para a propriedade. Eu *quero* voltar, depois da faculdade. Mas com tudo isso... É difícil não me perguntar: o que mais eles esconderam de mim? Ou *do que me mantiveram longe?* — Ela pousou a cabeça nas mãos, soltando um gemido. — Mas, não, eu os amo. Seja lá qual for a razão deles para esconder isso de mim... Isso se for verdade... Tenho certeza de que é por um bom motivo.

— Como pode dizer isso? — perguntou ele, enquanto um calor corria sob sua pele.

O que ela estava vivenciando, o surgimento de parentes consanguíneos com base na tecnologia — isso era o sonho de Fitz. Ela não fazia ideia. Não havia nada que quisesse mais do que aquela análise de DNA encontrar familiares seus.

— Se for verdade, a sua mãe te escondeu do seu pai.

— Talvez ele seja um criminoso.

Fitz apontou para a foto.

— Esse cara aqui? Ele parece tão perigoso quanto um cão-guia. — Fitz se recostou, soprando o ar enquanto a compreensão lhe ocorria. — Foi por isso que você entrou escondida no laboratório.

ENROLADA EM VOCÊ

— Queria ter certeza de que meus resultados não tinham sido trocados com o de outra pessoa.

— Por que simplesmente não liga para ele? — indagou. — Ou, sei lá, manda um e-mail?

— Preciso vê-lo com meus próprios olhos. E tá, tudo bem, foi impulsivo de minha parte essa viagem, mas eu estava chateada e confusa.

— Você tem sessenta dólares nesse seu porta-moedas e nove estados para atravessar — disse ele, com toda a gentileza que seu aborrecimento persistente lhe permitia. — Não foi apenas impulsivo, foi burrice.

— Na verdade, tenho 55,72 dólares. Donuts são caros.

— Ainda assim é dinheiro suficiente para uma passagem de ônibus de volta a Spokane. Se partir agora, poderia estar de volta ao seu quarto e falar ao telefone com esse tal de... — ele se aprumou de novo, espremendo os olhos para o nome no canto inferior — ... Chris Koning daqui a poucas horas.

Ren anuiu e continuou movendo a cabeça. Por um minuto, ele ficou eufórico, pensando que ela tinha concordado.

Mas aí ela disse:

— Sei que está tentando se livrar de mim...

— É claro que estou.

— ... mas você também tem seus segredos, Fitz. E não apenas a trapaça que eu peguei no flagra. — Ela se inclinou mais para perto. — Sua vez. Diga-me o que tem em Nashville.

Ele riu e se encostou para trás.

— Não. Eu não conto meu passado.

Ela o encarou e seus olhos se suavizaram, como se Ren tentasse agradar. Sendo franco, funcionou, mas não o bastante.

— Nem se incomode em tentar me conquistar com charme. Não vai rolar.

Ren franziu a sobrancelha.

— Por quê? Acabei de te contar isso tudo a meu respeito.

— Este não é um momento elas por elas. Vou te levar para uma rodoviária ou não?

— Não.

— Quer mesmo seguir adiante com isso?

— Tenho que chegar até Christopher Koning e descobrir a verdade.

— Você pode não gostar da resposta — disse ele.

— Eu tenho que tentar, né?

Levantando, Fitz juntou os pratos.

— Isso é o que todo mundo diz antes de fazer algo muito idiota.

Ela era tão inocente; não sabia nada sobre tudo o que desconhecia.

E foi precisamente essa compreensão que o fez pensar que tinha alguma chance de convencê-la a desistir dessa corrida maluca.

CAPÍTULO DEZESSEIS

REN

Ren nunca havia estudado o comportamento dos animais oficialmente, mas podia dizer com confiança que era uma especialista, mesmo assim. Sabia no segundo em que via a velha égua rabugenta de Steve se ela estava disposta a escoicear; sabia também como interpretar os vários guinchos e grunhidos de cada um dos porcos da propriedade. Sabia quando a vaca leiteira estava passando de impaciente para dolorida, quando uma briga estava para irromper no galinheiro, e como atrair o gato mais tímido a sair das sombras.

Também sabia que, embora Fitz não gostasse de tê-la acompanhando, também não a abandonaria no meio do nada. Ele havia pairado pelas proximidades, protegendo-a na fila do restaurante. Carregara sua bolsa para o bagageiro e abrira a sua porta do carro primeiro. Uma vez que estavam sentados lá dentro, tinha olhado para ela e dito, simples e meio ríspido: *Coloque o cinto de segurança*, antes de recair no silêncio.

Mas o silêncio não era tenso, ao menos para Ren. Com seu segredo agora exposto, um peso havia sumido. Ela se sentia como si mesma pela primeira vez em dias.

No final, Fitz colocou música para tocar e eles passaram os próximos duzentos quilômetros num silêncio tranquilo. Ren se perguntou no que ele estaria pensando; se perguntou no que ela estaria pensando no lugar dele. Podia apostar que Fitz crescera numa casa gigante, incrustada no alto de uma colina, com gramados bem-cuidados, pisos de madeira de lei polida, e uma certa variedade de criados ao redor. Pelo jeito como ele não se impressionara em nada com o quarto do hotel na noite anterior, imaginava o quarto dele como um espaço com tetos elevados se estendendo, claros e brilhosos, até onde a vista alcançasse. Imaginou se a família dele teria uma garagem com dez vagas cheias de automóveis de luxo lustrados até cintilar. Max estava bem surrado, mas Steve adorava recortar fotos de carros clássicos em revistas velhas e ficaria orgulhoso em saber que ela tinha identificado o Ford Mustang Wimbledon branco de 1970 logo de cara.

— Conte sobre a sua propriedade — sugeriu Fitz do nada, estendendo o braço para abaixar o volume da música.

Ren lhe sorriu.

— Aqui estamos nós, os dois pensando sobre onde o outro mora.

Ele soltou uma risada breve.

— Ah, é? Onde você pensa que eu moro?

Ela descreveu para ele e Fitz riu, agora um som seco.

— Isso parece mesmo com a casa do meu pai. Embora meu quarto não fosse tão enorme assim.

— Deve ter sido incrível crescer lá.

Ele soltou outra risada breve pelo nariz.

— Com certeza. Agora me conte sobre a sua propriedade.

Ela se virou no assento, entusiasmada para tentar descrever a beleza da terra.

— É o lugar mais lindo que já se viu — disse ela, emocionada. — Você faz a curva na Corey Cove e, na minha cabeça, é como o Condado devia ser. Você já leu *O hobbit*?

— Eu vi os filmes.

— Mais de um filme? Tipo, só para aquele único livro?

Ele riu.

— Não é?

— Talvez a gente possa assistir juntos no hotel hoje à noite?

O sorriso de Fitz se apagou e ele não respondeu.

Ela prosseguiu, contando-lhe sobre os choupos que ladeavam a estrada de terra, com um riacho logo ao lado. Contou para ele sobre o chalé deles e sobre como forraram a chaminé com pedras com as próprias mãos; sobre o grande celeiro vermelho e a cerca de madeira em torno da horta onde cultivavam a própria comida.

— Temos todo tipo de coisa: trigo, batata e milho. Beterraba, aspargos, vários tipos de alface. Temos muitas árvores frutíferas: pera e maçã, pêssego e nectarina.

— Sério mesmo? — perguntou ele, assombrado.

Ela confirmou.

— Temos três cavalos, duas vacas, um monte de galinhas, sete porcos. Tem alguns gatos que ficam por lá, e meu preferido é o Pascal. Temos também colmeias de abelhas que produzem mais mel do que conseguem usar, então colocamos a produção extra em jarros e vendemos em feiras. Steve cria até pombos-correio.

— Vocês cultivam coisas para vender, na maior parte?

— Algumas pessoas ao redor têm fazendas, o que significa ter um negócio que cultiva coisas especificamente para vender. Nós só vendemos aquilo de que não precisamos. — Ela mexeu na barra da camiseta, sentindo uma pontada de saudade. — Gloria não gosta quando compramos algo que podemos fazer, por isso fazemos muitas trocas com os vizinhos e na feira. E, como não temos Wi-Fi, nem uma linha telefônica nem nada, não podemos simplesmente encomendar algo on-line se precisarmos.

— Espera aí — interveio ele, saindo da estrada para um posto de gasolina —, se não têm Wi-Fi nem linha telefônica, como foi que falou com a sua mãe agora cedo?

— Eu sabia que eles estariam na mercearia quando abrisse hoje cedo. Nós vamos... eles vão toda quarta-feira.

Ren sentiu que ele a observava no farol, realmente analisando-a. No final, ela encarou Fitz, sustentando o olhar.

— Que foi?

— Só estava pensando sobre o que me disse — falou ele. — Que eles te trancariam em casa se tocasse no assunto desse cara em Atlanta. — Fitz se voltou para a estrada. — Quer dizer, eles provavelmente viveram no mundo real por boa parte da vida deles, certo?

— Certo — disse ela. — Não sei muito bem o que faziam para ganhar a vida, porque não gostam de falar a respeito, mas acho que Steve trabalhava em construção e Gloria num escritório ou algo assim.

— Pelo menos sabem como o mundo funciona, né? — Ele abriu um sorriso meigo. — Eu aqui preocupado com você sozinha numa cidade grande em algum momento, mas tenho certeza de que eles te ajudaram a aprender como se virar sozinha, essas coisas.

Ren engoliu em seco.

— Bom, *me virar* é meio que um exagero. Eles se concentraram na autossufici...

O jovem ignorou o tremor na voz dela com um aceno.

— Quero dizer apenas que devem ter te ensinado alguns movimentos básicos de autodefesa, certo? Tipo, se alguém te abordar na rua, como se proteger. Ou, tipo, num restaurante.

— Num restaurante?

— Sabe como é. Porque na cidade a coisa é bem diferente das cidades pequenas. Alguém sai para arrumar briga só porque deu vontade.

Piscando, ela perguntou:

— Isso acontece?

Fitz deu de ombros, tranquilo.

— Claro. Mas é provável que não aconteça mais do que uma ou duas vezes por semana. Olha, me ignore, só estou tagarelando sobre coisas entediantes. O que eu queria dizer era: no final das contas, seus pais devem te amar muito se a deixaram ir para a faculdade. Especialmente se têm tanto medo disso.

— É... Você tem razão.

O farol ficou verde e ela ficou agradecida, porque isso significava que a atenção dele se desviaria dela e Ren poderia enxugar as palmas das mãos suadas na calça.

Estavam mesmo no meio do nada, Ren se deu conta, olhando ao redor enquanto entravam num posto minúsculo de gasolina com apenas uma bomba. Não era uma cidade grande, mas, ainda assim, podia acontecer de tudo. Será que ele tinha razão? Será que as pessoas simplesmente atacavam de maneira aleatória em lugares assim? Será que tudo o que Steve e Gloria haviam dito estava certo, no final?

Ren imaginou alguém abordando Fitz naquele instante e ele executando uma combinação de golpes e chutes de caratê, derrubando o agressor. Talvez Ren tivesse que sair do carro e eles precisassem enfrentar o agressor juntos, como uma equipe de verdade.

Uma batida na janela a assustou e ela se virou para encontrar Fitz ali, tão perto, do outro lado do vidro. Abriu o vidro, deixando um jato de ar primaveril preencher o carro.

— Está com fome? — perguntou ele, com um sorriso de lado.

O estômago dela roncou, relembrando-a do donut no qual mal havia tocado.

— Morrendo.

— Ótimo.

Fitz se afastou para o lado, revelando um prédio de madeira descorada a mais ou menos quatrocentos metros adiante, seguindo pela estrada vazia. Uma placa na frente dizia BAR ÁGUIA FURIOSA, e várias filas de motocicletas lotavam o estacionamento empoeirado.

— Aposto que eles têm um churrasco ótimo, não acha?

CAPÍTULO DEZESSETE

FITZ

Fitz não poderia estar mais feliz. Conforme Ren fitava o exterior do Águia Furiosa, ele quase podia ver o cérebro dela repassando uma enciclopédia mental de tipos suspeitos. Será que ela se dava conta de que ainda estava agarrando a maçaneta de Max?

Atrás deles, o carro estremeceu uma vez, o motor ainda estalando. Fitz chutou o pneu discretamente com o calcanhar do tênis.

— Isso é um restaurante mesmo? — perguntou ela.

Ele apontou para uma placa numa janela empoeirada.

— Aquela placa diz que os tacos custam cinquenta centavos cada toda quinta, das três às seis. E aquela ali — falou ele, movendo o dedo um pouco mais para a direita, indicando a janela ao lado, que estava, de alguma forma, ainda mais encardida — diz que é "Quarta de asinhas". — Ele esfregou a barriga. — Não sei você, mas umas asinhas de frango cairiam muito bem agora.

Com um gesto hesitante de cabeça, ela soltou a maçaneta e o seguiu, um passo atrás, quase colada em Fitz. Diante deles, a porta da frente se abriu de súbito e um sujeito enorme que vestia um avental sujo onde se lia BAR ÁGUIA FURIOSA: MOTO, CERVEJA E MULHER saiu, despejando algo que parecia lixo de risco biológico nos arbustos mortos ao lado.

— Ah, que bom — disse Fitz, sorrindo para ela. — Está aberto! Vamos lá.

Eles ficaram temporariamente cegos quando entraram no interior escuro, e parecia que o som também havia sumido. Quando os olhos de Fitz se ajustaram, percebeu que o silêncio repentino era o resultado de todas as cabeças no lugar se virando na direção deles.

Um grupo do que parecia ser uma reunião massiva de motociclistas bem grandes se abriu conforme passavam pelo meio do salão, procurando por uma mesa, o bar, qualquer trecho de espaço livre. Sussurros os seguiram ao passar, junto a assovios discretos e a cantadas, e alguns resmungos de *E aí, menino?* e *Alguém se perdeu no caminho para o shopping?*

Fitz pousou uma mão tranquilizadora na parte baixa das costas de Ren e se inclinou para sussurrar:

— Não esquenta. Se um deles me desafiar para uma briga para tomar posse de você, tenho quase certeza de que posso ganhar. — Fitz fez uma pausa. — A menos que ele tenha uma arma.

Ela voltou os olhos arregalados para o rapaz, exalando um apavorado *O quê?*, antes de sua atenção ser atraída para algo atrás dela. Seguindo aquele olhar, ele viu uma folha de papel que parecia ser um laudo de inspeção sanitária *reprovado* preso à parede com uma faca. Por todo o entorno, o tema da decoração parecia ser *rústico*, com madeira para todo lado, serragem no piso e dúzias de chifres de cervo pendurados nas paredes.

— Isso é tão aconchegante! — cantarolou ele, guiando-a adiante.

Eles encontraram um par de bancos desocupados no bar e Ren colocou a mão no balcão para se apoiar enquanto se sentava.

— Você parece uma mocinha que gostaria de uma cerveja sem álcool — disse ele.

Fazendo uma careta, Ren virou a mão com a palma para cima. Estava molhada com algum líquido espesso e marrom.

— É, lama de bar — disse ele, assentindo. Fitz tentou esconder a própria repulsa. — Você se acostuma.

Ren segurou a vontade de vomitar antes de enfim se colocar de pé.

— Vou só dar uma passadinha no banheiro. Peça o que parecer mais seguro para mim.

— Pode deixar, Raio de Sol!

Um homem com massa corporal cinquenta por cento maior do que a de Fitz se aproximou, passando um trapo imundo sobre o balcão à frente dele.

— O que vai ser?

— Duas cervejas sem álcool, por favor.

O homem travou, levantando os olhos do trapo lentamente até o rosto de Fitz.

— Eu falei "sem álcool"? Quis dizer só "cervejas" — disse Fitz, sorrindo. — Cervejas normais, norte-americanas, de macho.

Com um assentimento muito leve, o homem enfiou a mão numa geladeira atrás do balcão e abriu duas cervejas geladas.

— Oito dólares.

Pegando a carteira, Fitz disse:

— Posso pedir um favor?

Outra encarada pesada.

— Quando aquela loira voltar do banheiro, será que podia fingir ser um tanto assustador? — pediu Fitz, colocando uma nota de dez no bar.

O bartender piscou, impassível.

— Vai contra o seu tipo, eu sei — acrescentou Fitz.

Mais silêncio.

— Tá bem. — Com um suspiro, Fitz tornou a pegar a carteira e tirou mais dez dólares. — Que tal assim?

O sujeito grunhiu, pegando o dinheiro e o amassando nas mãos.

— E um par de cardápios, por favor.

Abaixando-se, o homem pegou dois cardápios laminados e os bateu no balcão com tanta força que algumas garrafas no bar chacoalharam, a música parou com um guincho e todo mundo olhou de novo.

No silêncio que se abriu, o *Valeu!* de Fitz pareceu ecoar. Lendo com rapidez o cardápio, ele supôs que fosse bom manter as coisas na simplicidade. Indo direto ao ponto, não pediria a salada *niçoise*.

Um minuto depois, Ren voltou, parecendo chocada enquanto deslizava para o banco ao lado dele, as bochechas coradas num rosa intenso.

Eufórico, Fitz se inclinou na direção dela para olhar melhor.

— Tudo bem aí, Raio de Sol?

— Tudo. — Ela piscou rapidamente, se recompondo. — Estou bem.

— Devo admitir que isso não soou muito convincente.

— Não é nada. — Pegando sua garrafa de modo distraído, ela tomou um gole da cerveja à sua frente, fez uma careta, e tomou outro gole. Quando tornou a falar, seu tom era um pouco casual demais. — Havia algumas fotos de homens nus na parede do banheiro.

— Desculpe, como é?

— Era mais como papel de parede. Tipo, o lugar inteiro estava coberto de fotos de homens nus.

Fitz riu, tossindo e cobrindo a boca com o punho, conseguindo dizer:

— É, isso é bem o padrão para um banheiro de restaurante.

— E aí alguém abriu o banheiro masculino enquanto eu estava saindo e, primeiro de tudo, o cheiro vindo lá de dentro era *horrível*, mas, além disso, também havia fotos de mulheres nuas por lá.

Fitz fez menção de sair da banqueta.

— Isso eu tenho que ver.

— Não me deixe aqui sozinha. — Ren o puxou de volta pelo colarinho, agarrando a camisa dele mesmo depois de Fitz ter se acomodado de novo. — Eu nunca tinha visto um homem nu antes. — Ela tinha um olhar distante. — Quer dizer, estudei livros de anatomia, e é claro que vi todo tipo de coisa com os animais, mas... — Ela engoliu em seco e tomou outro longo gole. — Vi David Sparrow se trocando na feira estadual depois de passar o dia inteiro no tanque para ser derrubado, mas ele... Ele não tinha *aquela* aparência.

— Escuta, Raio de Sol, é um banheiro num bar, exatamente como todos os outros banheiros de bar no mundo. Se isso for demais para você, deveria reconsiderar essa viagem.

O bartender se materializou de novo, apoiando dois punhos carnudos no balcão diante deles. A madeira rangeu em protesto.

— O que vocês querem? — rosnou ele.

— Minhas desculpas, taberneiro — disse Fitz com uma careta. — Minha amiga aqui ainda não teve a chance de olhar o cardápio. Talvez mais alguns minutos.

Ele se debruçou para frente, ameaçador.

— Será que eu deveria te dar um sininho para tocar quando estiver pronta?

— Ah! — disse Ren, sorrindo para ele, toda meiga. — Isso seria incrível. Obrigada!

Algo se suavizou no olhar dele antes de se voltar para Fitz e parecer um homicida outra vez.

— Sabe do que mais? — cortou Fitz, torcendo para que o homem fosse um ator melhor do que dez dólares podiam pagar num decrépito bar de motoqueiros no meio do nada, em Montana. — Queremos dois dos seus Hambúrgueres Estrelados na Brasa.

O homem arrancou os cardápios do bar com um ruído audível e passou pelas portas vaivém, indo para a cozinha nos fundos.

— Lugarzinho adorável — disse Fitz, respirando fundo e olhando ao redor. — Sempre pensei que, se fosse abrir um bar, iria com a opção de amendoins nas tigelas e as cascas deles cobrindo o chão, mas a serragem e as cápsulas de bala são um belo toque.

Ren encarou sua cerveja antes de levantar a garrafa e acabar com ela numa série de goles profundos.

— Calma lá, Suécia.

Ela soltou um *Aaahhh* satisfeito e colocou a garrafa no balcão.

— Nunca tinha tomado uma dessas antes, mas é bem gostosa.

— Você nunca tomou cerveja? — Fitz bateu o ombro no dela. — Imaginei que fosse um item básico na propriedade.

— Já tomei bebida alcoólica — esclareceu ela, olhando para o rótulo. — Só nunca uma Coors.

— Tá falando sério? Vocês fazem aguardente na fazenda?

— Temos alguns vizinhos que fazem aguardente... Eu já tomei... — A jovem olhou para ele e fez uma careta cômica. — Prefiro nossos vinhos e sidras.

— Está me dizendo que mora num baita pedaço de chão com gatos selvagens, não tem que falar com ninguém se não quiser, e faz o próprio goró? — Ele levou a garrafa aos lábios, falando de encontro ao bocal. — Esse negócio de propriedade soa melhor a cada minuto.

Quando o ruído de vidro se quebrando soou à direita deles, ambos se viraram para ver uma briga começando perto da jukebox. A multidão recuou para dar espaço aos brigões, sacudindo Fitz e Ren contra o balcão. Por instinto, Fitz passou um braço em volta dos ombros dela, servindo de escudo. O furor foi aumentando e eles olharam um para o outro, depois para as portas da cozinha quando elas se abriram e uma mulher com uma roupa de couro num avental engordurado passou por ali, levantou uma escopeta e atirou duas vezes para o teto. Ren e Fitz cobriram os ouvidos com as mãos, encolhendo-se para se proteger do impacto do teto caindo, mas, tirando um jato de poeira, ele permaneceu intacto.

— Parem já com isso! — berrou a mulher, e voltou, esperava Fitz, a fazer o almoço deles.

— Isso é normal? — cochichou Ren.

Lentamente, ele abaixou as mãos. Tentando esconder o próprio pânico, murmurou:

— Defina *normal*.

— Escopetas em todas as refeições?

— Talvez não em *todas* as refeições.

O amigo bartender apareceu da cozinha com dois pratos que largou com estrépito na frente deles.

— Vinte e dois dólares — disse ele, e esperou.

Fitz enfiou a mão no bolso traseiro em busca da carteira e...

Seus dedos se moveram pelo bolso vazio.

— Cadê...? — O pânico o invadiu. — Cadê minha carteira?

Ele olhou para Ren, que realizava uma busca semelhante nos bolsos e na mochila.

— Fitz, meu dinheiro sumiu!

— O meu também. Acho que alguém pegou.

Ren soltou um grito, colocando a palma da mão sobre a boca.

— Está me dizendo que fomos *roubados*?

— Esta é a vida no mundo real! — gritou ele, passando a mão pelo cabelo.

Ele teria que ligar para o banco, a empresa de cartão de crédito, seu *pai*... Ai, Deus, isso era a pior...

O bartender bateu com os nós dos dedos no balcão.

— Está me dizendo que não pode pagar?

Engolindo em seco, Fitz o encarou. O sujeito podia esmagar com facilidade a traqueia de Fitz com um leve beliscão do polegar e o indicador.

— Senhor, creio que alguém tenha pegado nossas carteiras.

O bartender riu diante disto e levantou o queixo, indicando o grupo turbulento atrás deles.

— Por que não vai perguntar se alguém confessa?

— Eu... — começou Fitz, mas percebeu que o sujeito não estava mais fitando-o. Fitz seguiu a atenção do homem para cima, mais para cima, para onde Ren tinha subido no balcão do bar.

— Mas o que... — Fitz correu para segurar as pernas dela para que não caísse de cabeça no piso nojento. — Suécia! O que está *fazendo*?

Ren o ignorou e bateu palmas de leve.

— Gente? Podem me dar sua atenção, por favor?

Ninguém reagiu, nem uma olhadela.

Deus do céu, aquilo era humilhante.

— Ren — cochichou Fitz, segurando os tornozelos dela com gentileza. Tentou persuadi-la. — Vamos, Raio de Sol. Desça daí.

Um assovio penetrante atravessou o salão e Ren tirou o indicador e o mindinho da boca.

— *Eu disse* — repetiu ela, mais alto agora, falando sério — *podem me dar sua atenção?*

As vozes foram sumindo até que o único som no recinto fosse o de cinquenta corpos ameaçadores se virando de frente para eles. Alguém pigarreou. Nós de dedos estalaram.

Fitz riu, jovial.

— Ah, rapaz! Que mulher, não é mesmo? Ela é muito fraca para bebida. Por favor, amigos, voltem para suas refeições e cervejas, dardos e lutas.

Porém, quando deslizou as mãos mais para cima, para as panturrilhas dela, puxando-a para a frente, os músculos se retesaram sob suas mãos. Ela era forte e não ia se mover.

— Parece que nossas carteiras desapareceram — disse Ren para o salão.

Um homem com um tapa-olho, um gancho no lugar da mão e tatuagens gêmeas nos bíceps expostos que diziam BORN TO RIDE e BORN TO DIE se adiantou.

— Está sugerindo que foi um de nós que pegou?

— Não, claro que não — disse ela com um sorriso inocente. — Mas talvez esteja viajando como nós e se viu numa situação difícil. Talvez alguém tenha tomado uma decisão ruim. — Ren encolheu os ombros, sincera. — Já passei por isso. Eu já roubei.

— Pegar brilho labial e esmalte escondido na farmácia não conta, meu bem — gritou uma voz feminina rouca do fundo do salão.

— Na verdade, eu roubei de gente honesta e trabalhadora como vocês. Tinha treze anos e queria tintas novas de Natal.

Soltando um grunhido, Fitz resmungou:

— Lá vamos nós.

O recinto cheio de mercenários parecia indeciso sobre se os enterrava vivos ou os devorava no jantar, mas ela ganhara a atenção de todos.

— Implorei a Gloria... é a minha mãe. Fiz minhas tarefas, fiz tarefas *a mais*, cumpri com todos os meus estudos, e escrevi para o Papai Noel uma dúzia de cartas. — Fitz não sabia como, mas o sorriso de Ren surgiu e foi como vê-la entregando um pirulito para todos no salão. — Mas na manhã de Natal eu acordei e não havia nenhuma tinta para mim debaixo da árvore. Gloria disse que eu não precisava delas.

— Gloria parece ser uma pau no cu! — alguém gritou.

— Bom, talvez você esteja certo — disse Ren. — Mas isso não justifica o que fiz. — Ela fez uma pausa. — Fui para a cidade no dia seguinte e roubei algumas tintas da mercearia. Gloria me viu pintando aquela noite e soube o que eu tinha feito. Ela me fez voltar lá e contar para os donos.

— Mata a dedo-duro! — berrou outra voz.

— Não, o que é isso, todos sabemos que ela estava certa — disse Ren, olhando para o salão. — Eu não devia ter pegado as tintas. Jesse e Tammy só estão tentando ganhar a vida, do mesmo jeito que todo mundo por aí. Contei a eles o que eu tinha feito, e Jesse me deixou trabalhar abastecendo as gôndolas algumas horas por dia por uma ou duas semanas para pagar o custo das tintas. E, quando terminei, ele até me deu um novo conjunto de pincéis. O que quero dizer aqui é que todos nós cometemos erros, mas, se tivermos sorte, alguém nos dará a chance de consertar as coisas.

Fitz realmente, do fundo do coração, queria que o chão se abrisse e engolisse os dois.

— Ren — murmurou ele. — Bacana sua história. Vamos.

Mas ela não tinha terminado.

— Não tenho muita coisa. — Livrando-se do rapaz com um safanão, ela tirou seus pertences de dentro da mochila: algumas roupas, algumas tintas, uns pincéis, um caderno e um cachecol, e se abaixou para colocar tudo no balcão. — Então vou passar essa bolsa vazia pelo salão e talvez alguém coloque nossas carteiras de volta aqui. E, como interrompi a conversa de vocês, vou contar algumas piadas enquanto passam a bolsa.

Ai, meu Deus do céu.

Abaixando, Ren entregou a mochila para o homem mais próximo de Fitz, que riu e passou-a adiante sem colocar nada dentro. Aquilo era um pesadelo.

— Qual é o desastre natural que os cães mais odeiam? — perguntou Ren, e não recebeu absolutamente nenhuma reação. Em algum ponto atrás deles, Fitz ouviu uma arma ser engatilhada. — É o furacão! Entenderam? Fura-cão!

Ela riu da própria piada.

— Suécia — pediu Fitz, sentindo-se enjoado —, vamos embora.

— Certo, lá vai outra: qual é a peça de carro que só é feita no Egito?

Ele estava prestes a levantá-la fisicamente do balcão e carregá-la para fora até o estacionamento, quando ela apontou para a multidão.

— Temos um palpite aqui?

ENROLADA EM VOCÊ

Um homem gigante com um boné da Budweiser e um nariz que provavelmente tinha sido quebrado uma dúzia de vezes chutou:

— Os *faraóis*?

— Isso mesmo! — gritou Ren, e algumas pessoas do grupo começaram a rir.

— Certo — disse ela, afastando alguns fios de cabelo do rosto —, deixa eu pensar em algo um pouco mais difícil. Vocês são espertos demais para mim. Tenho uma enxada, uma pá e uma foice. Quantas ferramentas eu tenho?

Ao redor deles, as pessoas murmuravam, tentando adivinhar a resposta, mas sem se manifestarem em voz alta.

— Duas, gente — disse ela, rindo. — Porque uma foi-se!

Houve um grunhido coletivo pelo salão, carregado de riso. Nos fundos, alguém soltou um assovio alto.

— Continua, menina!

Quando Fitz tornou a olhar para ela, Ren estava iluminada por trás pelas luzes do bar e, por um instante de reter o fôlego, parecia um fragmento de um sonho que ele tivera uma vez.

— Eu perguntei ao meu cachorro quanto era dois menos dois. Sabem o que ele disse? — Ela plantou as mãos nos quadris. — Absolutamente nada!

Mais pessoas aplaudiam agora, e uma mulher nos fundos gritou:

— Essa foi horrível! Conta outra!

— O que o pernilongo tem que é maior do que o do elefante? — indagou Ren, e um coro de assovios maliciosos se ergueu pelo bar. — Não é isso não, gente! É o nome...

Ela deu alguns passos pelo balcão.

— Aquele carro parece bacana...

E uma voz na lateral gritou:

— Mas o escapamento está exausto-r!

O bar todo ria agora, até o bartender.

— O que o zero disse para o oito? — perguntou ela, bem quando a bolsa voltava para seus pés. — Belo cinto!

Ela olhou para Fitz quando ele apertou suas panturrilhas.

— *Toc-toc!*

O bar inteiro gritou:

— Quem é?

— O bri.

— QUE O BRI? — gritou o bar em uníssono.

— Obrigada, gente!

Ren fez uma mesura diante do aplauso de todos, perdendo o equilíbrio e conseguindo aterrissar diretamente nos braços de Fitz.

Ela levantou a cabeça para ele, os imensos olhos verdes brilhando.

— Ora, veja só! Tem alguma coisa na minha mochila.

— Aposto que é lixo — disse Fitz, mas, quando a colocou no chão, não conseguiu evitar soltá-la devagar, mantendo-a perto de si mesmo quando os pés dela tocaram o piso. Uma avidez despertou em seu peito e ele a puxou um pouco mais para perto, sentindo-a amolecer contra seu corpo. — Isso foi impressionante.

— Não foi ruim, foi? — Ela se demorou, os braços em torno do pescoço dele.

— Correto. Foi *terrível.*

Ele estendeu a mão, afastando um longo fio de cabelo da bochecha corada de Ren e, com a outra mão contra o ombro delicado dela, Fitz podia sentir seu coração batendo loucamente. *Mas que coisinha surpreendente você é*, pensou.

— Você riu — disse ela, sorrindo para ele. Fitz sentiu as pontas dos dedos dela brincando com os cabelos em sua nuca. — Eu vi.

Ele a encarou, absorvendo-a enquanto parecia que cada sinapse em seu cérebro se reprogramava. Ela era um paradoxo: delicada, mas inquebrável; modesta, mas intrépida; inocente, mas eletrizante. Fitz descobriu seus olhos se movendo para os lábios cheios e rosados de Ren, e de novo para aqueles olhos confiantes e reluzentes. Já havia sentido vontade de tocar muitas mulheres na vida, mas nunca tivera tanta vontade de merecer uma.

— Beija ela! — alguém gritou, rompendo o encanto.

Tomando um susto, Ren deu um passo para trás e empurrou os fios soltos de cabelo para longe dos olhos.

— A gente devia ir embora.

— É — disse Fitz, abaixando para dar uma mordida em seu hambúrguer. — Vamos sair daqui enquanto eles ainda gostam da gente.

Enquanto Ren comia o máximo que podia do hambúrguer, o bartender deu a Fitz o que este torceu desesperadamente para ser um sorriso.

— Por conta da casa — vociferou o homem.

Em seguida, eles atravessaram a multidão, recebendo tapinhas afetuosos, abraços e batidas de punhos até chegarem à porta, onde irromperam para o lado de fora, espremendo os olhos sob a luz ofuscante do dia. Fitz pegou a dianteira deles até o carro, onde ambos desabaram, atordoados.

— O que diabos acabou de acontecer? — perguntou para ela.

Ren revirou a mochila e levou a mão à boca. Um por um, ela foi retirando itens: um relógio, um maço de várias notas amassadas, as carteiras dos dois com tudo ainda lá dentro, um vale-presente do Subway, um rolo de moedas de 25 centavos, alguns óculos escuros, um pacote de chicletes, um cartão de visitas de uma oficina de motos, um monte de moedas soltas, um celular pré-pago e um belo monte de notas de vinte preso com um elástico.

Fitz pegou as notas de vinte, tirando o elástico, e contou quase mil dólares.

— Esse dinheiro definitivamente não vem de fonte limpa — murmurou.

Ren colocou os óculos escuros, olhou para ele e sorriu.

— Parece que a pizza é por minha conta esta noite.

CAPÍTULO DEZOITO

FITZ

Billings, em Montana, ofereceu um quarto de motel com duas camas de solteiro, o que foi ao mesmo tempo uma bênção e uma maldição. O lado bom, é claro, era que Fitz não estaria no chão, acordando com dor nas costas. O lado ruim, infelizmente, era que ele podia ficar ali deitado, virar a cabeça de lado e fingir que os 1,20 metro entre a cama deles tinha desaparecido. Não que quisesse isso, claro.

Ren estava de barriga para baixo na cama dela, vestindo o shorts de pijama que ele ficou aliviado em confirmar que existia e a camiseta ampla, com uma caixa de pizza aberta na sua frente, as pernas se movendo logo atrás, deliciadas, enquanto ela assistia ao primeiro filme da trilogia O *hobbit*.

Ele queria voltar ao Fitz de doze horas atrás, aquele que estava determinado a colocar esse obstáculo loiro e pequenino num ônibus em direção ao oeste. Não queria continuar pensando na cena do bar, em que ela fora destemida e linda e ingênua e irresistível, tudo ao mesmo tempo. Não queria a sensação do vento primaveril quente passando sobre seu braço vindo de uma janela aberta e a bela voz de Ren acompanhando distraidamente uma rádio de músicas antigas que tinham encontrado quando o Spotify dele ficou sem sinal. Não queria ver o mundo através dos olhos de alguém que vivenciava as coisas mais básicas pela primeira vez: delivery de pizza, filmes on-demand feitos depois de 1990 com efeitos decentes em CGI, o aparente esplendor do saguão decadente de um Motel 6. Tudo o que Ren fazia era com entusiasmo e sem nenhuma presença de ego ou fingimento.

Ele sentia um vago mal-estar no peito, como se algo imenso tivesse se movido lá dentro, uma rocha rolando para revelar uma entrada secreta. Preocupava-se com o fato de que nunca mais fosse voltar a ser o mesmo.

Ele *queria* ser o mesmo. Era uma pele que Fitz tinha se empenhado muito para ficar confortável ao vestir: a de Fitz, aquele que podia se insinuar em qualquer mundo para conseguir o que precisava; Fitz, aquele que estava em sua melhor forma apenas quando fingia se importar com o que os outros pensavam; Fitz, aquele que tinha um, e apenas um, caminho à sua frente. Mas o único pensamento que ele tinha naquela noite não era compatível com nada daquilo: *Por que estava com tanta pressa de me livrar dela?*

Não fale com ela, dizia a si mesmo agora. *Distraia-se. Veja o Instagram. Atualize-se sobre os resultados de beisebol. Olhe para o teto.*

Era como ser gaseificado e selado num recipiente de alumínio. Cada vez que ela ria ou arfava, ou fazia um ruído de assombro, ele queria contemplá-la e descobrir o que havia prendido sua atenção.

Ele queria sua atenção.

O que diabos estava havendo com ele?

— Não sabia que você gostava de pintar — disse ele, do nada.

Ela desviou o olhar do filme e pegou o controle remoto, pausando-o.

— Oi?

— Eu sabia que você desenhava, acho. O cartão, de antes de partirmos — gaguejou ele, quando se lembrou do cartão. Aquele cartão incrível, intrincado, que ela devia ter passado horas desenhando. Pigarreou. — Mas hoje, no bar, a sua história sobre as tintas. Depois, quando esvaziou a mochila, tinha alguns pincéis lá dentro. Gênio da ciência, criminosa e pintora. Quem diria?

Ela riu.

— Gloria diz que comecei a pintar no segundo em que cheguei à propriedade. Ela diz que foi como soube que era para eu estar lá.

— Que idade você tinha quando se mudou para lá?

— Acho que uns três.

— Onde você morava antes?

Ela franziu a testa, fitando a cama.

— Eu não sei, na verdade.

— Que tipo de coisa você pinta normalmente?

Ren saltou da cama para ir até a mochila. Cavoucando ali dentro, pegou o caderno e, antes que ele se desse conta do que estava acontecendo, ela se ajeitou a seu lado. Ombro com ombro, as costas contra a cabeceira estreita, ela folheou as páginas, mostrando para ele o que havia ali. Havia poucos desenhos de pessoas — um era de sua colega de quarto, Miriam —, um porco, um gato, a vista da porta do quarto dela em casa, e o chalé visto de fora. Mas aqueles não eram o prato principal, nem de longe. Porque, cercando todos os objetos e ocupando todo o espaço restante em todas as páginas, estavam as mesmas explosões minúsculas que ela havia desenhado por todo o cartão de agradecimento dele: os fogos de artifício mais reais que ele já vira. No mundo da imaginação de Ren, o ar era feito de um fogo divertido, de faíscas travessas, de traços sensuais de cor.

— Isso aqui é insano — disse ele, lentamente folheando o caderno. — Os fogos de artifício... Eles são realmente muito bons.

— Obrigada.

Ren estendeu a mão, traçando o dedo em volta de um impetuoso redemoinho amarelo.

— Gosto de como você escolhe as cores deles com base no assunto. — Ele apontou para o desenho de um porco, no qual as faíscas eram em tons de verde, marrom e roxo. — É só um porco comendo num cocho, mas o jeito como essa página está cheia de cores dá uma sensação tão divertida, tão... linda, na verdade.

— Foi muito gentil de sua parte dizer isso, Fitz.

— Nunca vi fogos de artifício desenhados com tantos detalhes antes.

— Quando eu era pequena, pensei que fossem chamados flores de artifício. Pensei que fossem flores mágicas no céu.

Ele riu.

— Isso é muito fofo.

Fitz não sabia quem tinha ficado mais chocado por ele dizer isso. Ela se virou para encará-lo, e Fitz não pôde evitar que sua atenção se voltasse para a boca de Ren outra vez. Quando ele forçou seu olhar a subir de novo, ela foi lenta para segui-lo. Estava fazendo o mesmo que ele.

Precisava que Ren saísse daquela cama.

— Andei pensando, nós podíamos fazer um pequeno desvio amanhã — disse ele, levantando-se e afastando-se da cama, precisando de alguma outra coisa com que se distrair.

Ren o acompanhou e soltou o caderno de volta na mochila.

— Um desvio?

— Passaremos pelo monte Rushmore, e pensei que talvez pudéssemos ir lá. Caso queira.

— Não está com pressa para chegar a Nashville?

— Quer dizer... Se eu estivesse sozinho, sim, eu passaria direto. Mas você não viu nada do país ainda, não é?

— É, não vi mesmo. — Antes que ele tivesse tempo para reagir, a garota deu um passo adiante e envolveu a cintura dele com os braços.

— Eu quero ir, sim. Ai, minha nossa, obrigada, Fitz.

Congelado, ele fitou a parede acima do ombro dela sem nenhuma expressão no rosto por alguns segundos, atônito, antes de levantar os braços e fechá-los em torno dos ombros dela. Ren exalou e relaxou no abraço, moldando-se a ele. Puta merda, aquilo era uma delícia. Deu cinco segundos a si mesmo para desfrutar do abraço. Fechou os olhos, inalando o cheiro doce de mel do cabelo dela. Depois a soltou, recuando.

— Você não precisava me abraçar, nós só vamos ver uns velhos brancos numa rocha.

— Fiquei empolgada. Já li tanto a respeito!

— Isso significa que vai falar até encher meu ouvido no carro?

Ren era esperta demais para ele. Conseguira perceber a mentira na voz dele, vira tudo no rosto dele. Fitz não sabia por quê, mas estava descobrindo ser impossível manter a fachada com ela.

— Vou — disse Ren, sorrindo —, e você vai adorar, não minta.

— Não podemos demorar *muito*.

Ela levantou o braço numa continência e depois fez uma careta.

— Ops. Regra número dois. Desculpe.

Ren voltou para a cama, saltitante, e se jogou sobre ela, dando play no controle remoto. Fitz falhou miseravelmente na tarefa de tentar se concentrar no filme, na parede, em qualquer coisa menos nela, os próprios pensamentos gritando com ele que aquelas eram emoções que ele não deveria estar sentindo. A ideia de se sentir atraído por Ren era um choque; a ideia de ser terno com ela era inaceitável. Embora fosse diferente com Mary, é óbvio, Fitz sabia que seu tipo de ternura era feroz. Moveria montanhas por Mary; passaria sua vida certificando-se de que a vida dela fosse confortável e segura. Fitz não tinha espaço para se preocupar com mais ninguém. Arrumava tempo para casinhos; não tinha tempo para afeição.

O filme acabou e eles se encontraram na pia do banheiro, de pé, lado a lado, enquanto escovavam os dentes. Ren fez uma careta no espelho, os olhos vesgos, os lábios formando uma curva tola.

— Você é esquisita — comentou ele.

— Você é mais esquisito.

Ela se abaixou, cuspindo e enxaguando a boca, e ele foi em seguida.

No escuro, ele a ouviu afofar o travesseiro e soltar um suspiro longo e feliz. Perguntou-se como seria aquele dia para ela, se Ren olharia para trás e veria um ponto de inflexão, como ele começava a ver. Perguntou-se se aquele momento em que a tivera nos braços no Águia Furiosa mudara tudo para ela também.

— Raio de Sol?

Ela fez uma pausa por um instante antes de responder, e ele também ouviu aquilo, quão diferente aquele novo apelido soava na escuridão. Quanto soava adorável.

— Oi.

— Sua mãe está enganada, sabe?

— Como assim?

— Você não precisa que seus pais te mantenham a salvo. Você é valente.

A voz dela soou borbulhante de orgulho.

— Sou?

— É. — Ele virou e desejou que seu coração parasse de bater tão depressa. — Você pode, com certeza, cuidar de si mesma.

CAPÍTULO DEZENOVE

REN

Ren já estava de pé, vestida e de malas prontas antes de Fitz sequer rolar para o outro lado na cama. Ela tivera um sono inquieto, pensando no monte Rushmore assim que fechara os olhos, sentindo-se contente, empolgada e grata. Porém, quando enfim conseguira sucumbir ao sono, não foram os rostos dos quatro ex-presidentes que ela viu, mas sim Gloria em todas as faces do monumento. Quatro Glorias, encarando-a com raiva e julgamento, tristeza e traição. Tinha sido um sonho sinuoso e Ren acordara enrolada nos lençóis, suada e com o coração acelerado.

Mas mesmo a memória prolongada do rosto pétreo da mãe não foi o bastante para arruinar o humor de Ren quando ela abriu as cortinas e deixou entrar o ofuscante sol de Montana. Estava mentindo para os pais, viajando para o outro lado do país com um homem que ela mal conhecia para ver alguém que podia ou não ser seu pai; tinha passado o dia anterior num bar de motoqueiros, e sua vida toda talvez fosse uma mentira, porém, de alguma forma, Ren ainda estava se divertindo mais do que nunca.

Com Fitz.

Fitz, aquele bonitão desconcertante, reservado, engraçado, protetor e de coração mole dormindo na cama logo ali. Fitz, que vinha tentando se livrar dela pelos últimos dois dias mas que, por um instante, na noite passada, olhara para Ren como se ela fosse algo a ser apreciado. Fitz, que com rapidez se tornava sua parte preferida daquela viagem.

Falando na viagem... Ren colocou a mochila junto da porta e caminhou até a cama dele, erguendo o braço pesado e usando toda sua força para fazê-lo se virar.

Ele se agarrou ao travesseiro.

— Não.

— Sim! A aventura nos espera!

— A montanha não vai a lugar nenhum.

— Isso mesmo, mas nós vamos. — Ren puxou com mais força. — Vamos! Não temos um cronograma a manter?

Resmungando, ele escorregou da cama e então ficou de pé, se espreguiçando com um gemido longo e rouco.

O olhar de Ren disparou para o teto, onde havia gesso e tinta e textura e tantas, tantas coisas a examinar que não fossem o corpo de Fitz. Foi somente quando ele já estava trancado em segurança no banheiro, com o chuveiro ligado, que Ren se permitiu pensar sobre o trechinho de torso que vira por apenas um segundo e no quanto parecia quente e rijo — sobre as pernas de Fitz naquela bermuda de basquete, tão longas, musculosas e bronzeadas... e sobre como as fotos no banheiro do Águia Furiosa não pareciam nem de longe tão bonitas quanto ela imaginava que ele seria.

Não que fosse um dia vê-lo nu.

Não que *quisesse* vê-lo nu.

Soltando o ar num sopro, Ren se sentou na cama e pressionou a palma das mãos contra os olhos. Talvez Gloria estivesse certa sobre algumas coisas, porque, antes de Ren começar a quebrar todas aquelas regras, nunca tinha passado muito tempo pensando em homens nus, e agora ali estava ela, perguntando-se se algum dia pararia de pensar neles.

Ou em um deles, pelo menos.

Eles deviam ter ultrapassado a fronteira de *Além da imaginação,* porque pela primeira vez Fitz concordou em participar de jogos de viagem com ela. Tentaram encontrar placas de cada um dos estados e jogaram Vinte Perguntas com itens de dentro do carro. Foi bom que ele tivesse se tornado um companheiro disposto, porque Ren francamente não sabia de que outra forma poderiam ter passado as horas na estrada;

mesmo para alguém que nunca havia ido até aquela parte do país, o cenário não era muito estimulante. De colinas para planícies, e destas para colinas. Quando chegaram ao hotel em Rapid City, ambos estavam prontos para esticar as pernas, e Ren já quase vibrava de entusiasmo pelo futuro passeio.

O alívio de Fitz foi palpável quando o homem confirmou que o quarto tinha duas camas, e Ren ficou contente em enfim poder pagar por alguma coisa. Tirou discretamente algumas notas de vinte do maço grosso e as empurrou sobre o balcão para o homem em troca de duas chaves e um panfleto.

Ao lado dela, Fitz soltou um gemido e Ren seguiu o olhar dele para o ponto em que a página brilhante dizia BEM-VINDOS A RAPID CITY, A CIDADE DOS PRESIDENTES! E logo abaixo: *Embarquem em nossa famosa Caça ao Tesouro para encontrar as quarenta estátuas presidenciais de bronze!*

— Ah, rapaz — resmungou ele, já rindo, derrotado.

Ren chacoalhou o panfleto atrás dele enquanto Fitz se virava para ir até os elevadores.

— A gente precisa fazer isso.

— Não.

— Fitz, você não entende. Uma caça ao tesouro! Para estátuas!

Ele grunhiu, apertando o botão para subir.

— Não, Raio de Sol.

Porém, mesmo enquanto dizia isso, lutava contra um sorriso. E não importava quanto ele tentasse sufocá-lo, o sorriso fazia seus olhos se acenderem, formando aquelas rugas meigas nos cantinhos, e foi essa luta que soltou um vaga-lume pequenino, vibrante, dentro do peito dela. Fitz estava se divertindo. *Com ela.*

— **S**abia — disse ela, quando se encontraram no capô de Max no estacionamento do monte Rushmore — que foram necessários quatrocentos operários para completar isto, e nem um único deles morreu?

Fitz fez *humm*, colocando os óculos escuros e espiando a montanha lá em cima, iluminada ao fundo pelo céu encoberto.

— E mais — disse ela, acertando o passo com o dele enquanto Fitz se dirigia para a entrada —, tem uma caverna atrás das esculturas chamada Sala dos Registros, e ela contém um cofre com dezesseis painéis esmaltados com uma gravação da Declaração da Independência.

— Não diga.

— Além disso, os quatro presidentes foram escolhidos pelo mestre escultor, não pelo governo dos Estados Unidos. — Outro *humm* evasivo. — E o plano original era mostrar os presidentes da cintura para cima, mas o financiamento do projeto acabou antes.

Enfim, ele olhou para ela, contendo de novo aquele sorriso.

— É mesmo?

— É, sim.

Subiram um lance de degraus de cimento, passaram por baixo da estrutura de pedra do centro de informações e alcançaram um longo corredor de cimento contornado por mastros.

— Esta é a Avenida das Bandeiras — murmurou Ren, com reverência.

— Supus que fosse — murmurou ele em resposta —, com base nas letras imensas logo ali onde se lê "AVENIDA DAS BANDEIRAS".

— Bem — disse ela, cochichando de novo —, você sabia que há 56 bandeiras aqui, uma para cada estado e território? Vamos procurar a nossa.

Com isso, ela saiu correndo, vislumbrando a bandeira de Idaho à distância. Era azul, com o brasão do estado no centro e uma faixa com as palavras ESTADO DE IDAHO logo abaixo.

Fitz aproximou-se com tranquilidade, sorrindo quando Ren saltou sobre a plataforma de pedra ao lado do mastro.

— Quer uma foto?

Ele acenou com o telefone e ela levou um instante para perceber que ele queria dizer uma foto *dela*.

— Claro.

Mas Ren tirava fotos tão raramente que se sentiu envergonhada no mesmo instante. Para Steve e Gloria, posar para fotos era um sinal de vaidade. Nunca houvera uma câmera na propriedade. Ren já tinha visto câmeras antes, claro, em livros e na vida real — Tammy tirara uma foto dela certa vez com uma Kodak descartável, ela mesma tirara uma foto no

Departamento de Trânsito, e o dr. Audran havia usado sua polaroide na sala de aula —, mas isso parecia diferente. Esta era uma foto para criar uma memória, para capturar um momento. Queria fazer isso direito.

Endireitando o corpo, ela cruzou os braços.

— Não, espera, parece que estou zangada.

Descruzou os braços, mas aí eles ficaram pendurados na lateral do corpo, inúteis. Ren plantou os punhos nos quadris, mas isso lhe pareceu estúpido. Soltou um braço, deixando o outro no quadril, e se sentiu ainda mais ridícula. Por fim, desistiu, admitindo:

— Fitz, não sei posar.

— É só ser você mesma — disse ele, e Ren deixou o instinto conduzi-la. Fitz caiu na risada quando ela abraçou o mastro. — Tá, é isso aí, esse é o clima.

Levantando o fone, ele clicou na tela algumas vezes.

— Prontinho.

— Vamos encontrar a sua agora. — Ela olhou para a longa fila de bandeiras se agitando ao vento gelado. — Seu pai é o magnata dos imóveis Robert Fitzsimmons, certo? Ele não é de Nova York? — O queixo dela caiu quando se deu conta. — Fitz, você nasceu em *Nova York*?

Ele espremeu os olhos, fitando o nada, a expressão se fechando.

— Não, sou nascido e criado em Spokane.

Pegando Fitz pelo braço, ela o puxou para a bandeira verde do estado de Washington.

— Fica aqui. — Ren estendeu a mão, pedindo o celular dele. — Deixe eu tirar sua foto agora.

Fitz destravou o celular, entregando-o na mão dela.

— Faça algo fofinho — pediu Ren, de trás do telefone.

Fitz fez uma carranca ao ouvir isso.

— Fofinho?

— Ah, *me desculpe.* Quis dizer algo rude e viril.

Ele a encarou.

— Só tire a foto, Raio de Sol.

— Você parece zangado! — Ela esticou o pescoço de lado para fitá-lo. — Dê aquele sorriso meigo em que os seus olhos se encolhem e você fica todo bonitão.

Assim que as palavras saíram de sua boca, Ren quis sugá-las de volta para dentro. O calor engolfou suas bochechas enquanto um sorriso lupino se espalhou pelos lábios dele.

— O sorriso meigo em que os meus olhos fazem o quê, mesmo?

Ren rapidamente tirou uma foto.

— Tá, esse também funciona.

Fitz riu e ela tirou mais algumas, olhando-as fixamente depois. Tinha capturado o sorriso de encolher os olhos, no final das contas, mas também tinha captado aquela primeira expressão de fazer as pessoas se derreterem. Não era a sedução fajuta que ele usava com todo mundo, e que ela já vira em seu rosto inúmeras vezes. Aquela era uma conexão direta entre o olhar dele e o dela, a curva sedutora dos lábios cheios que carregavam o que parecia ser uma promessa.

O sangue de Ren esquentou, o pulso acelerando. Entretanto, com um peso no estômago, lembrou-se do alerta de Miriam: *Não deixe que ele te seduza. Ele só vai partir o seu coração.* Era disso que sua colega de quarto estava falando? Que Fitz sabia como cativar todo tipo de mulher, em particular uma tão ingênua e inexperiente como ela? Será que ela era apenas um brinquedo para ele? Um tipo de conquista que Fitz nunca tinha feito?

Tentou se livrar desse anseio, desviar o olhar daqueles olhos penetrantes, mas não conseguiu. Pela primeira vez na vida, Ren desejou ter um telefone para poder enviar aquelas fotos para si mesma.

— Tá bom, esquisitona — disse o jovem, levantando e pegando o celular de volta —, pare de se apaixonar por mim e vamos ver aquela montanha.

As palavras dele levaram alguns segundos para fazer sentido e, quando fizeram, Fitz já estava a vários passos de distância. Ren correu atrás dele.

— Eu não estava me apaixonando por você.

— Estava, sim.

— Não estava, não!

— Encarando a minha foto com olhos tarados.

Mortificada, ela explodiu:

— Ai, meu Deus, *não estava, não*!

Fitz parou de andar e a cutucou com o cotovelo.

— Quer parar de discutir comigo e olhar?

Ela seguiu a atenção dele para cima, mais para cima, até o monumento.

— Hã.

— Hã? — repetiu ele. — Só isso?

— É menor do que eu esperava.

— Algumas pessoas diriam que não é o tamanho que importa, mas como você utiliza.

Ren voltou os olhos para ele, com uma careta.

— Acho que está fazendo uma piada suja.

Ele riu.

— Talvez esteja.

Respirando fundo, Ren mudou de assunto.

— Ver isso me causa sensações confusas, na verdade. Essa terra foi roubada dos Lakota. — Ela fitou a montanha. — Eu me sinto meio culpada por ficar empolgada para ver o monumento.

— Eu sei — pontuou Fitz, e gentilmente bateu no ombro dela com o seu. — Mas a maneira de lidar com coisas problemáticas não é fingindo que não estão ali. É bom vê-las e se sentir assim. Além do mais, você ainda pode ficar impressionada com a arte. As duas coisas podem ser verdadeiras ao mesmo tempo.

Dessa vez foi Ren quem bateu o ombro no dele. Ela gostou um pouco demais do contato, mas afastou esse pensamento.

— Isso parece muito sábio para alguém que finge não se importar com nada.

Ele riu.

— Não estou fingindo.

— Está, sim — disse ela. — Você se importa, e muito.

Quando ele a encarou, Ren voltou os olhos para o monumento outra vez, sem querer demonstrar quanto importava que ele se importasse.

CAPÍTULO VINTE

FITZ

A manhã encontrou Fitz encarando o teto. Ele vinha espremendo seu cronograma para esses desvios com Ren, mas, por tudo o que lhe era sagrado, não conseguia lembrar por que estivera com tanta pressa, para começo de conversa. Sua entrevista na firma de advocacia era apenas na quinta-feira seguinte. E dois dias com Mary já seriam suficientes; ele só precisava botar os olhos nela e se certificar de que estivesse tão bem quanto havia soado ao telefone. Fitz sabia que a maior parte de sua urgência era um impulso irresistível de se afastar ao máximo de Spokane, mas estar com Ren e vê-la experimentar tantas coisas novas o fizera querer ir com calma pela primeira vez. Quando é que ele havia diminuído o ritmo para simplesmente... desfrutar de alguma coisa?

Nunca.

Não que ele devesse estar desfrutando *dela*, refletiu enquanto ambos acordavam e se moviam com tranquilidade em torno um do outro em sua rotina matutina. Era um milagre que tivessem passado pelo jantar e pela hora de dormir na noite anterior sem que Fitz desmoronasse sob o peso de sua atração e a beijasse. Ele adormecera ao som da respiração baixa e regular de Ren, sabendo que ela estava a poucos metros, deitada de lado, quente e macia. E acordara com a consciência de que nunca havia dormido tão bem como nos momentos em que ela estava por perto.

Era uma constatação, francamente, aterrorizante. Fazia Fitz se sentir vulnerável: um animal virado de costas, a barriga exposta. Ele percebeu assim que Ren se sentou de pernas cruzadas na cama, escovando o cabelo e fazendo com que o desejo espiralasse dentro dele feito uma vinha selvagem; e não era apenas o caso de Fitz não ter tempo para afeição. Ele não gostava da impotência que vinha junto. Não gostava da sensação de que estava entregando as chaves do castelo que protegera por tanto tempo. Imaginou as páginas de um calendário voando, tentou apreciar a ideia de um momento na semana seguinte em que não estaria tão perto dela o tempo todo, e trancou uma porta de aço para barrar as emoções que brotaram, fossem elas quais fossem.

Mas, uma vez que estavam de volta à estrada com as janelas abertas, o ar fresco fluindo dentro do carro, tudo o que ele podia sentir era o cheiro adocicado de mel vindo do cabelo dela. Ergueu seu café para viagem e o levou aos lábios, precisando de uma distração. Por sorte, a bebida, antes escaldante, estava fria o suficiente para ser bebericada.

Entretanto, assim que seus sentidos se desanuviaram, a voz alegre dela encheu o carro:

— Quantos quilômetros vamos percorrer hoje?

— Cerca de mil e cem. — Ele devolveu o copo ao porta-copos. — O alvo de hoje é Kansas City.

Ren bateu palmas.

— Kansas City! Parece incrível.

— Você realmente nunca fez nada se Kansas City merece essa reação. — Ele deu uma olhadela, achando graça da empolgação de Ren, enquanto a garota olhava pela janela. — Se pudesse ter ido a qualquer lugar quando era pequena, para onde iria?

Ela fez *humm*, pensando.

— Sabe o que é estranho? Você não sabe o que está perdendo até ver — disse ela. — Eu sabia que havia coisas por aí para conhecer, mas não achei que nada pudesse ser mais bonito do que a nossa terra. Então, na verdade... Não sei para onde desejaria ir.

Ela ficou mexendo na selagem de borracha em torno da janela aberta.

— Eu me pergunto se ir para a faculdade e vir nesta viagem com você me arruinou.

— Arruinar como?

Ela riu, envergonhada.

— Quero dizer, se algum dia vou ser feliz de novo só morando na propriedade.

Ele odiava quanta esperança sentiu ao ouvi-la dizendo isso. Por mais que Fitz evitasse pensar a respeito, não gostava da ideia de Ren desaparecendo do mundo outra vez em algum momento.

— Você não planeja voltar para lá em algum momento?

Ela olhou pela janela, perdida em pensamentos, dizendo apenas um distraído:

— É.

Fitz estava prestes a relembrar Ren de que ela era uma adulta e podia fazer a escolha que lhe parecesse mais correta quando ela pareceu sair do transe e se virar para ele com um sorriso brilhante.

— Vamos fazer uma brincadeira.

— Não.

— Essa é divertida — insistiu ela. — Eu respondo às suas perguntas se você responder às minhas.

— Você responderia às minhas de qualquer jeito.

— Vamos lá, Fitz, quer mesmo só ficar aí sentado em silêncio?

— Na verdade, quero, sim.

Só que... ele não tinha mais certeza de se isso ainda era verdade. O problema é que sabia que não poderia responder às perguntas dela com evasivas brandas e histórias de fachada. O pano de fundo que ele construíra com tanto cuidado na escola — sobre os pais ricos, sua vida de felicidade luxuriante em Spokane, sua ambição fácil — não colavam com Ren. Ele não sabia como sabia disso, mas era verdade: ela podia enxergá-lo por dentro. E Fitz se preocupava com o fato de, no segundo em que a deixasse se aproximar, por pouquinho que fosse, todos os segredos sobre seu passado que ele mantivera escondidos desde o momento em que colocara os pés no átrio de mármore do casarão dos Fitzsimmons se desdobrariam para ela.

— Que tal eu te ensinar a imitar os cantos de pássaros? — ofereceu ela, tirando-o de seus pensamentos negativos. — Tecnicamente não é falar nem cantar, então eu não estaria contrariando nenhuma regra.

— Não precisa, obrigado.

Fitz olhou de relance por cima do ombro para trocar de faixa e ultrapassar um caminhão lento.

Ela o ignorou e colocou uma das mãos por cima da outra.

— Bom, primeiro você coloca as mãos com as palmas viradas para cima.

— Ren.

— Daí você encolhe os dedos formando uma concha, levanta as mãos até a boca e...

Ela soprou, emitindo um som como o de um mergulhão moribundo.

— Tá bom, tá bom — cortou ele, lutando contra o riso, quando teve um vislumbre da expressão dela e se deu conta de que ela tinha feito essa imitação horrível de propósito. Puta merda, ela parecia tão orgulhosa de si mesma por fazer uma piada! — Deus do céu, tá bom, aceito a sua brincadeira. Mas vou pular qualquer coisa que não queira responder.

Ela se virou no assento, puxando uma perna sob o corpo para ficar de frente para ele.

— Quais são as três coisas que você levaria da sua casa num apocalipse zumbi?

Isso fez a risada dele escapar.

— Não é o que eu esperava.

— Quer que eu pergunte sobre namoradas, talvez?

— Definitivamente, não. — Fitz passou a mão pelo rosto, sentindo o sorriso se espalhar feito uma fissura. — Tá, preciso de um minuto para pensar. Diga-me as suas primeiro.

— Fita adesiva, um canivete e uma frigideira de ferro fundido.

— Isso saiu tão depressa que me deixou impressionado e preocupado.

— Sou prevenida.

— Mas, meu Deus, Ren, são escolhas entediantes. Fita adesiva? Uma frigideira?

— Como é que fita adesiva pode ser entediante? É a ferramenta mais útil do mundo. Pode ser usada no lugar de pregos ou para isolamento de líquidos. Presumo, já que este é um apocalipse imaginário em que posso escolher apenas três coisas, que esse rolo de fita adesiva seria infindável. E uma frigideira de ferro fundido pode ser usada para ferver água, cozinhar, como pá, ou para esmagar o crânio de um zumbi. E você?

— Acho que levaria meu celular...

— Você conta com energia elétrica nesse apocalipse?

— Você não vai ter uma fita adesiva sem fim? Por que eu não posso ter energia elétrica?

— Tá, pode ser.

Ele pensou nas outras duas.

— Meu travesseiro e uma arma.

— Espero que esteja planejando usar essa arma para dar coronhada nas pessoas, porque, se tiver energia elétrica, não vai poder ter balas ilimitadas também e, depois de uma semana, sem balas, isso é tudo o que uma arma poderia fazer.

— As regras dessa brincadeira não estavam muito claras.

— Você devia ter escolhido uma frigideira.

— Vou só me certificar de ainda estar com você em qualquer tipo de cenário apocalíptico — disse ele, antes que tivesse tempo de pensar melhor nos termos usados. Ren ficou imóvel e depois, lentamente, virou o corpo de novo de frente para a estrada. — Certo, minha vez — falou Fitz, rapidamente mudando de assunto. — Quero que responda a minha pergunta de antes. Se pudesse ir a qualquer lugar agora, tirando Atlanta, para onde iria?

— Ainda estou pensando. Para onde você iria?

Ele balançou a cabeça.

— Perguntei primeiro.

Ela apontou pela janela para um dos onipresentes outdoors pelos quais tinham passado nos últimos cem quilômetros.

— Eu quero ir para lá.

— Para Wall Drug? E não, tipo, para Paris ou Istambul?

— Não faço ideia do que poderia ser tão empolgante a ponto de demandar tantos outdoors gigantescos, mas acho que preciso descobrir.

Ele olhou para o indicador de combustível. Precisariam encher o tanque outra vez antes de Kansas City, mas não ainda. Dois dias atrás, isso seria um rápido não — ele tinha um cronograma que queria cumprir e, além do mais, aquela viagem não era por diversão. Porém, conforme já tinha se dado conta naquela manhã, o plano original estava desmoronando; Fitz não era capaz de negar a ela nenhuma aventura, por menor que fosse.

Assim, naquele instante, fez um trato consigo mesmo: ajudaria Ren em suas aventuras, mas ficaria nisso. Nada mais dessa atração nada familiar e duradoura.

Sem ruminar mais, Fitz saiu, estacionando na frente de um comércio com uma longa lateral metálica e placas gigantescas informando que Wall Drug estava em funcionamento desde 1931.

No final, não era um único comércio, mas sim dúzias deles numa longa fila, interconectados, de modo que, vistos de fora, pareciam uma única loja enorme. E era mesmo colossal, absurdamente grande. Ren ficou quieta e tensa, e Fitz passou um braço sobre os ombros dela, alertando-a em um tom divertido:

— Cola em mim, Raio de Sol, que esse lugar pode ser mais perigoso do que o Águia Furiosa.

Contudo, ao sentir a silhueta pequenina dela pressionada contra a lateral do corpo, não se importou mais por ter esquecido a jaqueta no carro; um calor se espalhou desde as pontas dos dedos, indo para dentro do seu peito.

Andaram à toa, olhando as mercadorias, apontando para camisetas e chapéus tolos que fingiam querer comprar e, depois de uns cinco minutos, ele se deu conta de que ainda a mantinha confortavelmente presa a seu corpo.

Patético, censurou a si mesmo. *A resolução que você tomou no estacionamento não durou nem dois minutos.*

O desconforto se espalhou em seu peito ao ver quanto aquilo tudo começava a parecer fácil e confortável. O instinto era um chute em suas entranhas: *Não se sinta confortável demais. É aí que as coisas se despedaçam.*

Quando ela levantou a mão para tocar a dele, que estava em seu ombro, chamando sua atenção para uma camiseta que dizia GAROTAS DA ROÇA TÊM PANTURRILHAS ÓTIMAS, e sua mão se demorou na dele, Fitz abaixou o braço abruptamente. Ren tomou um susto, afastando-se um passo dele.

— Desculpe, não tinha percebido...

— Encontre comigo no café — disse ele, passando por cima da situação antes de se dar conta de quanto soara severo. Com um sorriso fraco, apontou para a placa do café. — Vou usar o banheiro.

Na pia, Fitz encarou seu reflexo. Um tremor começou em seu peito e abriu caminho até a garganta, até ele enfiar um dedo por baixo do colarinho da camisa, afastando-a como se o impedisse de respirar. Quando tinha sido a última vez que se olhara no espelho? Nos últimos dois ou três dias ele estivera de pé ao lado de Ren na pia do banheiro, olhando apenas para ela.

Gostava dela. Demais, na verdade. E ela também gostava dele. Sabia disso. Mas, Deus, isso seria muito mais fácil se ela não gostasse.

Ele tinha uma entrevista para um estágio em questão de dias e, depois disso, uma visão clara para seu objetivo final. Estágio perto de Mary, faculdade de Direito, derrocada da Fitzsimmons Development. A vingança não era iminente, mas estava lá, pairando pacientemente no futuro. Na verdade, a última coisa que deveria estar fazendo era flertar com uma mulher tão ingênua e que só sabia como levar as coisas de maneira sincera; conversar com uma mulher que conseguia fazer todos os seus segredos escorrerem dele como água de uma jarra; apaixonar-se por uma mulher que colocaria seu coração ileso nas mãos conspurcadas de Fitz.

— Você não é o namorado dela — falou para o homem no espelho. Seu maxilar se retesou, e as piores verdades escaparam, desimpedidas. — Ela é ingênua demais para saber se cuidar. Ela é um trabalho para o qual você não tem tempo.

Fitz encarou o próprio reflexo, a expressão se endurecendo.

— E o mais importante: ela é boa demais para você, então, não se dê ao trabalho.

Quando encontrou Ren alguns minutos depois, ela já havia pedido comida para os dois e levantou a cabeça quando ele se aproximou, sorrindo.

— Espero que goste de sanduíches.

— Quem será que não gosta de sanduíches?

Ele se sentou na frente dela e, tão casualmente quanto pôde, tentou deslizar a sacola para o outro lado da mesa.

Ren encarou a sacola e depois olhou para ele.

— O que é isso?

— Só uma coisinha que comprei pra você. — *Um pedido antecipado de desculpas,* pensou ele.

— Um presente do banheiro masculino? — perguntou ela, sorrindo. — É uma foto retirada da parede?

— E ela ainda finge surpresa quando *eu* faço uma piadinha suja.

A garota gargalhou, pegando a sacola.

— Não precisava me comprar nada. Já fez tanto.

— Não é nada de mais.

Fitz levantou a mão, esfregando a nuca, odiando o jeito como suas orelhas esquentaram. Quando Ren tirou de lá o livro, soltou um pequenino gritinho de deleite.

— *Meu diário de aventuras?* — leu ela.

Ele se concentrou em desembrulhar o sanduíche.

— Tem mapas e outras coisas aí dentro — disse ele, apontando. — Imaginei que poderia marcar todos os lugares onde esteve nesta viagem... e nas futuras.

Ela abriu na primeira página, onde havia um mapa dos Estados Unidos, e folheou tudo para ver estados individuais com monumentos, parques, além de várias estradas famosas. Fitz observou-a ir até o final, até Dakota do Sul, onde passou o dedo em torno do monte Rushmore e a caixinha de seleção ao lado dele.

A emoção se acumulou inexplicavelmente no peito de Fitz.

— Tem uma caneta também na sacola. Para você poder... — Ele apontou de novo, sem graça. — Para marcar as coisas.

Ren revirou a sacola e tirou de lá uma caneta verde e amarela, uma lembrancinha da Wall Drug, marcando com cuidado o monumento.

— Foi muito meigo de sua parte.

— Não é meigo — esclareceu ele, bem depressa. — É só algo para te manter ocupada, assim você para com as imitações de pássaros moribundos.

Ela riu.

— Tá, tudo bem. — Ela virou outra página. — Não estive nas Badlands, mas passamos por lá. Conta?

— Não, mas o Águia Furiosa está aí? — Ele fingiu se esticar para ver. — Porque você com certeza mereceu marcar a passagem por lá.

Ren sorriu, orgulhosa, folheando as páginas com rapidez.

— Venha, vamos comer para poder voltar para a estrada — disse ele, desviando o olhar da curva cheia e sorridente do lábio inferior dela e fechando a porta de aço emocional de vez agora. — Você pode olhar melhor no carro e ver se tem alguma coisa perto o bastante para visitar.

Fitz não levantou a cabeça, mas sentiu Ren observá-lo por um instante antes de se concentrar no próprio sanduíche.

— Obrigada, Fitz.

CAPÍTULO VINTE E UM

REN

Ren ficou grata pelo desvio que tinham feito logo cedo — assim como pelo livro de aventuras que Fitz lhe dera —, porque o trecho do dia até Kansas City foi o mais longo até então, quase dez horas na estrada. Normalmente, ela ficava bem ruminando sobre as coisas sozinha, mas naquele dia, não. Naquele dia ela estava toda enrolada por causa de Fitz.

Gloria havia dito certa vez que algumas pessoas são como cachorros, e outras, como gatos. Naquela época, Ren não fazia ideia do que a mãe queria dizer; tanto cães como gatos eram amorosos, fofinhos e peludos. Mas aí, em um Natal, ela e Gloria tinham levado um prato de cookies para a viúva Dawson, na mesma rua e, depois de cinco minutos de Gloria tentando puxar conversa e a viúva Dawson respondendo com a menor quantidade de palavras possível, elas partiram. Na volta para casa, Gloria dissera, com um quê de contrariedade: *Aquela mulher? Aquela ali é um gato.*

Ela queria dizer que a viúva Dawson nunca se esforçava para fazer amigos, que ela fazia as coisas a seu modo, que nunca se sentia pressionada a se ajustar às gentilezas sociais. Em outras palavras, não era de tentar agradar.

Ren, porém, era. E agora ela entendia: Ren era um cachorro, e Fitz era, sem dúvida, um gato.

Ele fazia uma perguntinha de nada e as confidências se derramavam dela. Ren conhecera outras crianças quando era pequena, mas nunca passara um tempo prolongado na presença delas, nunca tinha realmente chegado a conhecer alguém de sua idade. A ideia de ter alguém em sua vida, alguém que havia escolhido conhecê-la, que se importava com o que ela pensava, que a procurara porque queria, não porque por acaso ocupava o mesmo espaço que ela todos os dias, o dia inteiro, a deixava zonza de emoção. E, depois dos últimos três dias e meio juntos, Fitz era a primeira pessoa que ela podia verdadeiramente chamar de *amigo*.

A necessidade de saber mais sobre ele — de *conhecê-lo* — era uma presença em constante expansão dentro dela. Mas conhecer quem Fitz era de verdade parecia ser uma dança com dois passos para a frente, um para trás. O cara podia se abrir para ela e depois se fechar de novo num instante, fazendo com que ela analisasse o que fizera para provocar aquela retração. Ren via o jeito como ele nunca respondia de modo direto a suas perguntas, nunca oferecia nada. Tirar uma informação de Fitz era como bravamente enfiar a mão num arbusto espinhoso de frutas silvestres e arrancar de lá uma única frutinha murcha.

Mas por que ele ainda a mantinha à distância? Até uma parede de tijolos poderia perceber que estavam se aproximando, e Ren sabia, até o último fio de cabelo, que o que sentia por Fitz vinha se tornando mais do que gratidão e afeição. Havia uma nova presença dentro de si, algo quente e com uma pulsação errática e animal própria. Ren amava quando ele a provocava, amava sua risada rouca e grave. Amava o jeito como Fitz cuidava dela e fingia não ser nada de mais; ansiava pelos breves momentos de contato físico entre os dois.

Isso queria dizer que ela o analisava da forma que havia analisado os animais da propriedade, tentando interpretar seu comportamento e pensamentos por meio de atos. Ren coletava evidências como uma psicóloga forense, juntando as peças sobre quem aquele ser de fato era.

Por exemplo: achava estranho que Fitz fosse tão simpático a ponto de o reitor lhe pedir pessoalmente que mostrasse o campus para Ren naquele primeiro dia, e no entanto, com ela, Fitz fazia tudo o que podia para calar perguntas sobre si mesmo, sua família, seu passado.

Miriam tinha agido como se todo mundo conhecesse Fitz, mas, para Ren, ele nunca havia dito nada sobre os pais ou seu estilo de vida. De fato, quando muito, era frugal nos gastos, apesar de o pai ser um incorporador imobiliário de tanto sucesso que ela lera um artigo antigo na revista *Time* sobre ele, alguns anos atrás, na loja de Jesse e Tammy.

Os livros fizeram Ren acreditar que homens como Fitz amavam se gabar de suas conquistas, mas, apesar de Miriam a alertar sobre a reputação dele, Fitz sempre fora um cavalheiro com ela. E nem uma vez sequer mencionara ter alguém em Spokane.

Além disso, durante toda a viagem, Fitz estava com a rota deles no GPS, mas nunca parecera olhar de fato para ele. Será que já tinha feito aquele percurso antes? O que havia em Nashville? Por que ele estava indo para lá?

Conforme o sol se punha e entravam nos limites municipais de Kansas City, Fitz sinalizou a saída e conduziu Max para o hotel sem olhar nem uma vez para o celular.

Desembarcaram, juntaram as bolsas no bagageiro, e Ren não se conteve, tentando fazer com que ele se abrisse, mesmo que só um pouquinho.

— Quantas vezes já fez essa viagem?

— Algumas.

— Algumas, tipo três? Ou algumas, tipo quinze?

Ele sorriu como se soubesse exatamente o que ela estava fazendo e entregou-lhe sua mochila.

— Tento vir na maioria das férias da faculdade.

— Pensei que sua casa ficasse em Spokane.

O passo dele vacilou, mas foi algo ligeiro o bastante para Ren pensar que talvez tivesse imaginado.

— E é. Eu tenho parentes em Nashville.

Ela teve a sensação de que ele havia colocado uma joia na palma da mão dela. Parentes! Em outro estado!

— Tipo primos, você diz?

— Algo assim.

As perguntas se alinharam numa fila única quando ele disse isso, mas Ren foi distraída de imediato assim que botaram os pés dentro do hotel. Era como entrar numa pequena cidade. O edifício principal era aberto desde o saguão até o topo, com um elevador de vidro visível parando em todos os andares. O piso do saguão era de pedra, com mesinhas circundando uma enorme fonte central de quatro níveis. Havia floreiras cheias de samambaias e postes de luz. Acima do som da água respingando, o hotel era barulhento. Pessoas de ternos se sentavam em grupos para conversar, enquanto famílias atravessavam o saguão em grupos sorridentes. O bar estava lotado; o restaurante também parecia cheio, com um punhado de gente esperando lugar.

Ren teve que percorrer um círculo ao redor de si mesma para absorver tudo.

— Isto seria como morar num shopping.

— Já esteve num shopping, Raio de Sol?

— Vi nos filmes. Tinha um em *As patricinhas de Beverly Hills*, lembra? E todos eles têm fontes e átrios enormes e espaçosos.

Rindo com isso, Fitz se aproximou do balcão da recepção, entregando sua identidade e o cartão de crédito.

A mulher — seu crachá a identificava como Rita — digitou por alguns segundos.

— Tenho sua reserva aqui para um quarto com uma cama king clássica, no décimo segundo andar. O café da manhã continental é gratuito aqui das seis até as no...

— Desculpe — interrompeu Fitz com gentileza, usando o que Ren tinha começado a reconhecer como sua voz de flerte. — Mandei um e-mail ontem solicitando duas camas. Isso seria possível?

Rita rolou a tela.

— Ah, sim. Estou vendo nas notas da sua reserva. Gostaria de acrescentar um quarto?

Fitz balançou a cabeça.

— Pode ser um quarto só, mas com duas camas?

— As únicas opções que temos disponíveis são as suítes júnior.

A recepcionista olhou de relance para ele, depois para Ren, e seus olhos se demoraram nela. Ren levantou a mão para cobrir uma mancha de café na camiseta, antes de levar a mão aos cabelos, consciente de como sua trança havia se soltado no carro com as janelas abertas. Sua aparência devia estar um caos, considerando-se a forma como a mulher a olhava.

— Quer que eu reserve uma dessas para vocês?

Fitz olhou para Ren, depois para a mulher, endireitando o corpo.

— Quanto sai uma dessas?

Ren notou que ele deu um passo para o lado, aproximando-se dela.

Rita apertou algumas teclas.

— Com as taxas, quinhentos e oitenta e seis dólares.

Ele murchou um pouco, suspirando.

— Isso de novo.

— Posso pegar um quarto para mim — disse ela, baixinho.

Podia entender que Fitz desejasse certa distância, ou mesmo uma noite sozinho. Fora paciente com todas as perguntas e o entusiasmo dela, mas, desde que ambos tinham deixado Wall Drug, a muralha misteriosa dele havia se erguido outra vez, e a culpa latejava na cabeça de Ren, uma dor de cabeça se formando.

— Vamos fazer assim — disse ela.

Ela se abaixou para abrir o zíper da mochila, mas Fitz a impediu com a mão em seu braço.

— É demais. Você ainda tem que chegar a Atlanta, e depois voltar para casa. Guarde o seu dinheiro. — Olhando de novo para Rita, ele disse: — Vamos ficar com o quarto com a cama king.

Fitz encarava a parede, em silêncio, enquanto esperavam o elevador chegar ao saguão.

— Desculpe — disse Ren em meio ao silêncio tenso. — Eu te devo tanto, e sei que estou sendo um estorvo.

— Não está sendo um estorvo — resmungou ele, não muito convincente.

— Se te faz sentir melhor — disse Ren —, teremos espaço de sobra. Ouvi dizer que camas king size são bem grandes.

— Esse não é o problema. Eu sei quanto elas são grandes.

Ah. É mesmo.

— Dã. Aposto que tem uma.

Ele não respondeu, o que fez o eco martelando *cama king, cama king, cama king* voltar com força total dentro do crânio dela. Na verdade, decidiu Ren, dormiria no chão. E, se ele não deixasse, então que pena. Ela insistiria.

— Talvez eu vá dormir no Max — disparou ele, assim que estavam trancados dentro do elevador.

— O quê? Não! Se alguém for dormir no Max, sou eu.

Fitz sacudiu a cabeça.

— Você não vai fazer isso.

Ela odiava voltar a essa conversa. Isso simbolizava quanto tinham regredido; não importava o que ela sugerisse, Fitz diria não para tudo que não fosse Ren dormir na cama, e *ela* diria não para tudo que não fosse *ele* dormir na cama, e estariam num impasse.

O que significava que: talvez, era possível, provável até, talvez, quiçá, Ren dormiria na mesma cama que Fitz. Ela poderia dividir a cama com ele e sua bermuda de basquete e aquelas coxas fortes que ela se esforçava ao máximo para não olhar quando ele ia e voltava do banheiro.

— Certo, então está acertado — disse Ren. — Se houver um sofá, a solução é simples. Se houver espaço no chão, é a minha vez de dormir na caminha improvisada. Se não houver, aposto que ficaremos mais distantes um do outro do que estávamos na noite passada, nas camas de solteiro. Tudo bem. — Não estava tudo bem, nem um pouco. — Essa é nossa quarta noite dividindo um quarto. Somos quase profissionais a essa altura. É só um pernoite. Podemos...

— Ren — interrompeu ele, gentilmente. — Respire.

Ela respirou fundo, se acalmando, enquanto o elevador sinalizou o décimo segundo andar. Por que isso parecia tão diferente, de súbito? Tinham compartilhado um quarto por três noites já, e o início de cada uma delas nunca tinha dado a impressão de que estivessem indo para um quarto que poderia pegar fogo no instante em que entrassem.

Fitz passou o cartão-chave na porta, gesticulou para ela entrar, e Ren podia jurar que ambos murcharam em uníssono: nenhum sofá, apenas uma cadeira e uma mesa, e uma cama que parecia ocupar mais espaço a cada segundo em que ela a fitava. De verdade, o móvel engolia o piso todo. Colocaram as coisas no chão e olharam um para o outro diante da extensão do colchão.

Ren tentou sorrir.

— É bem bacana.

Fitz deu de ombros, rígido.

— É só uma cama.

— Eu sei que é só uma cama — disse ela. — Estou apenas dizendo que é uma cama legal.

— Não importa se é legal, é só para dormir.

— Claro que é.

O silêncio se expandiu entre os dois.

Ele levantou a mão, coçando a nuca.

— Será que a gente devia jan...

— Sim, com certeza, vamos jantar.

Fizeram a breve caminhada pelo centro da cidade, parando num edifício art déco de tijolinhos brancos com uma placa grande proclamando-se como Winstead's Steakburger. Fitz quase não falara durante o caminho todo, e o silêncio começava a parecer uma terceira pessoa na calçada entre eles.

— É um bife ou um hambúrguer? — gracejou Ren, esperando que Fitz lhe desse seu combo de revirada de olho e sorriso contido habitual.

Em vez disso, porém, ele não falou absolutamente nada, andando até a porta e mantendo-a aberta para Ren. Tão distante, tão formal.

Ren parou por completo assim que entrou, esquecendo o humor de Fitz enquanto fitava o salão ao redor, boquiaberta. Com neon rosa no teto, mesas cor-de-rosa, cabines turquesa e um jukebox no canto, Winstead's Steakburger parecia uma lanchonete saída diretamente de *Grease*.

A hostess os levou até a mesa e Ren se sentou, incapaz de parar de olhar a decoração.

— Minha nossa! Aposto que eu poderia pedir quase a mesma coisa que Danny pede no Frosty Palace.

Fitz levantou a cabeça do cardápio que estava olhando.

— Deveria saber o que é isso?

— Ah, Só Fitz! É a lanchonete de *Grease*! Ele pede um hambúrguer polar duplo com um refrigerante de cereja e sorvete de chocolate.

— Quantas vezes, exatamente, você assistiu a esse filme?

— Pelo menos umas cem.

Ele a encarou, admirado.

— Engraçado, porque seus pais não parecem ser do tipo que estaciona a filha na frente da televisão.

— Não eram mesmo, porém não cresci assistindo a todo tipo de filmes e programas de TV. Nós tínhamos apenas um punhado de fitas e um videocassete antigo. Ao longo dos anos, mesmo uma vez por semana, foram se acumulando.

— Esse também não parece o tipo de filme que eles aprovariam. — Ele riu. — Tem, tipo, adolescentes tarados, gangues, sexo antes do casamento e corridas de carro.

Ren esperava que sua expressão não denunciasse com exatidão quanto ela gostava de ouvi-lo dizendo a palavra *sexo*. Pigarreou.

— Gloria provavelmente se sentia a salvo porque tínhamos a versão editada para a TV.

— Ai, meu Deus. Com comerciais e tudo?

Ela assentiu.

— Devo ter pedido os cereais do Captain Crunch umas setecentas vezes depois da primeira vez que assisti.

Fitz deu uma risada meio triste.

— Meu palpite é que Steve e Gloria não cederam.

Ren riu.

— Seu palpite está correto. Mas, enfim, imagine como fiquei confusa quando nossa fita antiga finalmente pifou e peguei uma cópia emprestada na biblioteca, e ouvi Rizzo perguntar para Danny se ele ia "bater uma". — Do outro lado da mesa, Fitz engasgou com um gole de água. — Eu nem sabia do que ela estava falando, até que um dia me ocorreu. — Ren correu os olhos pelo entorno e depois se debruçou sobre a mesa. — Ela estava falando de masturbação.

Fitz pareceu perder a luta com a água, levantando a mão para a boca e tossindo mais forte. Ren pegou com rapidez um punhado de guardanapos no recipiente e os empurrou para ele. Seu deleite em ter rompido aquela fachada estoica foi obscurecido pela culpa pelo curto acesso de tosse.

— Ai, meu Deus, desculpa.

— Não se desculpe — disse ele, enxugando a boca. — Você só me pegou de surpresa. Não esperava que dissesse essa palavra em voz alta.

A garçonete veio anotar o pedido deles e as palavras de Fitz rolaram pela cabeça de Ren até que uma onda de irritação rebelde a perpassou. No instante em que a garçonete saiu, Ren se debruçou sobre a mesa outra vez.

— Só para seu conhecimento, não sou tão inocente assim, mesmo que não tenha feito certas coisas.

Uma sobrancelha escura se arqueou.

— Você não fez *isso*?

O calor explodiu pelas bochechas dela e desceu pelo pescoço. Os olhos dele acompanharam o rubor.

— O que quero dizer é que cresci na roça. Com *animais* — disse ela, cheia de insinuações. — Você sabe o que os animais fazem, imagino eu. — Ren pressionou uma das mãos na lateral da boca, fingindo sussurrar: — Eu sei o que é sexo, Fitz.

Com um sorriso no olhar, Fitz também se debruçou e colocou uma das mãos no canto da boca.

— Espero que não esteja baseando toda a sua educação sexual na criação de animais de celeiro, Ren.

— Claro que não — retrucou ela, muito incomodada. — Na verdade, muita coisa valiosa em educação sexual pode ser encontrada na literatura romântica.

— Tenho certeza que sim.

Ela sorriu para ele.

— Mas você provavelmente conhece muito mais sobre romance do que eu. Poderia me dar alguns exemplos da vida real tirados do seu passado.

O sorriso dele se apagou e ele endireitou o corpo.

— Boa tentativa, Raio de Sol.

Ren olhou carrancuda para o cardápio.

Durante o jantar, Ren o notou fazendo a mesma coisa, várias vezes: distraindo-a de fazer perguntas ao apontar para algo interessante por perto, perguntar a ela sobre seu passado, fazer piadas.

Após o jantar, compraram sorvete e passearam pela área central da cidade. Era linda, com árvores e uma mistura de edifícios recém-construídos e arquitetura mais antiga. Passaram por um museu de arte e quarteirões e quarteirões de comércios e restaurantes. Fitz a levou para um parque movimentado e chamou a atenção dela para uma fonte um pouco à frente com quatro cavalos de bronze em tamanho real e um banco desocupado logo ali.

— Aqueles cavalos representam o que se consideravam os quatro rios mais poderosos — comentou Ren assim que se sentaram.

Uma risada baixa escapou com a exalação dele.

— É claro que você sabe tudo a respeito — disse Fitz.

— O Mississippi, o Volga, o Sena e o Reno.

Fitz espremeu os olhos para a fonte.

— Isso é bem legal, na verdade.

— A parte mais legal é *essa* — disse ela. — A fonte foi feita a princípio sob encomenda para uma propriedade particular na França, mas foi vendida como objeto resgatado depois de um incêndio enorme e transferida para cá. Imagine ver algo assim quando você olha pela janela no café da manhã.

— Ricaços são tão esquisitos — concordou ele.

A garota bateu o ombro no dele.

— Falou o riquinho.

— Pois é. — Ele franziu a testa, inclinando-se adiante e apoiando os antebraços nas coxas. — Bem, certifique-se de marcar a fonte na sua lista quando voltarmos ao hotel.

Ela registrou mentalmente essa reação. Em Corona, Fitz parecia encarnar com orgulho o papel de filho do benfeitor mais generoso da universidade. Longe de lá, Fitz vivia com simplicidade, não se gabava de nada e odiava ser considerado rico.

— Obrigada — disse ela. — Talvez eu não me lembrasse. Você é meigo, Fitz.

Ele soltou uma risada suave pelo nariz, olhando para o chão.

— Não é meiguice, Ren, é só um lembrete.

— Por que se esforça tanto para insistir que não é um cara bacana?

— Porque eu *não sou* um cara bacana. Sou só... — Ele soltou um suspiro de frustração, olhando para ela e então desviando o olhar. — Você deseja que eu seja algo que não sou.

— Eu não quero que você *seja* nada — disse ela, perplexa. — Gosto de quem você *é*.

— Você mal me conhece.

— Mas gosto do que vi até agora. — Os ombros dela se ergueram minimamente. — Só quero te conhecer melhor.

— Bem, não se esforce muito. Estamos quase em Nashville.

Ren encarou o perfil dele e depois fitou a fonte, o olhar perdido.

— Tá bem. Não vou me esforçar.

Fitz se levantou.

— Não devíamos voltar? Temos um longo dia de viagem amanhã.

— Claro.

Uma pontada a percorreu. Era tudo muito súbito com ele. Ren não sabia o que tinha feito para que ele quisesse forçar toda essa distância entre eles, mas sabia que não deveria questioná-lo a respeito.

Ele terminou seu sorvete e jogou de passagem a embalagem numa lixeira. Estava escuro; numa cidade assim, Ren quase não enxergava as estrelas. De repente, sentiu uma saudade desesperada delas.

Ela revirou seu interior, procurando outra coisa em que pensar. As palavras dele ecoaram de volta.

— Quer que eu dirija um pouco amanhã?

Ao lado dela, Fitz riu e desviou de algumas crianças com skate.

— Não, tudo bem.

— Sei que pode ser cansativo — disse ela. — Não me incomodo, mesmo.

— E você tem autorização legal para estar atrás do volante?

— Dá licença? Eu cresci em Idaho. — Ela ia empurrá-lo de brincadeira, antes de lembrar que o clima não era mais esse. — É o estado com os melhores motoristas do país.

— Interessante. — Fitz lhe lançou um sorriso divertido. — Nunca tinha ouvido essa estatística.

— Tirei minha carta de motorista quando tinha dezesseis anos, só para informá-lo, e sou uma operadora muito competente de veículos motorizados de todo tipo, inclusive os de câmbio manual.

— Ninguém dirige Max além de mim.

Fitz estendeu a mão e torceu a orelha dela, e Ren teve que lutar contra o impulso de se inclinar para perto do contato.

— Eu cuidaria muito bem dele, juro.

Fitz deu uma longa olhada para ela.

— Vou pensar.

— Pense, sim.

As mãos de ambos se trombaram enquanto atravessavam o saguão do hotel e Ren pôde sentir a tensão crescente entre os dois, sentir o próprio alívio por ao achar que, qualquer que fosse o tipo de conflito que houvesse brotado, tinha se dissolvido, sumindo infinitesimalmente. Talvez fosse a sua vez de iniciar o contato. Talvez ele só estivesse esperando uma atitude recíproca por parte dela. Com o coração martelando na traqueia, postou-se mais perto dele no elevador, próxima o bastante para pressionar o braço contra o de Fitz.

Fitz, porém, se afastou com um grande passo para o lado e começou a tossir com violência contra o próprio punho, tomado por um súbito ataque.

Surpresa, Ren deu-lhe tapinhas cautelosos nas costas.

— Tudo bem com você?

Ele assentiu, os olhos lacrimejando enquanto murmurava:

— Sim.

Ele apontou para a própria garganta e soltou, a voz quase sibilando:

— Só a... poeira ou... alguma coisa.

Fitz se recuperou com um pigarrear antes de enfiar a mão no bolso da calça jeans e se recostar na outra ponta do elevador.

O estômago de Ren se revirou. *Ai, Deus.* Será que ele tinha acabado de fingir um acesso de tosse? Será que vinha evitando o contato físico com ela? O silêncio se estendeu entre ambos e, naquele momento mortificante de compreensão, Ren desejou que o elevador desabasse até o porão e acabasse com seu sofrimento. Toda vez que ele a tocara antes tinha sido em público. *É claro* que tinha sido. Ele estava apenas chamando a atenção dela com um cutucão ou acompanhando onde ela estava com o braço em torno de seus ombros. Como se faria com um bicho de estimação ou uma criança inquieta.

Misericordiosamente, as portas se abriram no andar deles e Fitz hesitou quando Ren saiu, apressada. A caminhada pelo corredor com ele apenas alguns passos atrás dela deu-lhe a sensação de uma marcha da morte silenciosa. Na porta, Ren passou sua chave e entrou.

— Ainda é uma cama só — soltou, e a frase caiu num fosso profundo de silêncio. Na mesma hora ela quis apertar o botão de rebobinar ou, ainda melhor, desaparecer em pleno ar. — Eu vou...

Ela apontou por cima do ombro, pegando a mochila e sumindo dentro do banheiro.

CAPÍTULO VINTE E DOIS

FITZ

Fitz era um babaca sem tamanho.

Ele sabia disso. Ela sabia disso. Até aquela cama gigantesca que iam dividir sabia disso.

Por alguns segundos depois que Ren sumiu dentro do banheiro, Fitz ficou do outro lado da porta, o punho erguido, tentando encontrar coragem para bater. Ele não ouviu a água correr, não ouviu dentes sendo escovados. Havia apenas o silêncio, e sua mente se encheu com todas as prováveis imagens do outro lado: Ren olhando feio para si mesma no espelho. Ren chorando. Ren enfiando a cara entre as mãos, envergonhada. Saiu dali, indo até a cama e se sentando.

Fitz podia se lembrar de seu primeiro Dia de Ação de Graças à mesa dos Fitzsimmons. Foi apenas duas semanas depois que a adoção foi finalizada e, nos dez anos anteriores, ele tinha ido da casa de Mary para casa nenhuma, para o reformatório e para aquilo; sabia que um longo tempo se passaria antes que deixasse de se sentir um vagabundo nos corredores impecáveis, se é que algum dia deixaria. No jantar, havia três garfos em cada lugar na mesa, criados servindo a comida e tirando os pratos. Ele não sabia que devia colocar o guardanapo no colo, não sabia qual prato de pão era o seu. Quando a comida chegou, estendeu a mão para se servir, sem saber que deveriam fazer uma prece de agradecimento antes e, depois da prece, deveriam se revezar dizendo as coisas pelas quais se sentiam gratos, um de cada vez.

ENROLADA EM VOCÊ

Fitz não sabia que seu novo pai, Robert, esperava que Fitz agradecesse a ele, e apenas ele, por tê-lo trazido ao lar dos Fitzsimmons, que Robert ficaria carrancudo e retraído por todo o restante da refeição porque Fitz agradecera à esposa de Robert, Rose, em primeiro lugar e por mais tempo.

Mas Fitz aprendeu, e aprendeu depressa. Aprendeu a colocar a máscara, a encher Robert de assombro e deferência sempre que ele estava em casa. Fitz aprendeu a fazer o jogo de Robert, seguindo as regras de Robert. Isso nunca trouxe a ambos o elo verdadeiro de pai e filho, mas lhes trouxe um tipo delicado de paz. O pai começou a levar Fitz a eventos para angariação de fundos, jogos, eventos de caridade e encenações para fotos ao fazer compras em Seattle, Portland ou Vancouver. Não importava com que frequência Robert gritasse com a esposa e os filhos, não importava o que Fitz ouvisse ocorrendo a portas fechadas, Robert só se importava com o fato de, em público, aparentar ser o pai perfeito, e Fitz assim o permitia. Ele podia ser paciente.

Apesar de Ren não ser paciente — agarrar a vida com as duas mãos era mais o estilo dela —, Fitz também não esperava que ela soubesse como lidar com tudo na primeira tentativa, e ficou espantado com a velocidade com que vinha aprendendo. Enquanto ele passara o primeiro ano em seu mundo novo em uma observação discreta, Ren corria adiante, os braços estendidos. Fitz queria lhe dizer quanto estava impressionado, quanto ele sabia que devia ser difícil, desorientador e intimidante. Principalmente, queria lhe dizer quanto queria, com desespero, segurar sua mão — e mais, muito mais.

Entretanto, toda vez que o instinto despertava em seu interior, a autopreservação o calava. Ren não precisava conhecer Fitz melhor. Não precisava ser alguém — o primeiro alguém em anos — com quem ele se abria. Ren não precisava de toda a bagagem que Fitz trazia consigo. Por mais que quisesse se sentar com ela e contar tudo, não seria uma atitude inteligente. A vida de um e de outro não podia ser mais diferente. Ren mal vira alguma coisa do mundo, e Fitz já tinha visto demais.

Ele aprendera vezes demais que, quando você pensa que a vida está indo no rumo certo, é provável que esteja a centímetros de uma curva fechada.

O pior de tudo não era nem o esforço necessário para mantê-la emocionalmente à distância; era mantê-la fisicamente à distância também. Estava óbvio para ambos que havia uma atração ali. Fitz já sentira isso vezes suficientes para saber de que se tratava: os membros inundados de adrenalina, o calor no sangue, o desejo de sorver as feições dela como um brandy pesado e doce. Ele a olhava do outro lado do console, da mesa, da calçada, e tudo o que queria fazer era tocá-la. Queria puxar a mão dela à noite e arrastá-la para cima de si, deixar que Ren descobrisse como o corpo dela funcionava. E, se ela fosse qualquer outra pessoa, já teria feito isso.

Mas Ren não era *qualquer outra pessoa*; ela sequer falava aquela língua. Tudo o que ele queria fazer com Ren seria o primeiro dela: primeiro beijo, primeiro toque, primeira vez. Somente o pior dos homens tomaria esses *primeiros* sabendo que desapareceria logo em seguida.

Mas, merda, a franqueza meiga dela era exatamente o que vinha deixando-o maluco, transformando-o num mar turbulento: maré alta, maré baixa, maré alta. Não conseguia mais encontrar um jeito de agir com normalidade ao lado dela. E, no final, por que *não* abrir essa porta? Por que se importava se aquela seria a primeira ou a milésima experiência dela? Que diferença fazia? Ele podia só tomar, tomar, tomar, e por que se importava se isso mexesse com a cabeça dela? Ren era uma adulta. Daria um jeito.

O problema era que ele se importava, sim. E o pior talvez fosse isso: e se ela não fosse a única que saísse magoada? Fitz nunca sentira uma atração deste tipo antes — uma atração entrelaçada com curiosidade e diversão, e um senso de companheirismo que parecia confortável demais, demais mesmo. Descobriu que odiava isso. Química sexual, isoladamente, era muito mais fácil. Seu sonho era ser um homem livre, sem dever nada a ninguém. Não queria nem precisava de sentimentos.

Eles chegariam a Nashville em breve — podiam com facilidade chegar lá amanhã, se assim quisessem — e de lá, Ren iria para Atlanta. Ele a deixaria no ponto de ônibus e, pelo que sabia, talvez nunca mais a visse. Talvez ela ficasse em Atlanta com o pai, talvez voltasse para a propriedade. Talvez voltasse para a faculdade, e eles orbitariam em torno um do outro, desajeitados, por meses antes de ele se formar. Não fazia ideia. O que sabia, porém, era que fazia apenas quatro dias, e esse nível de apego era estúpido. Perigoso, até. Era assim que gente como ele saía magoada. A última coisa que queria voltar a ser era o otário que caía na promessa de algo mais.

No entanto, quando ela saiu do banheiro, cabelos longos e macios por cima de um ombro e bochechas tão coradas que parecia quase febril, uma parte de sua resolução se partiu. Ele podia mantê-la à distância fisicamente, podia até manter suas emoções sob controle também. Mas não queria nunca machucar as dela.

— A cama é grande o bastante para a gente dividir — anunciou Fitz, implorando em silêncio para Ren olhar para ele.

Ela levantou o olhar e depois o desviou com rapidez.

— Tá bom. Se não houver problema.

— Eu fico do meu lado.

Ele queria soar divertido, mas a frase saiu tensa, quase um alerta.

— Mas claro. Eu também vou ficar do meu.

— Não é o que... — Ele vacilou, pois palavras sobre sentimentos, falhas e medos não faziam parte de seu vocabulário funcional. — Não estava...

— Boa noite, Fitz — interrompeu Ren com gentileza, dando a volta na cama para subir pelo outro lado. O ar se agitou e ficou cheirando a mel. Ele teve vontade de pressionar o nariz na pele dela, inspirá-la. — Sei que é esquisito para duas pessoas que mal se conhecem dividir um quarto, quanto mais uma cama. Nunca vou deixar de ser grata.

Duas pessoas que mal se conhecem.

Ele tinha dito algo semelhante para ela, sabia que era verdade, então por que doera quando ela lhe repetira?

Ren levantou a mão e apagou o abajur do seu lado da cama, então ele fez o mesmo, deitado ali num silêncio miserável.

— Ren?

Ele captou o suspiro sutil e frustrado que precedeu o *Pois não?* amistoso.

— Se quiser dirigir amanhã — disse ele —, por mim, tudo bem.

F itz era um mentiroso deslavado. Por ele, tudo bem? Nem de longe. Isso ia contra todos os seus instintos, mas ele manteve a palavra e lhe entregou as chaves no sábado de manhã, observando a contragosto enquanto ela destrancava a porta e se ajeitava no banco do motorista. Estivera quieta enquanto eles se preparavam para partir, mas seu comportamento contido passou para euforia conforme Fitz a conduzia para fora do estacionamento do hotel. Ren pisou fundo em Max assim que pegou a estrada à frente, soltando um gritinho de empolgação.

— Vá com calma, com gentileza — pediu ele, inclinando-se adiante e sentindo-se estranhamente enciumado do canto para onde tinha sido banido, o banco do carona. — Não precisa usar o pé de chumbo logo de cara.

Ren ajustou a pegada no volante.

— Eu te disse que dirijo na fazenda o tempo todo. Sei lidar com um carro velho.

— Um carro *velho*... — As palavras dela o lançaram contra o encosto, insultado por Max. — Este Mustang é uma máquina finamente ajustada. Um clássico. — Ele estendeu a mão e colocou a mão no painel, consolador. — Não se preocupe, Max. Ela não estava falando sério.

O moto roncou em resposta.

— O modelo dele é dos anos 1970 — disse Ren, muito direta, naquela voz de sabe-tudo que sempre o deixava nervoso. — Ele é lindo e você o manteve em excelente forma, mas, objetivamente, ele é um carro velho. — Ela franziu os lábios, pensando. — Ele é do mesmo ano que nosso espalhador de estrume, acho.

Uau, era um insulto atrás do outro.

— Ele também está levando seu traseiro até Nashville, então, um pouquinho mais de respeito, faça-me o favor. — Fitz olhou para o mapa e levantou a cabeça. — Pegue essa entrada à esquerda.

Ela ligou a seta e uma pontada de irritação coloriu sua voz quando perguntou:

— O plano é pegar as ruas paralelas o caminho todo?

— Não seria, se parasse de fazer curvas tão abertas. Ele é um Mustang, não um ônibus escolar.

— Por que me deixar dirigir, se era para resmungar comigo o tempo todo?

Fitz não precisava de sua experiência com anos de terapia obrigatória dos serviços de atendimento ao menor para entender que estava se intrometendo no trajeto, mesmo estando no banco do carona e, para ser honesto, agindo como um babaca. Já estavam meio esquisitos um com o outro depois de seu colapso mental na noite anterior. Infelizmente, ele gostava de estar no banco do motorista — literal e metaforicamente —, e sabia que era improvável conseguir se calar a respeito de algo tão enorme quanto outra pessoa dirigindo o carro para cuja compra ele poupara durante anos.

Mas Ren tinha razão: ou ele confiava nela para dirigir, ou não confiava. Sim, ela tinha cortado um carro no estacionamento, e acelerara em vez de, mais conservadora, reduzir a velocidade em dois faróis amarelos consecutivos. Ela tinha o pé pesado e tendia a pairar no lado direito de sua faixa, mas estavam na estrada há mais de vinte minutos e estava tudo bem, não?

Com uma olhada para o celular, Fitz o apoiou no cinzeiro vazio, de onde ela podia ver o mapa, e se recostou no banco.

— Entre na faixa à direita e faça a conversão mais adiante.

— Vamos entrar na rodovia? — perguntou Ren, um timbre esperançoso na voz.

— Vamos. Você tem razão, não precisa que eu aja como sua babá. É só ir para onde o GPS mandar.

— Eu vou prestar atenção na velocidade e manter Max a salvo — insistiu ela, trocando de faixa com tranquilidade e guiando Max pela rampa de acesso. — Não vai se arrepender, Fitz, eu juro.

A rodovia estava abençoadamente vazia e, conforme os quilômetros passavam sem complicações sob eles, Fitz sentiu os músculos dos ombros relaxarem, as preocupações diminuírem.

E, depois de três noites consecutivas dormindo mal, a exaustão começou a se instalar.

O motor de Max roncava ao redor, reconfortante, embalando-o num transe pesado. O tráfego estava leve, a rota era fácil. Ren podia se cuidar, e estariam em St. Louis antes que se desse conta.

Ele bocejou. Ficaria tudo bem.

A buzina de um caminhão soou tão alta que parecia estar dentro do crânio dele, e Fitz recobrou a consciência num susto, sentando na mesma hora em que uma carreta passava em disparada por eles, mandando Max de lado e aos saltos pela faixa numa rajada reverberante de ar.

— Fitz! Acorda! — Uma mão se estendeu às cegas para a parte da frente de sua camisa, chacoalhando-o. — Nós vamos morrer.

— O quê?

Ren agarrava seu colarinho.

— Eu não quero morrer!

A adrenalina disparou um raio de eletricidade nas veias dele, e Fitz ficou alerta de imediato, olhando freneticamente para a situação em torno deles. Estavam na faixa central de uma rodovia com três faixas em algum lugar entre Kansas City e St. Louis, completamente fechados de todos os lados por motoristas irados. Uma mulher num Cadillac creme ia e vinha ao redor deles, debruçando para fora da janela e gritando:

— Sai da estrada!

— O que está havendo? — gritou Fitz, por cima da comoção.

— Todo mundo está surtando! Estava tão calmo antes, e de repente apareceram todos esses carros!

Uma picape elevada chegou quase a encostar no para-choque deles, o motorista se apoiando pesadamente na buzina. Ren gritou, tapando os ouvidos com as mãos.

— Mãos no volante! — Fitz se debruçou para o outro lado do console, assumindo o controle do volante, e conseguiu dar uma olhadinha no velocímetro. — Ren! Você está andando a 56 quilômetros por hora!

— Porque eles estão me assustando!

Um sujeito no caminhão ao lado deles gritava obscenidades pela janela. Uma criança no banco de trás de outro carro lhes mostrou o dedo do meio quando sua mãe os ultrapassou. A brisa morna de primavera que o embalara até dormir agora chicoteava para dentro do carro, acrescentando caos à cacofonia.

— Tá, escuta, temos que trabalhar juntos. Vamos passar para a faixa da direita. Vem pra cá, Ren. Levante as mãos de novo. Não consigo guiar o carro daqui.

Ren levantou as mãos trêmulas dela e as colocou em torno do volante.

— Vamos acelerar um pouquinho mais, Raio de Sol.

Ele colocou a mão na coxa dela, empurrando a perna para baixo para fazer mais força no acelerador, mas, quando Max acelerou, a pessoa à direita deles acelerou também, vingativa e indisposta a permitir que Ren entrasse na frente dela.

— Ah, o que é isso? — gritou Fitz pela janela.

Um carro entrava e saía da frente deles pelo lado esquerdo, o motorista gritando:

— IDIOTAS!

— Por que esse povo está tão de mau humor? — gritou Ren.

Um caminhão com a traseira cheia de cebolas na frente deles pisou no freio de súbito, fazendo Ren virar à esquerda para evitar uma colisão enquanto cebolas caíam, quicando por toda a rodovia e até entrando no carro.

— Eu não quero morrer! Nunca comi tiramisù!

— Tira...?

— Nunca vi a aurora boreal! — soluçou ela. — Nunca andei de avião! Nunca fui beijada! Eu quero ser beijada um dia, Fitz! Não quero ser a garota que foi morta por cebolas e nunca comeu tiramisù nem foi beijada!

No pandemônio, o cérebro dele enguiçou naquela frase e, por algum motivo, ele caiu na risada, empurrando a coxa dela com mais força para incentivá-la a continuar. Fitz tinha sido incapaz de dormir porque não pensava em mais nada *além* de beijá-la. Ora, veja só.

Aqueles lábios nunca beijados eram precisamente o que os colocara naquela situação.

Uma saída se aproximava e Fitz conhecia bem esse trecho; se não saíssem logo, estariam presos nessa estrada sem outra opção por quilômetros.

— Confira o espelho — disse ele. — Consegue passar?

Um soluço estrangulado e então:

— Acho que consigo.

— Muito bom. Dê a seta. Vá para a direita. Pronto. Olha aí, estão deixando você entrar.

As mãos dela tremiam no volante, mas seu queixo estava retesado em determinação conforme ela levava Max para a faixa da direita.

— Vamos pegar essa saída aqui.

Fitz encarou o perfil dela, sentindo algo poderoso assomar em si. Admiração. Ele a admirava.

Do nada, um caminhão surgiu atrás deles, a buzina potente soprando enquanto passava feito um foguete. Fitz soltou uma risada gritada enquanto Ren pegava a saída, reduzindo a velocidade no final da leve descida e os guiando para o acostamento.

— Não tem graça! — gritou ela, mas daí perdeu a batalha e começou a rir também, lágrimas brotando em seus olhos enquanto o corpo inteiro tremia. — Não tem graça — repetiu ela, desta vez com menos convicção, e sua risada ficou menos trêmula, mais jubilosa e...

Deus do céu, ela era tão bonita.

Fitz abaixou a mão e pegou uma cebola em seu colo, e ela riu ainda mais. Havia adrenalina suficiente bombando pelas veias dele a ponto de se sentir tentado a simplesmente estender o braço, enfiar as mãos no cabelo dela e beijá-la.

De alguma forma, ele resistiu, mas estendeu o braço para o outro lado do console e afagou o rosto dela, encontrando seu olhar.

— Você está bem?

Ren assentiu.

— Acho que sim. Nós quase morremos?

— Goonies não desistem nunca.

A poeira se assentou ao redor deles e, quando ela sorriu, as bochechas encheram as palmas das mãos de Fitz.

— Você assistiu *Os goonies?*

— Todo verdadeiro fã de cinema assistiu *Os goonies,* Raio de Sol. Você percebe que acabamos de sobreviver à cena da rampa das *As patricinhas de Beverly Hills* e vivemos para contar a história?

— Tem razão.

Ela riu, fechando os olhos, e Fitz se lembrou de como Mary costumava se debruçar e beijar suas pálpebras quando ele ficava com medo.

Procurou pelo cinismo de que precisava, o lembrete pessimista de que isso tudo era uma ideia terrível, mas a busca não deu em nada. O que ele sentia tinha apagado tudo, e a única coisa que sentia agora era esperança.

Fitz soltou o rosto de Ren, contendo uma epifania que o deixou zonzo. Ele estivera errado na noite passada. Uma chance de estar com Ren — por três meses, uma semana, um dia, uma hora — valia o risco de sair magoado. Por ela, estava disposto a caminhar para aquela curva fechada. Mas não podia fazer isso sem que ela soubesse a verdade a respeito dele.

Só tinha que descobrir um jeito de contar.

CAPÍTULO VINTE E TRÊS

REN

Como ela mesma admitia, Ren era a pessoa de 22 anos mais inexperiente do mundo no sentido romântico, mas, ainda assim, tinha quase certeza de que até uma parede de concreto seria capaz de perceber a sedução nos olhos de Fitz naquele dia. Ele tinha dito que ela podia continuar dirigindo se estivesse disposta, mas, depois daquela experiência de quase morte, Ren ansiosamente lhe entregou as chaves. De volta atrás do volante, Fitz a provocou sobre a aventura na rodovia, mas fez isso de forma meiga, com risos e relances daqueles olhos felizes e enrugados. E a tocou. Tocou-a tanto, que ela se perguntou se tinha imaginado a fuga dele do seu toque na noite anterior, fingindo um acesso de tosse. Ren ficara deitada na cama acordada, virada de costas para ele, se torturando e repassando todas as coisas embaraçosas que fizera naquele dia, quando ele claramente vinha tentando lhe dizer que eram apenas amigos.

Então... era assim que Fitz era com os amigos? Para ele, esse tipo de contato era casual? E, se isso era contato casual, como raios ela sobreviveria algum dia a um beijo de verdade, a um abraço de verdade?

Fosse lá o que estivesse acontecendo, Fitz parecia ter derretido, de algum modo. Estendia a mão e apertava a coxa dela para deixar uma piada menos ofensiva. Beliscava sua orelha, cutucava sua covinha, ajeitava seu cabelo atrás da orelha. Quando ela contou a sequência de terríveis eventos veiculares ocorridos enquanto ele dormia, Fitz estendeu a mão e pegou a sua. Parecia estar procurando todo tipo de desculpa para tocar Ren o máximo possível. Assim que tivessem se ajeitado no hotel naquela noite, Ren prometeu a si mesma, ela lhe perguntaria à queima-roupa o que isso tudo queria dizer, e por que ele estava sempre nesse vai-não-vai. Ela não sabia como fazer esse jogo.

Logo, é claro que, na primeira vez em que ela torcia muito, muito mesmo para que fossem forçados a dividir um quarto outra vez, o hotel em St. Louis tinha dois disponíveis. Era limpo, estava pronto e era barato. Ainda tinham bastante dinheiro sobrando do Águia Furiosa, então, a menos que estivesse preparada para admitir que queria ficar no mesmo quarto, não havia como recusar.

— Ótimo — disse ela, com animação fingida. — Eu fico com ele.

O homem com um bigodão de pontas viradas e gravata-borboleta enfiou a chave dela em um envelope, a de Fitz em outro, e anotou o número dos quartos em cada um. Ren espiou para ver se ficavam no mesmo andar.

Não ficavam.

Usando uma caneta para apontar um mapinha impresso dentro do envelope com a chave, o cavalheiro lhes mostrou onde ficavam os quartos.

— O bufê do café da manhã abre às seis e meia. Os elevadores ficam aqui, a lojinha fica aqui, e nossa piscina aquecida e hidromassagem ficam no primeiro andar, que é um acima desse em que estamos agora. — O funcionário os fitou e sorriu. — Nossa piscina é ótima. Vocês vão precisar da chave para ter acesso, mas definitivamente experimentem, se puderem.

O cérebro dela gritava que fome e sono podiam ficar em segundo plano para passar um tempo na hidromassagem com Fitz.

O homem fechou os envelopes e os entregou.

— Bem-vindos a St. Louis — disse ele, enquanto ambos se abaixavam para pegar as bolsas.

— Finalmente — disse Fitz no elevador —, posso me esticar na cama e ocupar a área toda.

Isso a fez rir.

— Você ainda vai dormir do seu lado mesmo assim, completamente imóvel a noite inteira.

Ele a olhou de lado.

— Andou me olhando enquanto eu dormia, Raio de Sol?

Um calor subiu pelo pescoço de Ren.

— Com certeza, não.

Ele ainda olhava para ela quando disse:

— Talvez eu só esteja ansioso para poder andar pelado pelo quarto.

As palavras aterrissaram no instante em que chegavam ao quinto andar. Ren encarou seu reflexo no metal das portas enquanto se abriam, o corpo imóvel, o cérebro preso numa fusão nuclear. Fitz estendeu o braço, mantendo aberta a porta do elevador.

— Você fica aqui. Eu subo mais um andar.

Quando as portas começaram a apitar ruidosamente, ela se moveu num susto, saindo para o corredor. Mas aí se virou, invocando uma onda de coragem e impedindo que as portas do elevador se fechassem outra vez.

— Quer me encontrar na hidromassagem daqui a dez minutos?

A expressão desapareceu do rosto de Fitz e ele deu um passo à frente. Ela soltou as portas bem quando a resposta dele irrompeu:

— Com certeza.

R en se pôs na frente do espelho, puxando o tecido fino em seu quadril. O que será que estava pensando? Hidromassagem? Com Fitz? Ela havia vestido um maiô apenas uma outra vez na vida, e agora ia simplesmente... o quê? Andar por aí na frente dele como se fosse alguma supermodelo? Ele devia sair com as garotas mais bonitas da escola em todas as instituições que já frequentara. Não... Ele devia rejeitar as meninas mais bonitas da escola porque havia garotas mais bonitas em outro lugar. Fitando a si mesma agora, Ren se deu conta de que tinha cometido um enorme erro.

Uma vez a cada poucos meses, a srta. Draper, do brechó Achado Não É Roubado, em Troy, deixava Ren revirar as caixas de doações recentes e ficar com algumas coisas em troca de ajuda para lavar, consertar e deixar outras peças prontas para venda. Sem nunca ter uma irmã ou um irmão que lhe dessem roupas usadas, esse era o jeito mais fácil para Ren conseguir roupas novas quando as que tinha ficavam pequenas. Às vezes as caixas transbordavam de escolhas bacanas, e ela queria experimentar coisas bobas e nada práticas — blusinhas sem alças, shorts pequeninos, suéteres macios e fofinhos —, mas, no final, levava apenas aquilo de que precisava. Um maiô jamais entrava nessa categoria; Ren sempre nadava sozinha no laguinho Finley ou no riacho isolado do rancho, de qualquer forma, e apenas tirava toda a roupa e pulava na água.

Porém, quando o biquíni apareceu entre as doações, ela o tirou da pilha e não conseguiu abrir mão dele.

A parte de cima era feita de dois triângulos pequeninos listrados de vermelho e branco, e um pedacinho minúsculo de tecido azul de bolinhas brancas compunha a parte de baixo, e cada parte de Ren o desejou desesperadamente. Sabia que Gloria jamais aprovaria algo tão diminuto, então o mantinha escondido no alto de uma árvore que sabia que Gloria nunca escalaria, esperando pelos dias que se estendiam, longos e tórridos, quando o ar cintilava com o calor do verão.

Ren tinha quinze anos e estava voltando da feira para casa de bicicleta quando seguiu o som de vozes na área da lagoa da cidade. Um grupo de adolescentes quase da mesma idade que ela se balançavam numa corda amarrada a um carvalho gigantesco. A risada deles a atraiu mais para perto e os gritos de deleite enquanto voavam pelo ar e caíam respingando água na lagoa ainda fria deixaram-na desesperada para se juntar ao grupo. Correu para chegar a seu esconderijo o quanto antes. Ren tirou as roupas, colocou o biquíni e correu de volta ao local. Nadou na água aquecida pelo sol e pulou na água com os outros. O top era um pouco grande — a parte de cima escorregava para baixo, e a parte de baixo subia aos poucos —, mas ela ajustou as tirinhas e esperou, ansiosa, até ser sua vez na corda. Nunca vivenciara nada tão eufórico quanto balançar no ar e se soltar. Sentiu-se viva. Sentiu-se livre. Sentiu-se muito, muito nua: Ren voltou para a margem muito antes do top.

Aquele que estava vestindo agora era mais novo — para ela, pelo menos — e servia melhor. Ela o escolhera no Achado Não É Roubado em janeiro, pouco antes de partir para Spokane, depois de ver que a faculdade tinha uma piscina no campus. Era simples e amarelo — a srta. Draper o chamara de frente única — e tinha o triplo de tecido do antigo biquíni. Infelizmente, ainda era um biquíni, mas era a única roupa de banho do tamanho de Ren naquele dia no brechó. Enquanto o amarrava com mais firmeza em torno do pescoço, sua pulsação parecia disparar dentro do peito, pezinhos ínfimos martelando uma trilha de preocupações incessantes. E se a história se repetisse, mas dessa vez ela terminasse pelada na frente de Fitz?

— Você não vai se balançar em uma corda — relembrou a si mesma, rindo.

Mas aí seus pensamentos pegaram um novo caminho. E se Fitz não gostasse de como ela ficava nesse biquíni?

Ren passou os olhos sobre o reflexo no espelho.

— Pare já com isso — disse para a mulher de pé ali. — Você está perfeitamente bem. Ninguém pode fazê-la se sentir mal sobre si mesma se você se sentir bem.

Argh. Estava demorando demais, sofrendo sem motivo. Não que Fitz fosse reparar nela, de qualquer maneira. Provavelmente estava na piscina, sem camisa e de bermuda, sem esforço algum, olhando para aquele celular dele, sem dar a mínima para Ren, que chegaria e ele diria *oi,* e ela se sentiria tola por ter pensado tanto naquilo.

Colocou a camiseta e o short, saindo do quarto.

Ren podia sentir o cheiro da piscina assim que o elevador se abriu no primeiro piso, mas ficou grata por isso; percebeu que não gostava de andar de elevador sozinha, sentindo-se estranhamente claustrofóbica sem Fitz. Ela passou o cartão-chave na entrada e em-purrou a porta, sem ver ninguém no espaço longo e mal iluminado. O ar estava pesado e úmido, invadido pelo odor químico de cloro e cimento molhado. E, exatamente como ela esperava, bem no fundo da sala da piscina, encontrou-o largado numa cadeira, olhando o telefone. Ficou aliviada em ver que ele ainda não tinha tirado a camisa.

Os olhos dele se arrastaram para cima quando Ren se aproximou vestindo a camiseta grande demais e o short de dormir.

— Você vai nadar assim?

Ren se empenhou para não mexer na barra da camiseta.

— Não.

Ele arqueou uma sobrancelha, um *E aí?* silencioso. Mas Ren precisava de mais um segundo para reunir coragem.

Na frente deles estava uma piscina olímpica grande e iluminada com um detalhe na borda, imitando uma cascata pequenina, que preenchia o ambiente com o som da água em movimento. Do outro lado havia uma hidromassagem fumegante. O reflexo da luz que batia na superfície da piscina cintilava pelas paredes, pelo teto, e pelas fileiras de espreguiçadeiras vazias. A água lambendo as bordas ecoava na quietude.

Fitz ficou de pé, caminhou até pegar duas toalhas de um suporte e voltou, jogando-as sobre a espreguiçadeira. Sem cerimônia, segurou o colarinho da camiseta e a tirou; por um instante, Ren perdeu o fôlego.

O tronco dele era muito melhor do que ela se lembrava. E isso piorava ainda mais as coisas.

Com a pulsação se alvoroçando pela garganta, ela lançou o olhar para o outro lado do salão.

— Achei que haveria mais gente aqui.

— Podemos ir embora, se quiser — pontuou Fitz de imediato, a voz meio preocupada. — Nós não...

Antes que ele pudesse terminar, ela empurrou o short para baixo, tirou a camisa e se virou para ele.

— Não, tudo bem.

Ren não pôde deixar de notar o jeito como o queixo dele se afrouxou e os olhos desceram até os pés dela, antes de subirem lentamente pelas pernas nuas. Quando a atenção do rapaz se moveu, arrastando-se sem pressa sobre a barriga e o peito de Ren, ela sentiu como se sua pele estivesse coberta de chamas em movimento. Virando-se para impedi-lo de olhar ainda mais, Ren mergulhou na piscina feito uma bomba.

Ainda estava debaixo d'água, braços e pernas se flexionando para fora e para trás, enquanto movia as pernas para voltar à superfície, quando um míssil escorregadio passou sob a superfície e a mão de Fitz surgiu em torno de seu pé, puxando-o numa brincadeira.

Ren emergiu, gritando e rindo, e ele irrompeu logo em seguida, o cabelo escorrido para trás e os cílios pesados de gotículas luminosas de água. Com os olhos cheios de travessura, Fitz voltou a mergulhar, passando os braços em torno da cintura dela e a levantando, arremessando-a do outro lado da piscina sob gritos de deleite. Ren mergulhou e passou por ele debaixo d'água, desviando-se de suas mãos, e surgiu atrás dele. Com uma risada, enfiou a cabeça dele na água, enquanto ele soltava um grito e ria.

Ela passara inúmeras horas nadando, mas nenhuma delas numa piscina de fato, e raramente com alguém para brincar assim. Durante o que pareceram horas eles se perseguiram, lutando, agarrando, puxando membros, mãos e dedos dos pés. Fitz praticou arremessá-la por um dos pés apoiado em suas mãos unidas, até Ren conseguir fazer um mergulho perfeito na parte funda da piscina. Disputaram corridas — as braçadas dele ensaiadas e perfeitas, as dela, instintivas e brutas, mas Ren ganhou metade das vezes mesmo assim. Plantaram bananeira e deram cambalhotas debaixo d'água, e competiram para ver quem conseguia ficar sob a superfície mais tempo até que ambos desistiram quase ao mesmo tempo e foram para a borda, sem fôlego, os braços flexionados e o peito acelerado.

— Você é forte. — Fitz conseguiu dizer entre um arfar e outro.

— Pode apostar que sou.

Ele apoiou o rosto no braço, fitando-a com uma centelha que ela não queria acreditar ser de interesse. Tá, isso não era exatamente verdade. Ela queria acreditar, queria até demais. Ren desviou o olhar, piscando, e sentiu um tremor percorrê-la.

— Com frio? — perguntou ele, e a surpreendeu deslizando a mão gentil por seu braço nu.

ENROLADA EM VOCÊ

Ren podia ficar com tudo, menos frio depois que ele fez isso, mas assentiu mesmo assim, e Fitz impulsionou o tronco para fora da água, saindo da piscina como se não pesasse nada. Abaixou-se, pingando, e estendeu a mão para ajudá-la a sair também.

— Aqui.

Ren hesitou, embora não por algum motivo que fizesse sentido em sua mente. Só não sabia o que fazer consigo mesma — com as mãos e o rosto e as pernas, e os pensamentos que ainda pareciam tropeçar na sensação da pele escorregadia dele contra a sua debaixo da água, no tamanho das mãos dele e como tinham deslizado por suas pernas para segurá-la ou fazer cócegas, a superfície reta e rija das costas e do peito dele, e seus braços.

— Não confia em mim? — perguntou ele, e isso destravou algo em seu cérebro, libertando o braço dela daquela paralisia esquisita e apaixonada, e levantando-o para que Fitz pudesse puxá-la para fora. Ren terminou de sair da piscina sozinha, aturdida.

Quando se endireitou, foi a primeira vez que viram um ao outro em trajes de banho, roubando olhares de esguelha enquanto deixavam rastros molhados pelo concreto.

Fitz foi na ponta dos pés até o painel de controle na parede para ligar os jatos de água da jacuzzi e, quando ficou de costas para ela, Ren mediu a largura dos ombros com os olhos, mapeando o formato de suas costas, pintando mentalmente a forma como a água escorria pelo centro de sua coluna. A bermuda estava molhada, colada ao traseiro, e era do azul-marinho mais profundo. Fazia com que seu torso bronzeado parecesse dourado. Quando o rapaz se virou, os olhos dela caíram diretamente na barriga torneada, lisa e definida. Enquanto isso, o estômago dela mergulhava até os pés.

Se o sorriso malicioso de Fitz lhe dizia alguma coisa, era que ele sabia com precisão o que ela estava fazendo.

Com a hidromassagem agora borbulhando entre os dois, Ren foi até a borda e enfiou os dedos dos pés na água, testando. Estava tão quente que lhe tirou o fôlego.

— Vá com calma — disse ele, baixinho. — Isso não é uma piscina para se entrar com um salto.

Ren assentiu, levantando a cabeça e encontrando o olhar dele preso à sua perna estendida, os olhos vidrados. Uma onda de adrenalina a atingiu, algo novo e indomado, e ela levou alguns segundos para compreender do que se tratava. Pela primeira vez desde que estavam juntos, ela vivenciava um pequenino pico de poder sobre ele. Colocou um pé dentro da banheira, depois o outro, e não pôde evitar o gemido que lhe escapou. Ao som, suas bochechas imediatamente esquentaram de vergonha, mas não olhou para o rosto dele, incapaz de registrar sua expressão. Em vez disso, abaixou-se devagar em um dos degraus azulejados, observando Fitz a seguir para dentro da água.

As panturrilhas dele eram fortes, as coxas, grossas. Aquela bermuda estava apoiada tão baixo nos quadris dele — centímetros abaixo do umbigo —, Ren não tinha ideia do que a impedia de cair. O peito dele era geométrico e rijo; ela estava fascinada pelos ângulos de músculos e ossos, a linha que corria do abdômen até o centro dos peitorais. Os mamilos dele...

Deus do céu. Nunca tinha olhado de verdade para os mamilos de um homem.

— Tudo bem aí, Raio de Sol?

Ren se afundou mais na água, voltando sua atenção para o teto de gesso lá no alto.

— Tudo ótimo.

O vapor se contorcia entre eles, e ela só se permitiu olhar de novo quando ele já estava seguramente debaixo d'água. Fitz se sentou no banco diante dela e a água se agitou, balançando-a em seu lugar e empurrando-a contra a borda da hidromassagem. O rosto de Ren pegava fogo ante as imagens que tinham inundado sua mente. Pernas em torno de quadris, pele molhada contra pele molhada. Fitz soltou um gemido de alívio, e o estômago dela se contraiu em resposta. Ren sentia uma necessidade esmagadora de apertar as pernas uma contra a outra. Ele não estava tocando nela, mas não importava; era como se as mãos dele estivessem em todo lugar, explorando tudo.

— Isso é gostoso — murmurou ele.

Não está ajudando.

Ren tinha pensado nele — claro que tinha —, mas nunca mapeara a mecânica de tocar Fitz. Ou dele tocando-a. Naquele momento, isso era tudo em que conseguia pensar.

Ren precisava desesperadamente pensar em outra coisa.

— Qual sua coisa preferida em Nashville?

Fitz desviou o olhar da água borbulhante na superfície, visivelmente desconcertado.

— Oi?

— Nashville. O que você ama a respeito de lá?

Ele fechou os olhos, inclinando a cabeça para trás, de modo que o pomo de adão se projetou.

Não está ajudando.

— A comida. A música. A sensação de estar a céu aberto numa noite quente de primavera. — Ele ergueu um ombro num gesto preguiçoso. — Parece mais um lar do que meu lar.

— É do lado da sua mãe ou do seu pai?

— O quê?

— Sua família lá — disse ela. — Em Nashville.

— Ah.

Fitz levantou a mão e arrastou as pontas dos dedos pelas bolhas.

— Hã... Minha mãe. — Ele sorriu, mas não parecia feliz. — Nashville não é bem o estilo de Robert Fitzsimmons.

— Como ele é?

Ele soltou uma risada irônica pelo nariz.

— Rico.

— Sério? — Ela riu, incrédula. — Esse é o único jeito que você descreveria seu *pai*?

— Bem... não — respondeu o rapaz, passando a mão pelo cabelo molhado. — Ele também é disciplinado. Tenho certeza de que vou crescer para ser um membro muito produtivo da sociedade graças a ele.

— Isso não soa muito caloroso ou fofo.

— Ele realmente não é assim — insistiu.

Ren não o conhecia há muito tempo, mas gostava de pensar que o estava entendendo e sabia quando era a hora de parar de pressionar.

— Certo, próxima pergunta. O que...

— Não — interrompeu ele. — É a minha vez agora.

Ela engoliu em seco.

— Tá bem.

— O que você acha atraente numa pessoa?

Ela não precisou nem pensar.

— Bondade. Nos olhos, especialmente.

— Bondade, hã?

Ren sorriu para ele.

— Ombros largos e mãos grandes também não fazem mal.

Fitz riu.

— Agora sim.

Ela mordeu o lábio, abaixando o olhar para o pescoço dele, porque não podia olhar nos olhos quando perguntou:

— E você?

Ele encolheu os ombros de leve e esticou um braço pela beirada da hidromassagem.

— Eu gosto de gente que é boa. — Ela desviou o olhar da maneira como aquele movimento alongava os músculos, o peitoral dele se contraindo logo abaixo da superfície da água, e espremeu as pernas outra vez. — Os opostos se atraem, sabe?

A moça o encarou, sabendo que Fitz esperava que ela o repreendesse por esse autoflagelo disfarçado de arrogância.

— Essa não era a resposta que eu esperava — admitiu ela, em vez disso.

Vislumbres da profundidade genuína de Fitz ainda a pegavam de surpresa.

— Achou que eu fosse dizer peitos ou bundas, ou algo assim.

Foi preciso todo o esforço da parte dela para não cruzar os braços.

— É óbvio.

— Certo — disse ele, sombrio. — Porque eu pego todo mundo.

— Se está dizendo...

— Eu nunca disse. Você que falou.

— Pensei que não era para discutirmos isso — relembrou ela. — Regra número onze.

— Estamos quase pelados juntos numa hidromassagem. As regras de viagem de carro estão bem longe no momento.

— Então tá — disse ela, corajosamente. — Você tem uma namorada?

A resposta dele foi límpida como um sino:

— Não.

— Ah.

Era como se todos os ossos do corpo dela tivessem se liquefeito. Ele se debruçou para frente outra vez, o sorriso vasto e depravado.

— Minha vez — disse ele.

— Não — protestou Ren. — É a minha vez agora. Você perguntou o que eu acho atraente.

— E você acaba de perguntar se eu tenho uma namorada.

Ela franziu a sobrancelha. *Droga.*

— No carro — começou Fitz —, você disse que não podia morrer antes de ser beijada. Isso é verdade?

— O que é verdade? Que eu não quero morrer? É, sim.

Ele riu.

— Não, espertinha, é verdade que você nunca foi beijada?

Ela levou um instante para controlar a voz.

— É.

Fitz desviou o olhar, espremendo os olhos à distância para a parede do outro lado do salão. Depois de respirar fundo, ele tornou a olhar para Ren.

— A gente podia dar um jeito nisso, sabe?

Um trovão estalou pelo corpo de Ren.

— Como assim?

— Eu podia ser seu primeiro. Sabe como é, só para acabar com o suspense.

— Você?

— É — disse ele, e sorriu. — Por que não?

— Por que não? — repetiu ela. Havia uma tempestade de palavras em seus pensamentos. — Você me confunde, por isso.

Ren notou que ele não perguntou o que ela queria dizer. Fitz disse apenas:

— Desculpe. — Levantou a mão, arrastando as pontas dos dedos pelas bolhas de novo. — Se isso ajuda, quero começar a confundir menos.

Ela engoliu em seco, trêmula, querendo dissecar aquela declaração, mas sem ter a menor ideia de por onde começar.

— É uma oferta muito gentil, mas não sei fazer isso, e não queria que sofresse enquanto eu me atrapalho toda.

— Eu te mostraria como. Ninguém vai sofrer aqui.

Ela piscou, em silêncio, e desviou o olhar. Isso era algo normal a se oferecer? Ele falava como se fosse, apenas jogara a oferta ali, casualmente. Dentro de si, a voracidade vibrava com violência logo abaixo da pele. Ren queria aquilo. Queria Fitz. Mesmo que isso fosse tudo — apenas uma aula de como beijar —, queria sentir isso, nem que fosse só uma vez.

— Tudo bem — disse por fim.

Por um segundo, ele pareceu chocado. Mas depois os ombros relaxaram e ele estendeu a mão para ela.

— Então vem pra cá.

Ela afastou a cabeça para trás e o encarou.

— O qu... *Agora?*

— Por que não?

Do outro lado da extensão da hidromassagem, ele encontrou a mão dela e a puxou pela água borbulhante para repousar entre seus joelhos. Os joelhos de Ren atingiram o banco e ele se moveu, segurando a parte posterior das coxas dela e fazendo Ren flutuar com tranquilidade para seu colo, e ela ficou montada sobre ele, um joelho de cada lado dos quadris.

O ar fugiu de seus pulmões num arfar e ela se agarrou aos ombros do rapaz para evitar se sentar em cheio sobre Fitz.

— Assim está bom? — murmurou ele.

Ela nunca havia ficado tão perto de alguém antes por mais do que a duração de um breve abraço, e sua mente tinha dado um branco total. Assentiu.

— Palavras, Raio de Sol. Primeira lição: quando estiver com um cara, precisa dizer para ele se o que ele está fazendo está bom. Se não estiver, ele deve parar.

— Está bom. Eu tô bem.

— Ótimo. — Fitz engoliu em seco, encontrando os dedos de uma das mãos dela em seu ombro e a guiando mais para cima. — Talvez você queira colocar a mão no rosto dele, assim.

Ele levou a mão trêmula de Ren para seu maxilar. Os olhos dela acompanharam o movimento, fascinados, enquanto ele colocava os dedos de Ren em sua pele, moldando-os com a própria mão. Sem pensar, ela roçou o polegar na bochecha dele. A pele de Fitz brilhava sob a luz tênue, os olhos se voltando para os dela.

— Desculpe — sussurrou ela.

— Não. É gostoso. Faça o que te parecer natural.

Com aquela permissão, ela se moveu alguns centímetros, arrastando a almofada do polegar pela curva do lábio inferior dele. Era muito mais macio do que ela imaginara, liso e cheio. Ele pressionou um beijo ali e ela levantou os olhos para os dele.

— É gostoso — disse ele, os olhos sombrios. A outra mão dela escorregou distraidamente até o peito dele. Ren podia sentir o coração martelando debaixo das pontas dos dedos. — Ainda está bom? — perguntou ele.

Ele estava com uma das mãos na parte baixa das costas dela, a outra em torno do alto da coxa. Seu corpo era forte e firme sob o dela. Ren engoliu, começando a responder apenas com um aceno de cabeça, e depois se lembrou:

— Está.

— Qual a sensação até agora?

— Bem gostosa.

Com isso, ele sorriu.

— Que bom.

Ele começou a reduzir a distância entre os dois, chegando tão perto que seus olhos perderam o foco, e ela teve de fechá-los. Podia sentir a respiração de Fitz nos lábios entreabertos, o jeito como os dedos dele tinham escorregado mais para cima e se curvado em torno da alça do biquíni dela.

— Está se saindo muito bem — murmurou ele, a dois centímetros de distância. — E lembre-se — disse ele, tão perto, tão baixinho.

O nariz dele roçou o dela e o outro polegar se movia em círculos suaves perto da dobra da coxa.

— Lembre-se? — repetiu ela debilmente, a respiração saindo curta e entrecortada.

— Quando fizer isso — continuou Fitz, os lábios mal tocando os dela —, pode parar quando quiser.

— Eu não quero parar.

Ela inspirou fundo na primeira vez que os lábios dele pressionaram os seus; a sensação em seu interior era semelhante à de uma queda. Ren nunca tinha andado de montanha-russa, mas imaginava que fosse algo assim, bem no topo, uma queda livre num abandono eufórico. Seu estômago queria sair pela garganta; não conseguia enviar ar suficiente para os pulmões. Fitz recuou como se quisesse conferir como ela estava, mas Ren deslizou a mão para a nuca dele, puxando-o para si outra vez. O calor que a pressionava, vindo de baixo de sua pele, parecia quase insuportável e, quando ele deslizou a língua sobre a dela com cuidado, Ren descobriu um novo tipo de avidez, um tipo diferente de necessidade. Nunca havia vivenciado essa tensão doce espiralando pelo corpo, pesada e quente.

Ele moveu uma das mãos para afagar o rosto dela e inclinar sua cabeça para se encaixar melhor na dele, a mão nas costas de Ren passando para o quadril para atraí-la mais para si. A jovem estava muito consciente de cada ínfimo movimento, de cada ponto de pressão — as coxas de Fitz sob ela, o poder dos braços dele, o arranhar gentil da barba por fazer contra seus lábios e bochechas. Entendia agora num nível mais profundo, mais selvagem, o porquê de as pessoas fazerem isso, por que a pessoas lutavam por isso e se perdiam nessa busca.

Minutos lânguidos se passaram enquanto ele lhe mostrava variados tipos de beijos — beijos profundos e beijos leves, suaves; beijos com mordidas prolongadas, com sucção nos lábios. O vapor rodopiava em torno deles, dedos deliciosos roçando a pele de ambos, deixando-os orvalhados de suor. Ela sentia os beijos dele em cada terminação nervosa do corpo, sentia os pontos crescentes de contato entre os dois, como ela se aproximava mais e mais, até que estivessem se tocando do peito aos quadris, se movendo, rebolando.

Ela entendeu como se encaixariam juntos.

Devagar, com a respiração ainda soprando de encontro aos lábios da garota, Fitz se afastou, segurando-a com um polegar colocado gentilmente em seu queixo. De tão perto assim, ela podia ver que as bochechas dele estavam coradas, os lábios úmidos, tão lindos e rosados. O peito dele subia e descia como se tivesse nadado algumas voltas na piscina.

— A gente devia parar — disse ele, a voz tensa.

— Eu me saí bem?

Ele piscou e depois a fitou nos olhos, dando uma risada baixa.

— Se saiu, sim. Você foi ótima.

Segundos se passaram antes que Fitz pigarreasse e a expressão em seus olhos lentamente ficasse séria. Ren tomou ciência da posição em que estavam, da sensação daquela parte dele, da realidade do que tinham feito, e moveu os quadris para trás, meio flutuando, meio empoleirada nos joelhos dele.

— Viu? — Ele levantou a mão, prendendo uma mecha perdida de cabelo de Ren atrás da orelha. — Agora você não pode dizer que nunca foi beijada.

— Tem razão.

Seus lábios ainda formigavam e ela mordeu o inferior, arrastando-o entre os dentes. Ele assistia.

— Obrigada, Fitz.

Ele fechou os olhos e deixou a cabeça pender contra a lateral da hidromassagem, o sorriso se apagando aos poucos. A preocupação retesou seu cenho, mas ele curvou a mão em volta da lateral do corpo dela e murmurou:

— Confie em mim. O prazer foi meu.

CAPÍTULO VINTE E QUATRO

FITZ

Mesmo com todas as loucuras em seu passado, Fitz nunca tivera uma experiência extracorpórea antes. Porém, quando Ren e ele saíram da hidromassagem e se recompuseram em silêncio, desviando os olhos, e entraram no elevador, foi como se tudo o que acontecera na hora anterior existisse apenas numa vaga névoa em algum ponto atrás deles. Sumira o calor relaxante da hidromassagem; os ombros de ambos estavam agora para trás, os olhares presos nas portas fechadas à medida que subiam.

Ele se sentia preso dentro da própria cabeça, incapaz de pensar no que era melhor dizer. Ren devia saber o que era isto, certo? Devia saber que Fitz não queria apenas ensiná-la a beijar; ele *queria* beijá-la. Ele *a* queria.

Não importa o que você esteja pensando agora, aquele foi o melhor beijo que já provei.

Quero te ver de novo quando estivermos de volta em Spokane.

Foi só quando Ren desceu no quinto andar com um boa-noite murmurado e as portas se fecharam de novo que a verdade o atingiu como um tapa: um homem melhor teria dito essas coisas em voz alta para ela. Beijar Ren tinha sido a primeira coisa em muito tempo que ele fazia sem ser motivado pelo ressentimento, pela vingança ou pelo medo. E, neste momento, Fitz se encontrava precisamente numa bifurcação de sua estrada.

No próprio quarto, olhou para a escuridão vazia, imaginando o resto da noite sozinho, com serviço de quarto ou petiscos de uma máquina de venda, a televisão ligada ao fundo, um zumbido vago e baixo. Uma tristeza amorfa começou a se esgueirar e, quando ele imaginou Ren fazendo o mesmo, o sentimento amorfo disparou num pico de ansiedade.

O que estava pensando, beijando-a e depois mandando-a embora assim?

Tomou uma ducha na velocidade da luz, vestiu uma bermuda e uma camiseta e desceu as escadas dois degraus de cada vez até o quinto andar, indo para o quarto 546. Bateu uma vez, e mais uma, debruçando-se junto da fresta da porta.

— Sou eu, Raio de Sol.

Alguns segundos depois, Ren abriu a porta, o cabelo ainda solto e molhado, uma toalha limpa na mão.

— Oi.

Ela o fitou, confusa e, tá, ele entendia. Ele estava se atrapalhando de novo.

— Eu estava para tomar um banho — disse ela, esperando por seja lá o que ele tivesse a dizer.

— Meu quarto é grande e quieto demais — explicou ele, passando por ela. — E estava meio chato lá sozinho. — Ele se jogou na cama dela. — Pensei que talvez você não se incomodasse com um pouco de companhia.

Ela deixou a porta se fechar, mas se demorou na entrada, estudando Fitz.

— Vou ficar bem, Fitz — disse por fim. — Não precisa se preocupar comigo.

— Quem disse que estou aqui porque estava preocupado?

Ela entrou mais no quarto e se postou ao pé da cama, as bochechas rosadas, os lábios ainda um pouco inchados pelo ataque gentil dele há menos de dez minutos.

— Ah, vá.

— Com que eu estaria preocupado? — perguntou ele, sabendo que seu rosto não estava escondendo nada do que sentia por ela.

Ela riu.

— Vai me fazer dizer, né?

Ele sorriu.

— Vou, sim.

— Você está preocupado com que eu esteja aqui me sentindo confusa depois... — ela apontou para o chão, indicando o andar inferior — ... depois daquilo.

— Uma mulher sábia me disse certa vez que, se não consigo falar a respeito de algo, não deveria estar fazendo esse algo.

— Uma mulher sábia, hã? — perguntou Ren, prendendo o olhar dele com a sobrancelha erguida.

Fitz engoliu em seco, lutando contra o instinto de justificar a maneira como tinha entrado no assunto. No final, disse:

— O nome dela é Mary. Ela é um dos motivos pelos quais estou indo para Nashville.

— Ela é uma amiga?

Amiga, mãe, salvadora... Seus pensamentos se desviaram.

— Ela é várias coisas — admitiu ele.

A expressão de Ren murchou, e Fitz percebeu como aquilo tinha soado.

— Não, não. Mary tem uns sessenta anos — acrescentou Fitz, e pôde logo ver o modo como os olhos dela ficaram ávidos, querendo mais. Mas seu estômago roncou ruidosamente e ambos riram. — Fica para outra vez, pelo visto.

Ren parecia prestes a protestar, então Fitz falou antes que ela o fizesse:

— Que tal pedirmos serviço de quarto e fazermos uma festa do pijama? — Ele deu tapinhas no colchão ao lado de seu quadril. — Chegaremos a Nashville amanhã. Você vai sentir saudade da nossa rotina de colegas de quarto.

— Não pode estar falando sério — disse ela, mas sorrindo. — É só uma cama de solteiro.

— Como você disse, eu mal me mexo a noite toda, de qualquer maneira.

— Ontem você parecia querer arrancar a pele porque tivemos que dividir uma cama com o dobro desse tamanho.

— Porque eu estava morrendo de vontade de te beijar — soltou ele.

Os lábios de Ren se separaram, a mão se afrouxando e deixando a toalha cair no chão.

— Como é que é?

— É, eu... — Ele se levantou apoiado nos cotovelos, a pele pinicando de nervoso. — Uma coisa era dividir o quarto antes disso, mas a mesma cama... Fiquei preocupado que fosse acordar de conchinha com você.

As bochechas de Ren coraram de novo.

— Fitz.

— Quero dizer... Estou enganado aqui? — Expor-se assim era apavorante, uma ponte de cordas sobre um cânion abismal, mas forçou as palavras para fora. — Aquele não foi um beijo normal, Ren.

— Não foi?

Ele riu, soltando um incrédulo:

— De jeito nenhum. — Engolindo em seco, respirou fundo e se jogou no vazio. — Também está sentindo isso?

— Quer dizer se estou me sentindo como se tudo o que quisesse fazer é estar perto de você, todos os segundos?

Ele assentiu, soltando um *isso* aliviado.

— Estou, sim.

De súbito, ele se deu conta de como isso provavelmente parecia para ela: Fitz se convidando para entrar, deitando em sua cama.

— Não quero que se sinta pressionada. Merda... Eu posso voltar para o meu quarto. Isso não tem a ver com beijar ou com qualquer outra coisa. Digo, tem, mas não é *apenas* isso. Prometo que não vou tentar fazer nada.

Ren balançou a cabeça em um sinal de negação, contendo um sorriso diante do falatório dele.

— Não quero que volte para o seu quarto.

Ele exalou longamente.

— Então vai tomar banho. Vou encontrar um filme para assistirmos.

Fitz tinha feito muitas escolhas ruins na vida. Ele mentira, pegara emprestado algumas coisas que não lhe pertenciam, usara a lábia para escapar de enrascadas ou para entrar em lugares onde jamais deveria ter colocado os pés. A primeira vez em que se lembrava de ter quebrado uma regra foi no segundo ano da escola. Tinha acabado de ser colocado com Mary. Suas calças eram curtas demais, as orelhas eram grandes demais, estivera em três escolas diferentes só naquele ano e sentia-se muito solitário. Valentões conseguem farejar esse tipo de desespero, e Fitz sem dúvida fedia a desespero.

Quando algumas crianças mais velhas se sentaram perto dele no recreio, o menino ficou encantado. Ainda não tinha dominado a arte da indiferença e estava, clara e imediatamente, de acordo com qualquer coisa que tivessem em mente.

Acabou que o que eles tinham em mente era que seria divertido se todos acionassem o alarme de incêndio. Não era o tipo de coisa que Fitz faria normalmente — ele tinha quicado de um lado para o outro no sistema de adoção por quatro anos a essa altura e, quando muito, sua vibe era mais a de passar despercebido sempre que possível —, mas pareceu um preço justo a se pagar para conquistar alguns amigos. Infelizmente, quando a sirene soou e todos começaram a sair para os corredores, Fitz foi o único que restou junto do alarme. Seus parceiros o abandonaram com a mão na cumbuca e fugiram para as respectivas salas de aula, onde podiam ser contabilizados. Fitz foi suspenso por uma semana.

Mas houve uma consequência inesperada. O departamento de bombeiros veio e todo mundo pôde ir para casa mais cedo. Ele se encrencou, claro, mas de repente também tornou-se descolado. As pessoas queriam ser amigas dele. Naquele dia, Fitz aprendeu uma lição que lhe foi muito útil: às vezes, decisões ruins podem se transformar em algo muito, muito bom.

À luz da manhã, ele se perguntou se descer para o quarto de Ren podia ser colocado na mesma categoria desse tipo de decisão ruim.

Porque, ao acordar de conchinha com ela, com a mão por baixo da barra da camiseta dela e repousando contra a pele macia e quente de sua barriga, tudo o que queria fazer era abrir mão de todos os outros planos que fizera para a semana — para sua vida — e ficar naquela cama com Ren para sempre.

Um pensamento instintivo se intrometeu: devia ligar para o pai; estava saindo dos trilhos e alguns minutos ao telefone com o silêncio e os conselhos passivo-agressivos do Fitzsimmons mais velho relembrariam a Fitz exatamente o motivo de ele estar nessa viagem de carro, antes de mais nada. Robert Fitzsimmons não era responsável por Fitz ter acabado no sistema de adoção, mas era a razão pela qual Fitz perdera o único lar de verdade que já conhecera. Se seu pai havia lhe ensinado alguma coisa, era que a única pessoa de quem Fitz podia depender era de si mesmo. Ren lhe dava vontade de esquecer tudo isso. Porém, não podia se dar a esse luxo.

Mas então ela rolou, sonolenta, vibrando junto a seu peito, e todos os outros pensamentos evaporaram no éter.

Exibira o melhor dos comportamentos na noite anterior, embora no momento parecesse prestes a morrer por isso. Tinham assistido a um filme, depois escovaram os dentes na nova rotina lado a lado que tinham criado. Deitaram na cama e ele a beijara apenas uma vez. Só um selinho. Quando ela se pressionou contra ele, silenciosamente pedindo por mais, ele admitiu que estava preocupado que aquilo não fosse parar no beijo.

— Isso é ruim? — perguntara ela.

— Não, claro que não — Fitz lhe dissera. — Mas você só tem essas primeiras experiências uma vez. Não deveríamos passar por elas em disparada.

— Quer dizer que *eu* não deveria passar por elas em disparada — concluiu Ren, no escuro.

— Não, eu quero dizer nós. São primeiras experiências para mim também.

Ele não sabia o que ela havia pensado disso, porque Ren não se pronunciara mais. Não sabia nem o que *ele* achava disso, porque não se dera tempo suficiente para analisar as coisas com muita atenção.

Parecia cedo demais para dizer isso, pesado demais, mas Ren havia sido apenas ela mesma com ele, por completo, então Fitz tentara aquele tipo de honestidade crua com ela, como se fosse um casaco emprestado. Tinha sido gostoso. Tão gostoso que ambos pegaram no sono do mesmo jeito que um fósforo se apaga, uma rendição silenciosa e gentil para a escuridão.

Quando o sol caiu sobre o pé da cama, porém, Nashville chamou, a apenas um punhado de horas dali. Fitz sentiu a atração de duas direções outra vez: adiante, para o próximo passo do plano, e para baixo, plantado na cama e na promessa de coisas pelas quais nunca se permitira criar expectativa. Não sabia muito bem como lidar com a forma como essa nova emoção voraz se misturava com o coquetel azedo de todas as emoções antigas, portanto fez o que fazia de melhor: seguiu em frente.

— Acorda, Raio de Sol — disse para ela, beijando seu pescoço.
— Temos que pegar a estrada.

CAPÍTULO VINTE E CINCO

FITZ

Foi só quando encostaram na frente do hotel em Nashville que Fitz se lembrou como tinha esbanjado neste, prevendo como a dúvida poderia se infiltrar no último minuto antes da entrevista para seu estágio, sibilando em seu ouvido que ele não era adequado para uma firma de advocacia, que um moleque como ele não podia começar a socializar no mundo que ele esperava conquistar. Não era o Ritz, mas era vários degraus acima de onde tinham ficado até ali, e podia ver a intimidação tomar conta da postura de Ren no momento em que ela pisou no saguão.

Tudo era mármore, cristal, latão. O átrio tinha um teto imponente, com uma cúpula de vidro lá no alto. De um lado ficava uma escadaria imperial; do outro, um agrupamento de luxuosas áreas de estar. Havia vasos com flores frescas se derramando para todo lado, funcionários uniformizados pairando perto de cada parede, prontos para ajudar a qualquer momento. O saguão estava cheio de hóspedes também, conversando em grupos pequenos, saudando uns aos outros, se abraçando. O estacionamento lá fora estava cheio de guichês, tendas e o caos que se despejava para dentro do hotel. Definitivamente havia algum evento acontecendo, isso era evidente.

— Minha nossa, Fitz. — Ren se achegou mais, deslizando a mão para a dele. — Vamos ficar aqui?

— Vamos.

— Você é rico mesmo.

Não havia nenhum tom estranho nas palavras dela, apenas assombro, mas pela primeira vez em anos ele ficou incomodado por alguém pensar que o dinheiro de Robert Fitzimmons também era seu. Deixara tantas omissões e mentiras inofensivas perdurarem entre eles... Deveria esclarecer agora mesmo, deveria lhe contar que o dinheiro que conseguira no Águia Furiosa era o maior valor que ele já tivera nas mãos em toda a sua vida, que ele também era beneficiário de uma bolsa de estudos, que tudo dependia de suas boas notas, e que era por isso que Ren o encontrara na sala de Audran naquela noite. Em vez disso, porém, engoliu tudo, apertou a mão dela e a guiou até a mesa da recepção.

A atenção de Ren estava atrás deles durante o check-in, observando toda a movimentação no saguão do hotel com atenção arrebatadora.

Assim que a mulher se afastou para programar as chaves do quarto deles, Ren puxou o braço de Fitz.

— Fitz. Olha.

Ele acompanhou o olhar dela até o local onde um punhado de gente empurrava carrinhos carregados de caixas pelas portas de entrada do saguão. Outras pessoas ainda faziam o check-in ou conversavam no café anexo, com chapéus de caubói de cores vivas enfiados debaixo de um braço ou usando colares de LED piscando em torno do pescoço.

— Quatrocentas pessoas fizeram o check-in só hoje — disse a funcionária, cansada. — Vocês também estão aqui para o festival?

— Festival? — perguntou ele.

— Cerva, Champa e Churras.

Ren deu um passo adiante.

— Champa?

— Champanhe — explicou Fitz, e observou enquanto a mulher levantava a cabeça do monitor, o olhar passando lentamente pelo cabelo de Ren, fascinada.

— É o maior festival do ano no centro da cidade — informou a atendente. — Dois palcos de música. Comércios, food trucks, fogos de artifício. Um monte de gente ainda está preparando tudo.

— Então sim, absolutamente, estamos aqui para o festival — disse Ren, confiante.

Preocupado com o fato de ela estar prestes a se decepcionar, Fitz pegou a mão dela.

— Provavelmente está esgotado.

— Está, sim, na verdade — falou a atendente. — Mas, como estaremos bem no meio da coisa toda, o hotel recebeu um lote de entradas VIP. Talvez eu ainda tenha um par, se estiverem interessados. Vou dar uma olhada.

Ela desapareceu numa sala ao fundo.

— Ela nos chamou de VIPs — cochichou Ren.

— Na verdade, acho que a insinuação dela foi que os VIPs reais não quiseram essas entradas.

— Bom, *nós* queremos!

Fitz a encarou.

— Você quer mesmo ir?

Se este era seu último dia com Ren, ele a queria só para si.

— Você não quer?

— O título do festival lista três coisas, e duas delas são goró — disse ele. — Se quer passar um tempo com um punhado de bêbados, podemos assistir *Se beber, não case* no nosso quarto e pedir champanhe.

Ren mordeu o lábio e o encarou.

— É só que eu nunca estive num festival.

— Pode ficar lotado. Talvez você deteste.

— Presumo que seja muito parecido com uma feira, mas com menos estrume. E é de graça.

Os olhos dela ficaram enormes e suplicantes.

— Isso é manipulação emocional — murmurou ele, segurando o riso.

Redobrando os esforços, Ren esticou o lábio inferior.

— Vamos, Fitz. Eu só quero ver como é. Por favor...

Ela viu claramente o que aquele *por favor* fez com ele, porque sua expressão foi de suplicante a triunfante num piscar de olhos.

— Tá bom — ele acabou dizendo.

Sorrindo, a moça ficou na ponta dos pés para dar um beijo no rosto dele. Uma sensação estranha abria espaço nas entranhas de Fitz, como se uma porta tivesse se escancarado em seu tronco. Não teve tempo de analisar isso, porque a atendente estava de volta.

— Estão com sorte. Os últimos dois. Como eles são ingressos VIP, darão acesso aos bastidores da maior parte dos shows, um desconto na comida... — ela se debruçou mais por cima da mesa — ... e acesso a banheiros químicos com ar-condicionado.

— Não dá pra ser mais chique que isso — disse Fitz.

A atendente deslizou os ingressos e um flyer pelo balcão.

— Bem-vindos a Nashville. Divirtam-se e aproveitem a estadia.

De banho recém-tomado, Fitz fechava os botões de seu jeans. Ren queria que se arrumassem um pouco mais para o festival e o arrastara para um brechó a algumas quadras do hotel. A calça jeans era uma Levi's limpa que ele trouxera consigo, mas a camisa atualmente dobrada na bancada do banheiro era nova. Bem, nova para ele, pelo menos, e uma marca mais chique até do que a do terno da entrevista, no qual ele esbanjara uma quantia considerável duas semanas atrás em Spokane. De fato, quando Ren lhe entregou a camisa por cima da porta do provador, ele reconheceu a grife como uma que encontraria no closet do pai.

Deus do céu, seu pai. Fitz não havia pensado nele o dia inteiro. Nem em Mary — que estava a apenas vinte minutos de carro de onde estavam hospedados. Suas duas motivações na vida: vingança e reparação. Nos últimos sete anos, já tinha passado mais de uma hora sem pensar em um dos dois?

Era tudo por causa de Ren. Pensar nela era muito melhor do que pensar em qualquer outra coisa.

Fitz imaginou contar a Mary sobre como as coisas tinham mudado com aquela carona para a viagem e sentiu o brilho cálido de brasas sob seu esterno. Mas a sensação esfriou quando pensou em tudo que ainda precisava contar a Ren.

Nunca guardara segredos de Mary, e nunca havia se sentido mal por guardar segredos de qualquer outra pessoa. Ren, contudo, era diferente; tudo era diferente agora. E, quando encontrou seu olhar no espelho ainda embaçado, fez um juramento silencioso de conversar com ela assim que terminasse de se vestir no outro cômodo. Chega de se acovardar, chega de mentiras. Chega de fingir.

Soou uma batida na porta e, quando ele abriu e a viu de pé do outro lado, todos os pensamentos se derreteram em seu cérebro. O cabelo dela estava trançado e preso numa coroa delicada no topo da cabeça, com algumas flores de seda presas entre as mechas; abaixo dos cabelos, a pele de Ren parecia reluzir. Seu vestido de verão era cor de lavanda, com alças finas e um decote suave. O tecido parecia delicado e fresquinho, indo até os joelhos. Ren não o deixara ver o vestido na loja e dissera apenas que era simples, e era, mas simples era uma mentira. O vestido era feito para ela. Por alguns segundos dolorosos, esqueceu-se de como respirar.

— Fiquei preocupada que tivesse descido pelo ralo, de tanto que demorou — disse ela.

Ele a puxou para dentro consigo, e ela soltou um gritinho quando Fitz fechou ambos no espaço cheio de vapor.

— Era para você colocar aquela camisa.

Os olhos dela estavam fixos no teto, e definitivamente não no tronco nu dele.

Ele a puxou mais para perto, levando as mãos dela para seu peito. *Toque em mim*, sua mente gritava.

— O que estamos fazendo aqui? — murmurou ela com um sorriso, olhando para as pontas dos dedos enquanto traçavam a linha da clavícula de Fitz. Ren estava ruborizando do jeito que ele já vira algumas vezes agora, sempre que seus pensamentos pareciam vagar para tudo o que podiam fazer quando estavam juntinhos assim.

— Bem, eu queria te beijar — murmurou ele em resposta, se abaixando e parando pouco antes de pousar os lábios nos dela. — Mas também tinha algo muito importante a dizer.

Ela piscou, fixando o olhar no seu.

— E o que era?

— Que você está incrível. Ninguém vai nem reparar nos fogos de artifício hoje à noite com você lá.

Ela mordeu o lábio e ele levantou a mão, libertando-o com o polegar, encarando-a. Ela beijou o polegar e então se afastou, alisando a frente do vestido.

— Você gostou mesmo?

Fitz fingiu analisá-la, mas, na verdade, estava com medo do som que escaparia se ele abrisse a boca. Tinha certeza de que nunca vira uma pessoa tão linda antes.

— Não é uma camiseta enorme e um shortinho, mas está muito bom.

Ela sorriu e se virou para o espelho. Com relutância, ele a soltou, assistindo enquanto Ren analisava seu reflexo. Gostava da aparência dos dois juntos.

— Meu short pelo menos teria um lugar onde guardar minha chave.

— Eu carrego a chave.

Ele se aproximou por trás da garota, abaixando-se para beijar-lhe a nuca.

Ren colocou as mãos sobre a boca para esconder o sorriso.

— Nunca vesti nada tão bonito antes. — Dando as costas para o espelho, passou os braços em torno da cintura dele. — Obrigada por fazer isso comigo. E por me deixar vir junto na sua viagem de carro.

— Eu não deixei — relembrou ele, beijando o topo da cabeça dela. — Você me forçou.

Ren encostou o rosto contra o peito nu dele.

— Essa foi a melhor semana da minha vida inteira.

Por um momento, ele não soube muito bem o que fazer com suas mãos. Algo dentro de si queria se esconder do peso da confissão dela, do aperto terno em seu coração, que se parecia um pouco com um nervo exposto. Ser suave e franco com as pessoas nunca lhe trouxera nada de bom. Mas, respirando fundo, empurrou tudo isso para longe e se curvou para retribuir o abraço dela.

Se Ren tivesse tido acesso ao Google a vida toda, provavelmente seria presidente a essa altura. Quando abriram caminho para o Public Square Park, onde o festival acontecia, ela já havia aprendido os nomes e a importância dos prédios ao redor, que bandas se apresentariam em qual palco e em que horário, localizado as barracas de comida que queria visitar e lido resenhas suficientes do festival do ano passado para saber onde cada um dos banheiros químicos podia ser encontrado.

Graças a Deus ela usava seus poderes para o bem.

Nashville fazia Fitz pensar em Vegas, com menos neon e muito mais chapéus de caubói. As calçadas estavam lotadas, as ruas fechadas agora que o sol começava a se pôr, e o som de guitarras sendo afinadas podia ser ouvido em meio à cacofonia de ruídos da multidão.

Eles trocaram as entradas por crachás VIP presos num cordão e uma pilha de cupons para comida e bebida grátis, que usaram na mesma hora num food truck chamado Fogo & Fumaça. Quando terminaram de comer, Ren o puxou na direção do palco principal, onde uma banda da qual ele já ouvira falar estava no meio de uma música que tinha marcado presença em todas as playlists daquele ano. E, ainda assim, mal reparou nisso tudo, os pensamentos tomados apenas com Ren dançando, pulando e cantando junto do punhado de palavras que ela conseguira decorar do refrão.

Quando o set deles chegou ao fim, ambos perambularam pelo festival. Estava escuro de vez agora, e fieiras de lâmpadas Edison cintilavam no alto, iluminando o parque lotado. Fitz segurava a mão dela enquanto passeavam de um estande de patrocinadores para o outro, e ela lhe contou sobre as feiras de onde ela vinha, e como queria ficar até mais tarde e se juntar às festividades, mas sempre guardavam as coisas assim que terminavam. Fitz prometeu a si mesmo, naquele instante, que ficaria até quando ela quisesse.

Ren nunca se afastou do lado dele, sorvendo em silêncio todas as visões: um casal se beijando com entusiasmo. Duas crianças brincando com um cãozinho. Um grupo fazendo cosplay de Dolly Parton. Ren apontou para um homem fazendo arco-íris e flores gigantes com nuvens de algodão-doce colorido, mas aí a atenção deles se voltou a uma equipe de reportagem e um grupo de manifestantes com megafones e placas do lado de fora do parque, a gritaria deles abafada por uma das bandas.

Ren franziu o cenho ao ler as placas.

— Eles não aprovam o festival?

— Parece que não.

— O que acham que está havendo aqui? — indagou ela.

— Música do diabo e fornicação.

— Mas as pessoas estão apenas se divertindo.

Os vincos na testa dela se intensificaram e ele se perguntou se Ren estaria pensando nos pais dela e no que pensariam de tudo isso. Será que também estariam segurando placas e protestando? Provavelmente não, mas apenas porque jamais deixariam que Ren chegasse tão perto assim daquilo, para começo de conversa. Foi então que notou as câmeras filmando a multidão e um calafrio desconfortável percorreu sua coluna.

— Vamos — pediu ele com suavidade, dando um beijo na lateral da cabeça dela e gentilmente a conduzindo para longe.

Determinado a trazer de volta o sorriso de Ren, eles compartilharam Oreos fritos, e Fitz lhe comprou uma tiara onde se lia PRINCESA escrito com luzes LED douradas no topo. E, ao que parecia, ele era incapaz de parar de tocar em Ren.

Outra banda tocava num palco menor cercado por mesas e uma pista de dança improvisada. Fitz a deixou apenas pelo tempo de buscar uma taça de champanhe para eles e entregou uma para Ren.

— Aaah, champanhe! — Ren pegou a taça de plástico, levantando-a para ver o caminho incessante das bolhas indo do fundo para a superfície. — Foi caro?

— Eu comprei de um cara com uma camiseta estampada com BORBULHAS E BUDS. Deixo você adivinhar a resposta.

— Ficaria surpreso se eu dissesse que nunca tomei champanhe?

— Nem um pouquinho. Deveríamos fazer um brinde?

Ela inspirou fundo, animada.

— Vamos brindar a quê?

— Que tal à aventura?

— À aventura!

Bateram de leve as taças e depois ela virou a sua, os olhos se arregalando quando tomou um gole enorme.

— Cuidado aí — disse ele, rindo. — Champanhe bate diferente em cada pessoa.

— Mesmo champanhe barato?

ENROLADA EM VOCÊ

— Especialmente champanhe barato. Você pode estar no chão daqui a uma hora.

Ignorando o alerta, ela esvaziou a taça com atrevimento, colocando-a numa mesa antes de puxá-lo para dançar.

— Então é melhor estar por perto para me segurar.

Fitz tentou resistir, mas, incapaz de lhe negar qualquer coisa, deixou que Ren o guiasse para o meio da multidão. Eles dançaram, beberam e riram enquanto a música tocava ao seu redor.

— Para alguém que nunca esteve num festival, você nasceu pra isso, sabia? — disse ele, girando-a e puxando-a de volta.

— Essas coisas são sempre divertidas assim? É isso o que eu venho perdendo?

A música ficou mais lenta e ele colocou a mão na parte de trás da cintura dela, puxando-a para perto.

— Raio de Sol, acho que nada nunca foi tão divertido.

— Por que me chama assim? Você só diz Ren quando está falando a sério.

Ele se enrijeceu.

— Não gosta quando eu te chamo de Raio de Sol?

— Gosto. Eu gosto que você me dê apelidos. Nunca tive um apelido antes...

Ela se calou e Fitz colocou um dedo sob o queixo dela, levantando o rosto de Ren para o seu.

— Mas...?

— Mas eu só te chamo de Fitz. Nem sei o seu primeiro nome.

O sangue dele gelou. Colocara a máscara de Fitz pela primeira vez sete anos atrás e nunca mais a tirara, nem uma vez. Porém, com ela ali o encarando daquele jeito, ocorreu-lhe que ele queria, mais do que tudo, se sentir a salvo sendo seu verdadeiro eu.

— Edward — disse ele. — Meu nome é Edward.

Ren encontrou seu olhar e, por mais difícil que fosse, ele manteve o contato, deixando que a garota se reajustasse com esse nome novo na boca.

— Edward — disse ela, os dedos lhe roçando a nuca. — Adorei.

— Ren fechou os olhos. — A origem é britânica. O nome significa "guardião, protetor, abastado". — Ela riu, abrindo os olhos. — Acho que orna.

Era engraçado quanto não tinha graça nenhuma. Ele não era nenhuma dessas coisas, mas, é claro, Ren não sabia disso.

— Você é uma enciclopédia de informações aleatórias. — Sorriu para ela. — Que tal mais champanhe?

Ren respondeu com um joinha meio zonzo.

— Champanhe é a minha bebida favorita.

— Fique aqui, vou pegar duas taças para nós.

Entretanto, quando ele voltou, ela tinha sumido. As coisas estavam a todo vapor agora, barulhentas e bagunçadas. Havia um tocador de rabeca no palco e as pessoas batiam palmas em acompanhamento, os rostos corados pela bebida, narizes queimados de sol. A pista de dança estava obscurecida quase por completo pelos corpos em movimento e, bem no centro, estava Ren, dançando com uma multidão de homens e mulheres que a haviam colocado em seu círculo, os braços ao redor uns dos outros.

Ele encontrou uma cadeira por perto e sentou para assistir. Ela era um borrão de lavanda e ouro, os braços para o alto enquanto rodopiava, fios loiros escorregando da trança intrincada. Uma garrafa aberta de pura luz do sol se derramando pelo parque. A canção terminou e a pista de dança irrompeu em aplausos para a banda, para si mesmos, para a experiência que tinham compartilhado. As pessoas abraçavam Ren, tocavam seu cabelo, maravilhadas, pegavam sua mão e a levavam de volta à pista para outra música, e depois outra, até ela enfim escapar, tropeçando em meio a um caos vertiginoso até chegar a Edward, onde caiu no colo dele.

— Olha ela aí — disse Fitz, segurando-a.

— Eu amo dançar!

— Dá pra perceber. — Gentilmente, tirou alguns fios de cabelo suado dos olhos dela. A tiara estava torta e ele sorriu, endireitando-a. — Se ao menos você fosse mais extrovertida!

— Este foi o grupo de pessoas mais legais. Mas estou tão exausta...

— Quantos pedidos de casamento você recebeu?

— Só alguns. — Ren fixou sua atenção nos lábios dele. — Vim para cá ouvir a sua oferta antes de voltar com uma resposta.

Fitz a observou com atenção, sua semiembriaguez e a expressão vidrada em seu olhar, a euforia feliz em seu sorriso.

— Então acho que não posso permitir que volte para lá.

— É mesmo?

— É mesmo.

Teve vontade de beijá-la — beijá-la de verdade, como fizera na noite anterior na hidromassagem, profundamente, com ardor e voracidade — e sabia que, se ficasse por ali muito mais tempo, era o que faria. Inclinaria-se adiante, mergulharia nela e talvez nunca mais conseguisse encontrar a saída. Havia começado a se inclinar para a frente quando o primeiro fogo de artifício disparou pelo céu, sinalizando o fim do festival. Os dois piscaram, olhando para o alto, onde um lampejo de cor explodiu, seguido por outro, e mais outro. Assistiram por um momento, Ren ficando imóvel no colo de Fitz antes de encará-lo, um halo de faíscas douradas cascateando atrás dela.

— Não achei que esta noite pudesse ficar ainda melhor — confessou Ren.

— Pedidos de casamento e fogos de artifício. É só isso que é necessário?

— Ainda não recebi o seu, aliás — lembrou Ren, escorregando o dedo pelo maxilar dele.

— Que tal isso: a gente dá o fora daqui e volta lá para cima. Aí vestimos nossos pijamas, escovamos os dentes e fazemos uma festa do pijama?

— Ninguém ofereceu nada que fosse nem de longe bom assim — falou ela, acabando com a distância entre eles e o beijando. — Leve-me lá para cima, Edward.

CAPÍTULO VINTE E SEIS

REN

Nunca em sua vida Ren desejou tão ardentemente pelo dom da telecinesia. Com esse poder, ela apenas expandiria sua mente e puxaria as cortinas do hotel, fechando-as. A extensão de luz ofuscante entre as dobras penetrava seu crânio como uma lança, mesmo com os olhos fechados.

Desesperada por alívio, ela se virou, chocando-se com uma parede.

Não, não uma parede. O peito nu de Fitz. Ren soltou um gemido enquanto o retorno à consciência trazia consigo uma dor de cabeça latejante.

— Ai.

Uma risada vibrou atrás do esterno de Fitz.

— Eis que ela desperta. — Ren gemeu de novo. — Fique aqui.

Fitz rolou para fora da cama, abençoadamente removendo o calor nauseante de seu corpo, e ela se espreguiçou, buscando o alívio dos lençóis mais frios. Água escorreu, pés descalços se moveram pelo piso e Fitz estava de volta, um demônio, acendendo a luz.

— Não. Só escuridão.

Outra risada rouca.

— Tome isso, e beba isso.

Ren o ouviu colocar algo na mesa de cabeceira.

— Acho que estou doente — resmungou ela.

— Acho que está de ressaca.

— Por que você não está de ressaca?

— Porque eu peso vinte quilos a mais que você e nós só tomamos duas taças de champanhe.

Debilmente, ela se levantou apoiada em um cotovelo. Quando a brisa fresca do ar-condicionado soprou sobre seus braços, ela percebeu que estava no pijama de sempre. Fitz, porém, vestia apenas aquela bermuda de derreter o cérebro que sempre usava para dormir. E mais nada.

— Você está sem camisa — disse ela, encarando enquanto compreendia: ela tinha dormido pressionada contra a pele dele a noite inteira.

— Graças a você.

Seu olhar voltou para o dele.

— Quer dizer que eu arranquei sua camisa?

Ele plantou os punhos na beirada da cama e lançou para ela aquele olhar de derreter.

— Você foi bem insistente.

Ela se permitiu imaginar tirando a camisa de Fitz, abrindo o botão da calça jeans. Seu rosto pegou fogo.

— Fui?

— Foi. Mas eu nos impedi. — Ele se debruçou para mais perto, sussurrando: — Quando fizermos essas coisas, quero que se lembre do quanto foi bom.

Ela caiu de cara no travesseiro, murmurando:

— Não seja sexy quando estou em dúvida sobre se vou vomitar.

Fitz riu, se endireitando.

— Você se sente terrível porque está desidratada e seu nível de açúcar no sangue está baixo. Vai ficar melhor depois de uns carboidratos e cafeína, prometo. Vamos lá. — Ele gentilmente a incentivou a se sentar e tomar os analgésicos. — Vamos devagar e com calma, e veremos como se sente. Tá bom?

— **S**into-me humana de novo — disse Ren, jogando uma embalagem amassada na bandeja.

— McDonald's é a cura para a ressaca, vinda diretamente dos deuses.

— Acho que li isso em algum lugar: os primeiros arcos dourados ficavam no monte Olimpo.

Ela bebeu o resto de sua Coca e Fitz riu, levantando para levar a bandeja até a lixeira.

— Fitz! — chamou ela, entregando-lhe o copo vazio.

Ren reparou que havia algo na postura do rapaz, um encolhimento nos ombros, que a fez sentir como se tivesse acabado de fazer algo errado.

Aquilo a incomodou feito um espinho na palma da mão enquanto voltavam a pé para o hotel e, embora estivessem conversando e rindo, e tudo no comportamento dele parecesse estar bem, ela o conhecia o suficiente para saber a facilidade com que usava um disfarce tranquilo, assim como o Fitz que mostrava ao mundo não era o Edward que ele mostrava para...

Ela parou abruptamente no meio da calçada. Fitz levou um safanão quando as mãos dadas deles se esticaram e virou para olhar para ela.

— Você tá bem?

Enquanto Ren ficava ali, congelada, tudo lhe voltou num borrão. O calor devorador do beijo dele no elevador na noite anterior, a pressão da parede nas suas costas quando chegaram ao quarto, a forma como a boca dele desceu por seu pescoço, enlouquecida. A febre de suas mãos subindo por ele, debaixo da camisa, sentindo a expansão quente do tronco de Fitz. A insistência dele para que ela bebesse um pouco de água, fosse vestir seu pijama, escovasse o cabelo. De pé, lado a lado no banheiro, escovando os dentes, e depois encontrando-o na escuridão, puxando-o para perto outra vez, querendo mais. O jeito como permitira que ela o escalasse e tirasse sua camiseta, o jeito como se beijaram e o desespero no toque dele antes de Fitz cuidadosamente fazer com que ela rolasse de barriga para cima, o peito subindo e descendo enquanto a relembrava de que tinham tempo para ir com calma.

— Acho que você é minha pessoa preferida — disse ela, sonolenta, junto ao pescoço dele. — Edward, Edward, Edward.

— Gosto que me chame assim — admitiu ele. — É muito gostoso que você saiba meu nome.

Essa foi a última coisa que ele disse antes de Ren adormecer.

— Eu te chamei de Fitz no McDonald's — disse ela, agora. — Desculpe. Eu esqueci.

Um sorriso curvou lentamente a boca perfeita dele, que deu alguns passos na direção de Ren, colocou as mãos em seu rosto e se abaixou para beijá-la.

— Isso quer dizer que está se lembrando de ontem à noite?

Ela sentiu o rosto esquentar sob as palmas dele.

— Estou.

— Então sabe porque parei. Eu estava falando sério. Quero que *nós dois* nos lembremos quando essas primeiras coisas acontecerem.

Ela sentiu o estômago ir até os pés enquanto os prédios do centro de Nashville pareciam assomar sobre os dois, lotando o campo visual.

— "Quando"?

O sorriso sedutor dele lentamente sumiu enquanto ele analisava os olhos dela.

— Quando o quê?

— Você disse "quando", não "se".

— Raio de Sol, por mim tudo bem um "se", também. Podemos fazer tudo o que quiser, e podemos ir aos poucos. Mas não faremos absolutamente nada bêbados.

Ren anuiu e ficou na ponta dos pés para beijá-lo de novo. Começaram a caminhar, mas a paisagem desapareceu em torno dela, os turistas banidos pelo redemoinho em seus pensamentos. Ela queria mais com Edward. Se fosse honesta consigo mesma, queria explorar tudo. Mas quando? Nashville era o ponto-final no mapa para ele, porém ela ainda tinha mais uma parada. Será que as coisas seriam as mesmas quando voltassem a Spokane? Ou ele voltaria a ser Só Fitz, mesmo com ela?

E ela estivera tão absorta no entusiasmo da viagem e no calor borbulhante entre ela e Edward que não havia pensado — pensado de verdade — sobre como seria a próxima fase de sua jornada. De súbito, a ideia de deixá-lo naquele dia e ir para a névoa desconhecida de segredos de família pareceu tão esmagadora que Ren ficou zonza.

Numa onda de pânico, ela parou, puxando a mão dele.

— Não quero ir para Atlanta hoje.

Com uma expressão confusa, ele se virou de frente para Ren.

— Quer ficar mais uma noite? Em Nashville?

— Quero, mas... — começou ela, subitamente ciente de que podia estar forçando a barra, que não tinha ideia do que ele tinha planejado por ali. — Claro que não quero bagunçar seus planos.

— Eu, hã... — Ele se calou, engolindo em seco. — Eu tenho um compromisso na quinta-feira. Tinha outras coisas que eu ia fazer na cidade, mas quinta é a única coisa que não posso perder.

Um compromisso? Outras coisas? A frustração fervilhou em sua barriga. Podiam se beijar e dormir agarrados um ao outro, mas Fitz era sempre tão vago... Mas talvez fosse assim que funcionasse. Talvez a intimidade sexual viesse primeiro. Pareceu tão de trás para a frente.

— Então, sim — confirmou Ren. — Preciso estar num ônibus de volta para Spokane até quarta-feira, provavelmente. Mas quero ficar mais uma noite.

Mais um dia com Edward soava como se não fosse o bastante, nem de longe, mas aceitaria o que pudesse ter. Ela tinha coisas maiores em que pensar, mas nunca se sentira assim antes. Queria ficar nesse estado mais um pouquinho, saborear. Especialmente hoje.

— Tem certeza?

— Tenho — disse Ren, confiante outra vez, e deu um passo adiante, inclinando a cabeça para fitá-lo. — Nada me parece pior do que pegar um ônibus, de ressaca, no meu aniversário.

CAPÍTULO VINTE E SETE

REN

Ren tirou os sapatos e o encarou.

— Vire de costas.

A testa suada, ofegante, Edward lentamente abaixou sua garrafa de água e olhou para ela, preocupado.

— Virar de costas por quê?

Gesticulando para o lago à frente deles, Ren comunicou a resposta em sua expressão: *Não é óbvio?* Depois de fazer todos os protestos desnecessários de alguém que perdeu um aniversário sem saber, Edward havia perguntado o que ela queria fazer. Ren admitiu que nunca tinha realmente celebrado seu aniversário, não de forma relevante, por isso não fazia ideia. Sentados num café na calçada, pesquisaram no celular dele as opções locais: Centennial Park, Country Music Hall of Fame, visita a uma destilaria, o Grand Ole Pry ou até mesmo uma visita guiada de trator. Porém, quando uma série de fotos deslumbrantes do Harpeth River State Park apareceu no navegador, Ren foi conquistada.

Deu um pouco de trabalho chegar lá, mas, depois de uma caminhada numa trilha deserta, as árvores enfim abriram espaço, revelando um amplo lago azul. Aparentemente, ele tinha sido uma pedreira, mas nos anos 1930 o fundo foi selado, a água, filtrada, e a área se tornou um resort. Contudo, no começo da Segunda Guerra Mundial, ele fechou, e os prédios foram abandonados para apodrecerem sem a interferência humana. Agora, o lago estava completamente isolado, fechado por íngremes paredões rochosos e árvores compridas que bloqueavam a vista de qualquer um de pé na beirada acima dele.

Para Ren, era o lugar perfeito para um mergulho.

— Mas não trouxemos roupas de banho — disse ele, devagar.

— Precisamos delas?

— Em geral, pessoas que não costumam ficar peladas juntas usam roupas de banho para nadar, sim.

Ren sorriu para ele.

— Estamos com as roupas de baixo, sabe? Podemos nadar com elas.

— Só para deixar claro — disse Edward, virando de costas para ela com um sorriso demorado —, eu não estava reclamando.

O alívio a dominou; fazia um calor fora de época, chegando quase a trinta graus e, depois da caminhada difícil em que ela tivera a visão praticamente constante das coxas musculosas de Edward se flexionando e se retesando, Ren se sentia inquieta e acalorada. Por sorte tinham trazido água suficiente para beber, e acabavam de devorar o almoço de sanduíches e salgadinhos que tinham comprado num mercadinho no caminho para lá, mas a ideia de mergulhar na água calma e azul-escura a fez se sentir como se tivesse tomado mais duas taças de champanhe.

Rapidamente, ela desabotoou o short e o tirou. Sua camiseta saiu em seguida. Ela dobrou os dois e os colocou numa pedra na margem, depois olhou para si mesma, vestida apenas em seu sutiã e calcinha simples. Eles cobriam o mesmo tanto que o biquíni, então não havia problema, mas não tinha nada para vestir depois, e não gostava da ideia de voltar com a roupa de baixo molhada ou de passar pelo saguão lotado do hotel sem sutiã.

Olhou de relance para as costas de Edward.

— Eu vou tirar a roupa de baixo também — disse Ren.

A coluna dele se enrijeceu.

— Ah, então vamos de pacote completo, é?

— Não sei o que isso quer dizer, mas, se for completamente pelada, então sim.

Soltando o sutiã, ela o tirou, assim como a calcinha, antes de guardar os dois dentro do short.

Na beira do lago, mergulhou um dedo do pé. Estava surpreendentemente quente e transparente, e qualquer hesitação que ainda restasse sumiu. Com um gritinho, ela deu alguns passos antes de se preparar e mergulhar.

— Ai, meu Deus — gemeu ela quando a água fria escorregou sobre cada centímetro de sua pele. Ren mergulhou por completo e bateu os pés até se afastar um pouco mais. Quando retornou à superfície, Edward ainda estava de costas. — Já estou coberta agora.

Ele se virou devagar, como se incerto quanto ao que poderia ver. Ren estava submersa do pescoço para baixo, mas sorriu e acenou para Edward.

— Vai entrar?

A água lambia as margens da diminuta praia, a brisa agitando as árvores lá no alto e a madeira rangendo sob o peso dos galhos luxuriosos. Todos esperavam a decisão dele.

Ele fez círculos no ar com o dedo indicador, sinalizando, bem-humorado, que era a vez dela de desviar o olhar. A risada de Ren ecoou na quietude, quicando de volta para os dois, mas ela obedeceu, virando de frente para a margem do lado oposto. Ren continuou boiando e, conforme a brisa sossegou e o silêncio caiu, tomou vaga ciência dos sapatos dele aterrissando com um baque contra um tronco caído, um zíper sendo aberto, o farfalhar de tecido, e o arrastar suave de pés se movendo pela areia da praia. Pensou ouvi-lo parar na beirada, testando a temperatura. Estava prestes a lhe dizer para deixar de ser um bebezão quando algo grande se chocou contra a água, jogando respingos, e os pássaros esvoaçaram das copas das árvores ruidosamente.

Ren o imaginou por um instante nadando até ela sob a superfície, passando os braços em torno de seus quadris e depois pelo seu tronco, antes de pressionar o corpo nu contra o dela.

— Certo — disse ele, de algum ponto atrás dela. — Entrei.

Ela se virou para vê-lo a uns três metros de distância. O cabelo estava para trás e mais escuro por estar molhado, os olhos castanhos mais verdes e emoldurados por cílios pontudos. Água escorria pelo rosto e pescoço dele, acumulando-se no côncavo das clavículas. Ele estava ruborizado até as pontas das orelhas.

— Não é uma sensação incrível?

— *Incrível* é um jeito de descrever. *Congelante* é outro.

— Chama isso de congelante?

— Com certeza algumas partes do meu corpo acham a água desse lago ofensivamente fria.

Ren o encarou, confusa, e ele riu, nadando em círculos em torno dela.

— Existem maneiras mais fáceis de me fazer tirar a roupa, sabia, Raio de Sol?

— Ainda está meio nebuloso, mas acho que eu estava tentando ontem à noite.

Diante disso, Edward riu.

— Estava, sim.

Ela jogou água nele, que respondeu à altura, até que estivessem totalmente envolvidos numa luta aquática em que ele tinha certa vantagem, podendo se levantar e mostrar todo o tronco fora da água. O cabelo dela cobria a maior parte de seu peito, mas, conforme ele avançava, onda após onda elevando-se sobre as tentativas patéticas dela, Ren decidiu que não ligava mais e foi com tudo, empurrando água adiante com toda a força que podia até não se importar com o que mais ele poderia ver. Rindo, ele cobriu os olhos.

— Não está jogando limpo.

— Você desiste?

— Desisto — gritou ele, rindo —, porque, se continuar desse jeito, eu não vou querer piscar, e essa água toda vai machucar meus olhos.

Eles pareceram se dar conta simultaneamente que a mão dele estava frouxa em volta do pulso dela, impedindo-a de jogar água, e ambos estavam tão próximos que o antebraço de Ren repousava sobre o peito dele. Com a onda mais gentil, a correnteza podia empurrá-la contra Edward, colocando toda a sua pele nua de encontro à do rapaz.

— Podemos ficar de pé aqui — sugeriu Edward, e plantou os pés, o peito se erguendo vários centímetros para fora da água.

Assim que Ren o imitou, a água bateu de leve em seu queixo. Tentando conter o zumbido que vibrava sob sua pele, ela passou alguns segundos apreciando os ombros largos de Edward enquanto ele respirava depressa, recuperando o fôlego.

Quando Ren arrastou seu foco pelo pescoço dele, subindo, descobriu que ele a observava com uma intensidade que Edward disfarçou de imediato. Num piscar de olhos, sua expressão voltou ao bom humor e à despreocupação característicos dele.

— O que achou daqui, comparando com a lagoinha perto da sua casa?

— Aqui é umas dez vezes maior, mas tem muito menos trutas.

Ele estremeceu.

— Nós abastecemos a lagoinha — explicou ela. — Tem tantas, que eu consigo pegá-las com a mão.

— Isso é... — Ele balançou a cabeça. — Eu não sei nem o que é isso.

— Acredito que as palavras que está procurando sejam *impressionante, atlético, sobre-humano*.

— Isso, isso — concordou Edward, rindo. — Tudo isso aí.

— Mais ou menos de junho até o final de agosto, eu nado todos os dias.

— Sozinha?

— Geralmente.

— Não é solitário isso? Ou pelo menos entediante?

Ren encolheu os ombros debaixo d'água.

— Se você é criado com muitas coisas, pessoas, dinheiro, jogos, distrações, é difícil viver sem eles. Mas, se você é criado de um jeito simples, como eu fui, isso é tudo o que conhece. Isso é tudo o que existe.

A realidade da vida dela em casa subitamente a oprimiu como uma nuvem carregada.

— Você não falou muito sobre eles nos últimos dias — observou ele, baixinho. — Mas sei que tem pensado muito nos seus pais.

Ren olhou para ele. Ela vinha e não vinha pensando na família. Edward parecia tomar cada canto de sua mente por aqueles dias, mas a pulsação silenciosa e latente ao fundo era seus pais, Christopher Koning, o mistério disso tudo, a verdade que ela esperava descobrir.

— Sei que meus pais sempre estarão lá para mim. Ou espero que estejam, mesmo que eu nem sempre faça as coisas que gostariam que eu fizesse. Mas estar longe de casa me fez perceber quanto mais existe aqui fora para mim. Que eu posso amar estar no mundo aqui fora e amar estar na nossa terra também. — Ren sentiu a atenção dele sobre si enquanto voltava o rosto para o céu, fechando os olhos. — Mas, olha, eu amo muito a nossa terra. Durante o verão, eu nado à noite e fico boiando de costas, só olhando para as estrelas. Você não acreditaria em quantas dá para ver por lá, onde não há luzes da cidade. Eu passo o dia todo trabalhando horrores, empolgadíssima pela recompensa de poder ir para a lagoa e fitar as estrelas.

— É por isso que desenha fogos de artifício em volta de tudo?

Ela o encarou, surpresa, tendo se esquecido de que Edward vira seus desenhos.

— Não. Eu sempre os desenhei. Minha memória mais antiga é de mim em pé num campo, e há uma grande aglomeração. Estou segurando uma faísca em uma das mãos e parece esmagador, até que uma mão grande aparece em torno da minha e todas as minhas preocupações vão embora. Eu seguro minha faísca no alto e olho para o céu atrás dela, explodindo em fogos de artifício.

— De quem era essa mão?

— Não sei. Eu sempre presumi que fosse a de Steve, mas nós nunca soltamos fogos de artifício. Para ele, seria como botar fogo no dinheiro. Além disso, não consigo me lembrar de ele já ter segurado minha mão algum dia. — Ren respirou lentamente, enquanto a esperança parecia inflar em seu peito. Outra vida se desdobrando. — Quando recebi aqueles resultados...

— Pensou que poderia ser uma memória. Com Christopher Koning.

— É. Aquela noite... foi mágica. As flores de artifício pareceram durar uma eternidade. É como se eu ainda pudesse vê-las quando fecho os olhos. Eu sonho que o céu está lotado delas.

— Elas são lindas, Ren.

Suas entranhas se aqueceram com o elogio.

— Obrigada. — Ela deu um passo à frente, colocando a mão no peito dele. — Eu acho que *você* é lindo.

Edward franziu a testa ao contemplar a água ondulando com gentileza contra os dedos da garota, contra seu peito. Pareceu sentir uma transição nela, a sugestão de que podiam parar de falar por algum tempo.

— Sabe, aquilo sobre o qual estávamos conversando agora há pouco — disse ele, indicando a margem com a cabeça. — Sobre como eu impedi que fôssemos longe demais ontem à noite... — Ela esperou, mas seu coração tropeçou, desconfortável, observando-o escolher as palavras. — Não quero que se arrependa de nada depois dessa viagem — disse ele por fim, e a intensidade retornou a seus olhos. — De uma chantagem para uma trégua, e disso para beijos na hidromassagem e dividir voluntariamente uma cama... Tem sido uma experiência maluca para mim. Não consigo nem imaginar como tem sido para você.

— *Maluca* é um jeito de descrever — concordou ela, rindo.

— Não quero que salte de cabeça em nada que vá olhar para trás depois e desejar não ter feito.

— Tipo o quê?

— Fazer sexo comigo — disse ele, franco, e um calor percorreu a pele dela.

— E que tal me apaixonar por você?

— Ah. — Ele engoliu em seco, fazendo uma careta. — Isso também, acho.

Ela se forçou a manter o contato visual, apesar de a mão estar tremendo na pele de Edward.

— Não vou negar que sinto algo por você. E não sei como comparar o que sinto com o que é normal, porque nunca fiz isso antes. Mas conheço meu coração o suficiente para saber que não vou me apaixonar por alguém que não conheço muito bem. E eu mal sei de alguma coisa a seu respeito. — Ren piscou e abaixou os olhos, distraída pelo movimento da garganta dele ao engolir em seco. — Sei que somos de mundos bem diferentes. Você foi criado numa família rica, e eu...

— Sobre isso aí — disse ele, interrompendo-a com gentileza —, acho que você tem uma ideia errada sobre mim. Acho — corrigiu ele, apressado — que eu *deixei* que tivesse a ideia errada.

— Como assim?

Ele se afastou, nadando para trás e depois voltando, mas ainda se mantendo a vários metros de onde ficara antes. Mantendo certa distância. Inclinou o rosto para o céu.

— Eu estou na Corona com uma bolsa de estudos, como você.

— Uma bolsa de estudos? Por que precisa de uma bolsa?

— Eu não sou filho biológico de Robert Fitzsimmons. — Finalmente, ele a encarou outra vez. — Só o conheci quando já tinha catorze anos. Tinha quinze quando ele me adotou.

O choque enviou uma onda entorpecente pelo corpo de Ren, que não soube como reagir.

— O quê?

— Tem tantas coisas mais que eu quero te contar — disse ele em voz baixa, se aproximando até estar na frente de Ren de novo. — Eu quero contar há tanto tempo... Você nem sabe.

Edward colocou as mãos nos ombros dela e as deslizou pelos braços, até segurar as mãos dela.

— Tudo bem se não tiver certeza de que quer se apaixonar por mim, mas acho que quero me apaixonar por você. — As palavras dele pulsaram entre os dois, causando ondas pelas veias dela. — Infelizmente, nunca fui muito bom em falar sobre o meu passado. Nunca tentei. Em voz alta.

— Como assim?

— Todo mundo que me conhece na faculdade me conhece como filho de Robert Fitzsimmons. Todos presumem que eu tenha nascido rico, e deixei que pensassem assim. Todo professor, todo colega de quarto, todo amigo. — Fez uma pausa. — Toda namorada. — Ren sentiu seu estômago azedar, e ele estudou a expressão em seu rosto. — Nunca tive vontade de contar a verdade a ninguém, porque as pessoas te olham de outro jeito quando você é alguém que cresceu em orfanatos e foi adotado por um ricaço para gerar uma imagem positiva.

Ren franziu a sobrancelha.

— Uma imagem positiva?

— Não é importante no momento. — Edward apertou as mãos dela. — Estou te contando isso porque nunca gostei de alguém como gosto de você. — Ele declarou isso com um sorriso sedutor ao qual tentou se agarrar, mas que se transformou numa careta. — E isso significa que quero que você conheça a verdade, mas, como já sabe, eu sou muito ruim em falar sobre as coisas. Só de pensar em te contar tudo me dá meio que um pânico. — Respirou fundo, soltando o ar aos poucos. — Se eu te contar e você não gostar de mim, então não vai gostar de mim *mesmo*. Não apenas da história que inventei.

— Não queria te pressionar — disse ela. — Não estou com pressa. Eu só quero te conhecer. Não precisa acontecer logo de cara, se eu souber que está tentando. Que você quer estar...

Ela não parecia ser capaz de dizer o resto.

Que ele quer estar com ela.

— Eu quero — disse ele, entendendo ainda assim.

— Mesmo quando voltarmos para a faculdade?

A testa do rapaz se franziu, como se não entendesse.

— Mas é claro. Acha que eu só te quero em segredo?

Ela encolheu os ombros.

— Não quero presumir nada.

— Comigo — disse ele, firme —, presuma. Presuma que eu te quero. Presuma que, se estou falando, é real. — Ele se abaixou um pouco para que os olhos deles ficassem no mesmo nível. — Mas eu fiz algumas coisas ruins, Ren. Algumas coisas bem merda mesmo. É difícil sentir que mereço coisas boas. E você... você é o que existe de melhor.

— Você já teve problemas com a polícia?

Um sorriso triste passou por seus lábios.

— Defina "problemas".

Ela o conhecia. Ele era bom até o último fio de cabelo.

— Já matou alguém? Já agrediu alguém? Já ameaçou alguém com uma faca?

Edward recuou, chacoalhando a cabeça com rapidez.

— Ren...

— Vendeu órgãos no mercado ilegal? Postou discursos racistas nas redes sociais?

Um sorriso pequenino.

— Hã, não.

— Abandonou filhotes de cachorro na beira da estrada?

— Eu posso ser babaca de vez em quando, mas não sou um monstro.

— Então, seja lá o que for, eu posso lidar — declarou Ren, encaixando o rosto dele entre as mãos e o puxando para um beijo. — Eu só quero estar com você.

CAPÍTULO VINTE E OITO

EDWARD

Bem.

Era um começo. Pelo menos, ele podia dizer isso.

Mas também podia dizer que eram apenas algumas verdadezinhas minúsculas, e que ficou se sentindo completamente esgotado depois. Tão esgotado, de fato, que se sentiu tentado a deixar Ren dirigir na volta para a cidade só para ele poder fechar os olhos e não pensar por meia hora.

Edward desejava que cérebros tivessem um botão de desligar. Desejava que a vida tivesse uma funcionalidade de edição. Desejava que o tempo tivesse uma tecla de pausa. Ele a apertaria e fecharia a porta do quarto deles em Nashville, dando a ambos mais uma semana na qual não precisassem pensar em tudo o que ainda lhes aconteceria.

Levantou a cabeça quando Ren bateu os tênis um no outro ao lado da porta do passageiro de Max, tentando retirar toda a lama que tinham acumulado no último trecho da caminhada. Ela se apoiou na lateral do carro, o cabelo úmido e solto, e olhou para ele num desespero divertido.

— Talvez a gente tenha que voltar para o brechó para pegar sapatos novos para mim.

Ele assentiu, concordando.

— Com base nas suas habilidades de comprar coisas de segunda mão, você vai entrar procurando um Keds e sair com um Prada.

Ren apontou por cima do ombro.

— Olha.

Tinha começado a chover durante a saída deles — só uma garoa —, e agora ele se virava para encontrar um arco-íris se curvando brilhantemente lá no alto, sem nem tentar disfarçar. De fato, nunca vira um arco-íris assim, tão espesso e vívido que parecia ter sido desenhado no céu. Podia discernir claramente cada cor individual; parecia tão nítido, tão real, que juraria que, se subisse a colina atrás dele, poderia estender a mão e tocá-lo. Perguntou-se brevemente se vê-lo lhe traria sorte. Não era isso o que as pessoas diziam? Ele nunca pensara em sorte ou em desejos antes — de que adiantava, na verdade —, mas a aparição de Ren em sua vida mudara muitas coisas, imaginava ele.

— É insano!

— Não é? — Ela largou os sapatos e os encarou antes de, pelo visto, desistir, tirando as meias e indo até ele descalça. — Às vezes eu não consigo acreditar que duas pessoas diferentes podem ver exatamente a mesma coisa.

Os dedos dela encontraram os de Edward, entrelaçando-se.

— É claro, talvez o seu vermelho seja diferente do meu, e o seu verde seja diferente do meu verde, mas acho que não.

— Eu também acho que não.

— A sensação tem que ser universal. — Ren olhou para ele de maneira tão direta, como se não houvesse nada no mundo que precisasse esconder. Deus, queria saber como era essa sensação, mais do que qualquer outra coisa. — Tipo, quando você me deu meu primeiro beijo? — Ele assentiu. — Não foi o seu primeiro, mas juro que você sabia o que eu estava sentindo.

Ele não conseguiu evitar olhar para a boca de Ren enquanto ela falava.

— Eu sabia.

Ela se esticou, deslizando aquela boca sobre a dele. O jovem a pressionou contra o carro, beijando-a profundamente, e mergulhou na sensação de derreter de dentro para fora.

— Como está o aniversário até agora? — perguntou ele, quando ambos enfim se separaram em busca de ar.

— Está entre os três melhores de todos os tempos, fácil.

— Três melhores? — Ele deu a volta para o banco do motorista.

— Certo, é isso, vou te levar ao meu lugar favorito para jantar. Vou chegar ao primeiro lugar antes que o dia termine.

Ren bateu palmas, feliz, sentando no banco do carona. Porém, quando Edward virou a chave, nada aconteceu.

Ele grunhiu.

— Vamos lá, Max. Não seja ciumento. — Ele tentou outra vez. Nada. — Merda.

Enquanto ele sacava o celular e começava a procurar pelo seguro, Ren saiu do carro outra vez e foi até a frente dele. Edward abriu a janela.

— O que está fazendo, Raio de Sol?

— Abra o capô.

Ele puxou a trava e Ren apoiou a tampa, mantendo-o aberto. Ele começou a descer do carro.

— Não, espera — disse a moça. — Fique aí. Coloque em ponto morto e vire a chave.

— Ren, eu tenho seguro. Eles vêm cuidar disso. — E o pai dele descobriria sobre sua presença em Nashville, mas não havia muito que pudesse fazer a respeito. Podia ligar para Mary para pegar uma carona de volta à cidade, mas ela iria querer ajudar nos consertos de que Max precisasse, e Edward não lhe pediria nem um centavo, de modo algum.

— Deixe eu dar uma olhada antes. — Ren levantou os braços, prendendo o cabelo num coque no topo da cabeça. — Pode ser algo bem simples.

Com relutância, ele tornou a se sentar e obedeceu. O motor continuou silencioso, mas podia ouvir a voz dela, suave e gentil.

— Tá bem, Max, o que tá havendo com você, colega?

Edward se debruçou para fora da janela.

— Ele tá fazendo beicinho, é o que tá havendo. Eu falei para não chamá-lo de velho. Embora, neste momento, talvez eu tenha que concordar com você.

— Ele não estava falando sério — murmurou ela para o motor, e depois olhou para Edward. — Tem uma caixa de ferramentas no porta-malas? Talvez uma chave de fenda?

Encontrando com ela na traseira do carro, ele empurrou algumas coisas para o lado e tirou de lá um kit de ferramentas de emergência. Dentro havia um par de cabos para chupeta, alguns alicates, uma chave de roda ajustável, um macaco, um medidor de pressão do pneu, refletores de emergência e — ele as soltou — um kit de chaves de fenda.

— Perfeito.

Entregando uma delas para Ren, ele a seguiu de volta até o capô aberto.

— O que você tá fazendo?

— Esse aqui é o solenoide. — Ela usou a chave de fenda para apontar para algo no motor. — É basicamente um eletroímã e um par de pontos de contato dentro de um cano de metal. Usam uma pequena quantidade de energia para se conectar a uma grande quantidade de energia.

Ela se abaixou, mexendo em algo.

— Ali dentro há dois pontos de contato, que são presos a uma mola para ficarem separados. Quando você aplica energia no eletroímã, eles se fecham. — Ela levantou uma das mãos, apertando o polegar e o indicador para exemplificar. — Quando se fecham, conectam esse cabo aqui.

Ren se inclinou de lado para que Edward visse e apontou para o ponto de que estava falando.

— Esse cabo se conecta com o terminal positivo na bateria, esse terminal aqui, que desce até o motor de arranque.

Ele riu, já perdido.

— Você podia estar inventando tudo isso, mas soa incrível.

— Bom, resumo da ópera: eu vou usar essa chave de fenda para desviar do interruptor do solenoide.

— Você é muito sexy quando fala de motores. — Ele se debruçou para junto dela, sussurrando: — Por favor, não morra eletrocutada.

Ren riu.

— Só estou disposta a tentar isso porque a sua chave de fenda tem cabo de borracha.

— Se isso funcionar, vou te levar para um jantar chique depois.

— Pensei que já fosse me levar de qualquer jeito.

Ela sorriu por cima do ombro, provocando e seduzindo, e provavelmente não fazia ideia do poder que tinha sobre ele. Quando aprendesse a se utilizar de tal poder, Edward estaria condenado.

— Mais chique ainda, então — respondeu ele.

Ren indicou que voltasse para dentro do carro.

— Mantenha em ponto morto e vire a chave para a posição de ligar, só para tudo se acender. Avise quando estiver assim.

Edward beijou o topo da cabeça dela e depois sentou no banco do motorista.

— Certo — avisou ele.

— Agora vá em frente e ligue, vá até o fim.

Ele fechou os olhos, torcendo para não torrar sem querer a nova namorada, mas ouviu o gritinho feliz dela quando o motor de Max ganhou vida com um rugido. Ren fechou o capô e se abaixou para o beijar, dizendo:

— Bom menino.

Três horas depois, Ren se recostou na cadeira, segurando a barriga e grunhindo, feliz.

— Essa foi a melhor refeição que já fiz na minha vida toda.

Vestidos em outra rodada de roupas usadas escolhidas no caminho de volta do lago — uma saia de seda creme e uma blusa verde que combinava com os olhos de Ren, e jeans e uma camisa social de linho que ela disse que fazia a pele bronzeada de Edward parecer dourada —, estacionaram numa rua tranquila ladeada de casas mais antigas e comércios pequenos, caminhando para um prédio de tijolos com um jardim-horta na frente. Lá dentro, a decoração era tão convidativa quanto estar na casa de alguém. Mesas escuras e pesadas contornavam uma cozinha aberta com um forno a lenha no centro, a chaminé de cobre se esticando até o teto. Ren ficara deliciada, fascinada pela equipe que atendia e servia as mesas, pela comida que ela podia ver sendo preparada e com quanta organização era necessária para fazer algo assim não parecer demandar trabalho algum. Observar o mundo pelos olhos de Ren fez Edward se dar conta da frequência com que não prestava atenção de fato ao que acontecia ao seu redor. Movia-se pela vida constantemente na ofensiva e entrava em cada interação com um objetivo. Isso significava que perdia os detalhes, perdia os momentos que faziam a vida valer a pena.

Edward olhou para a destruição à volta deles: migalhas do melhor pãozinho com manteiga do mundo, apenas um restinho de gordura de um filé feito à perfeição, uma chicória perdida, resquício de uma salada deliciosa, alguns fiapos de linguine e duas taças de vinho tinto. Não houve bolo de aniversário, mas os garçons acenderam uma vela no centro do pudim de pão Bananas Foster dela. Ele pegou o telefone para registrar a expressão de Ren quando colocaram o prato na sua frente, a luz da vela refletida em seus olhos arregalados e cheios de lágrimas. Aquele era um momento que ele não perderia.

Agora, ela o olhava do outro lado da pequena mesa.

— Você me arruinou por completo.

Aquela era uma frase tentadora demais para que se demorasse nela. Plantando os cotovelos na mesa, ele se debruçou.

— Cheguei ao primeiro lugar já?

Ela fez uma careta, estalando a língua.

— Vai ser bem difícil superar quando completei treze anos e Steve me deixou dirigir a picape na ida e na volta da cidade, e depois eu vi uma chuva de meteoros naquela noite quando estava na lagoinha.

— Nadar pelados, vitórias sobre motores e aqueles pãezinhos com manteiga não superam isso?

Ela pressionou os lábios um contra o outro, lutando contra o riso.

— Mm-hmm.

Ele batucou com os dedos no queixo, fingindo pensar.

— Tá, tenho mais uma ideia. — Ele jogou o guardanapo na mesa e pegou a mão dela. — Vamos lá.

ENROLADA EM VOCÊ

A área estava escura e deserta — exatamente como ele esperava. Com um pequeno e nervoso sorriso, Ren desembarcou de Max, mas continuou perto da porta.

— Onde estamos?

— É chamado de Percy Warner Park — explicou ele. — É imenso, e sabia que estaria bem vazio esta noite. Perfeito para o que quero fazer.

— Humm. — Ela espremeu os olhos para a escuridão enquanto ele pegava uma manta, um moletom e o presente dela no bagageiro. — Eu não vi nenhum, mas já li que é assim que os filmes de terror começam.

— Eu te protejo.

Ele a puxou gentilmente adiante, usando a lanterna do celular para guiá-los por uma trilha pavimentada e saindo para o gramado, onde subiram uma pequena colina.

Edward abriu a manta na grama macia e orvalhada.

— Você me trouxe para cá para ver estrelas? — perguntou ela.

— Não exatamente.

Era verdade que as estrelas eram mais visíveis dali do que no centro da cidade, mas a empolgação cresceu nele quando tirou o presente de Ren do bolso de trás e se virou para escondê-lo dela. Abrindo a caixa, ele tirou de lá um palitinho comprido e, do outro bolso, tirou o isqueiro Bic roxo para acendê-lo.

A luz estalou e chiou, e ele estendeu o palito para Ren, testemunhando o momento em que os olhos dela se arregalaram e se encheram de lágrimas no mesmo instante. Ela cobriu a boca com a mão, virando para fitá-lo, a faísca refletida em um milhão de lampejos nos olhos dela.

— Feliz aniversário, Raio de Sol — disse ele, baixinho.

Ren estendeu a mão, pegando o palito, e o segurou na sua frente, encarando-o, assombrada. Hesitante, agitou o palito, desenhando um oito no ar. A faísca queimou até o fim e a expressão dela murchou.

— Isso foi tão lindo. Muito obrigada, Ed...

Ele acendeu uma segunda faísca e lhe entregou.

Ren arfou.

— Mais uma?

— Eu comprei uma caixa com cem — disse ele, rindo. — Vamos levar uma hora para acender todas.

E foi quase isso mesmo. Acenderam duas de cada vez e escreveram suas iniciais no céu. Ele lhe entregou duas, uma para cada mão, e Ren se pôs de pé, abrindo bem os braços, formando círculos perfeitos enquanto ele capturava a imagem no celular: o sorriso beatífico dela e os dois cones de fogo, um de cada lado. Os cones criaram faixas de luz correndo colina abaixo e subindo de novo. E, toda vez que estavam prontos para acender uma nova faísca com uma antiga, ela dizia:

— Deixe que se beijem.

Quando acenderam a última, ela assistiu ao palito queimar até o final antes de soltar um gritinho sutil e feliz.

— Esse foi sem dúvida o melhor presente que já me deram.

— Já é o primeiro lugar? — perguntou ele, e ela se virou, passando os braços em torno de seu pescoço e enterrando o rosto ali.

— Primeiro lugar, para sempre — disse ela, a voz abafada. — Obrigada.

Estenderam-se sobre a manta, fitando as estrelas, e Ren apontou as constelações que podiam ver: a Hidra, Leão, Leão Menor, Sextante e a Ursa Maior. Ela contou a Edward sobre o tipo de coisa que normalmente fazia em seu aniversário — dava uma caminhada mais longa do que a de sempre pela propriedade, recebia permissão para uma soneca nos campos sem levar bronca por perder alguma tarefa. Ocorreu a Edward que toda vez que ela compartilhava algo sobre si era uma oportunidade para que ele fizesse o mesmo, mas ele não aproveitara nenhuma chance.

Ficaram quietos, o cérebro dele se acendendo com tudo o que queria dizer. Queria lhe contar sobre Mary, sobre quanto ele tinha chegado perto de ter uma família e como tudo tinha desmoronado, quanto tinha ficado zangado por tanto tempo e como passara os últimos anos tramando algo que nem tinha mais certeza de se queria colocar em prática. Havia carregado a raiva e a mágoa por tanto tempo, se embrulhado nelas e as utilizado para manter os outros à distância. Algo em Ren o fazia querer abandonar tudo aquilo.

— Ren... — começou ele, ao mesmo tempo que ela dizia:

— Você...?

Ela apertou a mão dele.

— Você primeiro.

— Não, você antes.

— Eu só ia perguntar... se não houver problema em perguntar... se você sabe quem são os seus pais biológicos.

Uma sombra passou pelo peito dele.

— Não... Tudo o que sei é que abriram mão da minha guarda quando eu tinha três anos, e foi aí que entrei no sistema de adoção. Eles me entregaram no Departamento de Bombeiros de Spokane.

— Mas você tem família aqui?

Ele assentiu.

— Em certo sentido, sim.

Ela havia lhe dado uma deixa explícita e, ainda assim, ele não conseguia passar pela porta. Como é que Ren fazia parecer tão fácil se abrir com ele?

— Mary — adivinhou ela.

— Ela foi minha mãe no lar temporário — contou Edward, aliviado com o gentil incentivo dela. — Ela se mudou para Nashville alguns anos depois de seu filho mais velho se formar no ensino médio, o que foi mais ou menos na época em que minha adoção foi aprovada. Tenho uma entrevista de emprego aqui na quinta-feira. Marquei essa entrevista há uma eternidade, sabendo que no final iria querer estar mais próximo dela.

— Ai, minha nossa, Edward, isso é demais. Poderíamos ter passado o dia de hoje com ela.

— Não, haverá tempo para ir vê-la enquanto estou aqui. É sério, ela está bem. Não ia querer fazer outra coisa quando poderia estar fazendo isso aqui.

— Você sabe onde está sua família de origem agora?

Ele fez uma pausa, olhando para o céu.

— Não. Mas esperava que houvesse ao menos alguma coisa da genealogia para mim quando fizemos aquele teste na aula de Audran.

— Estou supondo que não havia nada.

— Não. Nadinha.

Ela estendeu a mão e apertou a dele.

— Lamento.

— É.

— Isso era o que eu estava esperando, sabe — disse ela, rindo com ironia. — Nada. E aqui estamos nós.

— Eu fiquei com inveja de você — admitiu ele, virando de lado e apoiando a cabeça na mão. — Mas sabe o que é engraçado?

— O quê?

— Agora que te conheço melhor, estou surpreso que tenha chegado a fazer o teste. Não consigo imaginar que Gloria e Steven deram aprovação para isso.

— Eu pensei muito nisso, no motivo de eu ter feito o teste tão de imediato. — Virou-se de frente para ele também. — Nunca desobedeci meus pais antes, mas, a cada dia que passei longe deles na faculdade, comecei a questionar mais e mais o motivo de todas aquelas regras existirem, para começo de conversa. Comecei a resistir, um pouquinho de cada vez. Eu fiz a entrevista com o jornal da universidade, fiz amigos em grupos de estudo, fiz o teste. Queria experimentar de tudo, porque lá no fundo uma parte de mim sabe que eles não me deixarão voltar no próximo outono. Uma vez que eu estiver de volta em casa durante o verão, acho que vão notar quanto eu mudei. Com certeza não vão me deixar terminar o semestre se descobrirem sobre esta viagem.

O estômago dele afundou. Logo que conhecera Ren, achara que ela não fosse durar uma semana. Depois, quando ela começara a superá-lo, desejou que estivesse certo. A ideia de que os pais dela não a deixassem voltar parecia real demais, caso permitisse que seus pensamentos se demorassem no assunto. Considerando o quanto eram controladores, Fitz não tinha certeza de como a garota conseguiria esconder deles qualquer parte daquilo. Quer Ren encontrasse Christopher Koning, quer não, se ele era ou não o pai dela, ele sabia que não vinha ao caso. Ela já estava mudada por causa dessa experiência, e não havia universo algum em que os pais dela não perceberiam isso.

Outro pensamento lhe ocorreu; desta vez, seu estômago se revirou e ele soltou um grunhido de culpa.

— Eu criei tantas regras — disse ele, baixinho.

Ren franziu a testa para ele.

— Como assim?

— Para a viagem. Eu criei todas aquelas regras. Nada de reverências, nada de conversar, nada de comer, nada de cantar. A sua vida toda você viveu sob as regras de Steve e Gloria. Daí foi enviada para a faculdade com mais regras ainda. E daí você sai comigo e... mais uma vez, regras. — Ele fechou os olhos, fazendo uma careta. — Sou um idiota.

— Tá tudo bem — disse ela de imediato, quase por instinto.

— *Não* tá, não. — Ele abriu os olhos e fitou os de Ren. — É uma merda. E peço desculpas.

Ren o observou, realmente tentando vê-lo.

— Você faz muitas coisas para manter os outros à distância. As regras tinham a ver com os seus limites, não comigo. Eu entendi. — Edward a encarou, abalado. — Eu só ficaria zangada com elas se ainda estivesse falando comigo em enigmas — prosseguiu ela, sorrindo. — Mas você está me contando a seu respeito. Sei quanto isso é difícil.

Ele soltou uma risada silenciosa e incrédula.

— Eu sou tão doido por você. — Edward deslizou a mão pelo braço dela, sentindo sua pele arrepiada. — Com frio? — perguntou, pegando o moletom e o estendendo sobre ela.

— Com frio — disse ela, e sorriu na escuridão. — E doida por você também.

— Está nervosa? — perguntou ele. — Para amanhã?

Ren riu, tensa.

— Nervosa não é nem o começo. É como se eu começasse a imaginar, e daí o meu cérebro desligasse e tudo simplesmente virasse uma névoa, e eu não conseguisse respirar.

As palavras rolaram da língua de Edward, enfim:

— Posso ir com você?

Ela ficou quieta, os olhos arregalados, observando-o.

— Para Atlanta?

— É.

— E a sua entrevista?

— São quatro horas de carro. Só precisaria voltar para cá na quarta à noite.

— Faria isso por mim?

Ele riu porque a surpresa na voz de Ren era muito genuína.

— Eu fiquei pelado num lago congelante por você. Acha que eu não dirigiria algumas horas para garantir que chegue a Atlanta sã...

As palavras dele foram interrompidas quando ela se adiantou, pressionando sua boca na dele e fazendo Edward rolar de costas, de modo que pairasse por cima dele. Seu cabelo tinha se soltado e formado uma cortina macia em torno deles enquanto ficavam ali deitados, sozinhos na colina, se beijando, se beijando, se beijando.

Ocorreu a ele mais tarde, quando estavam no hotel escovando os dentes lado a lado, que tinha dado sorte três vezes na vida: no dia em que conhecera Mary. No dia em que conhecera a juíza Iman. E no dia em que conhecera Ren. Estando ali com ela, não sabia como voltar a ser Só Fitz. Durante dias não pensara em seu plano de cinco anos. Ele tinha todo um discurso memorizado para a entrevista na quinta-feira, mas agora nem sabia o que diria. Tudo o que queria era fugir com ela.

Então, de certa forma, foi o que fizeram.

CAPÍTULO VINTE E NOVE

REN

— Imagino se Max vai dar partida hoje.

Ren levantou a cabeça ao som da voz de Edward, encontrando seus olhos já observando o rosto dela com preocupação. Só agora ela se dava conta de quanto estava tensa, como mal tinha falado ou levantado a cabeça a manhã toda. Sua voz saiu rouca.

— Ele é um menino muito bom e vai dar partida de imediato.

E, ah. Agora que ela estava olhando, reparou em como Edward estava bonito. Estivera tão absorta com os próprios pensamentos que não havia notado que ele vestia uma camiseta verde-oliva que fazia os olhos castanhos parecerem amendoados, que tinha penteado o cabelo para trás, tirando-o da testa e parecendo muito elegante e adulto. Ela não havia reservado um momento hoje para saborear a ideia de que aquele homem era seu namorado. Sua ansiedade se tornara um tijolo físico dentro do estômago, não deixando espaço para mais nada.

— Como estamos? — perguntou ele, abaixando para encontrar o olhar dela.

Ren ponderou se mais alguém em Corona sabia quanto ele podia ser gentil.

— Estou bem.

Ele pareceu compreensivelmente cético.

— Tem certeza? Você está um pouco pálida. Quer algo para comer antes de pegar a estrada?

Pensar em comida fez seu estômago embrulhar.

— Acho que quero apenas chegar lá.

Ele ajeitou o cabelo dela, prendendo um fio atrás da orelha.

— Tudo bem, você é quem manda hoje.

— Eu ainda não sei o que dizer — confessou Ren, apoiando-se na porta do passageiro. — Simplesmente vou até a porta da casa dele e digo: "Oi, você, por acaso, perdeu uma filha?".

— Não é uma ideia de todo ruim. — Edward sorriu e depois se abaixou, dando-lhe um beijo longo e demorado. — Preparada?

— Preparada.

Ele deu a volta pela frente do carro, dando um tapinha encorajador no capô de Max ao passar. No segundo em que Edward girou a chave na ignição, Max ganhou vida, rugindo.

Terça-feira passada parecia ter sido em outra vida, mas fazia apenas sete dias. Ren lembrou que tinha esperado na calçada até que Fitz aparecesse, sentindo-se nervosa, culpada e enjoada pela imensa mentira que estava prestes a contar para os pais. Imaginava ter a viagem inteira para pensar no que faria na porta da casa de Christopher Koning, o que diria. Pensava que teria tempo para se preparar mental e emocionalmente para ouvir que não havia como ela ser filha dele, ou — ainda mais perturbador — ouvir que ela era, sim.

No entanto, em vez de se concentrar em encontrar o pai, a viagem se tornara menos sobre o que a esperava mais adiante e mais sobre o que estava bem à sua frente: Edward Fitzsimmons. O que começara tão pedregoso e controverso se derretera em conforto, paixão e honestidade. Era esmagador o jeito como seu coração descobria o amor ao mesmo tempo que sua mente contemplava a possibilidade de que sua vida inteira havia sido construída sobre uma mentira.

— Estou muito contente que tenha me trazido — disse Ren. — Eu ficaria tão nervosa sozinha...

Ele desviou o olhar da estrada, sorrindo.

— Eu também. Seria um inútil hoje se estivesse lá e você aqui, sem um telefone.

Um telefone. Nem lhe ocorrera que, se eles se separassem por algum motivo, ela não teria como entrar em contato com ele. Tinham jogado fora o pré-pago que viera com o tesouro do Águia Furiosa; Fitz explicou que ele podia ter sido usado para todo tipo de coisas ilegais, então agora ele morava numa lixeira em Rapid City. A compreensão de que Ren provavelmente precisaria comprar um lançou um segundo raio de compreensão, e ela levou um minuto para compor suas palavras, fitando a estrada diante deles.

— Você ficaria magoado se eu quisesse ir até a casa dele sozinha?

— Claro que não. Você quer dizer que deseja que eu espere por perto, certo?

Ela considerou a opção. Por mais confortável que estivesse com Edward, e por mais que soubesse que desejaria lhe contar tudo sobre o que aconteceria, ela não sabia se o queria lá para testemunhar caso fosse rejeitada. Tudo, até isso, era novo demais. Sabia que queria lidar com esse encontro sozinha primeiro, mesmo que precisasse dele por perto.

— Acho que seria melhor se você fosse e fizesse nosso check-in no hotel, e eu ligasse para você quando estivesse pronta para que fosse me buscar.

Ele ficou quieto por alguns segundos.

— Você não tem telefone, Raio de Sol.

— Eu sei, mas você pode me dar o seu número. Mesmo que ele não seja meu pai, ele me deixaria usar o telefone, não acha?

— Vamos comprar um pré-pago para você e voltar.

Ela balançou a cabeça.

— Estou nervosa demais. Quero fazer isso agora. Tenho certeza de que posso usar o telefone dele.

— Eu ficaria mais confortável se levasse o meu. — Ele estendeu a mão para o console e o entregou para Ren antes de envolver sua mão em torno da dela, apertando-a. — Vou ligar para ele do hotel e deixar o número, assim pode me ligar quando estiver pronta.

Ren tinha quase certeza de que nunca estaria pronta, mas não importava, porque tinham encostado na calçada da rua arborizada em Atlanta e era bem ali, na Birchwood Terrace, nº 1.079. A casa era azul com detalhes em branco e uma porta de entrada amarela ensolarada. A vizinhança era linda, com vegetação vibrante e pesadas e sedutoras flores em botão explodindo em cada galho. Não se parecia em nada com o que ela imaginara lendo Toni Morrison e Flannery O'Connor. Mas esta era a Atlanta moderna e suburbana: quintais se desenrolavam de lares lindos até as calçadas; as floreiras estavam imaculadas, bordejando pequenos gramados verdejantes. Árvores ladeavam as calçadas, lançando sombras suaves sobre os telhados, os galhos se estendendo para as primas do outro lado do asfalto.

Ela podia ver que aquela era uma vizinhança cheia de lares, não apenas casas, um lugar onde famílias se reuniam nas mesas pontualmente às seis para o jantar, onde as filhas aprendiam a jogar bola com os pais e filhos aprendiam a andar de bicicleta com as mães logo atrás, que lutavam para manter a mão estável no assento. Era tão diferente de sua criação que se sentiu momentaneamente partida ao meio, encarando essa realidade alternativa. Imaginou-se brincando num quintal assim, indo a uma escola de verdade, e sendo levada para lá e para cá num sedã brilhante em vez de em uma picape velha e enferrujada. Ela não queria mudar onde ou como fora criada, mas não tinha se dado conta antes de partir quanto sempre tinha sido solitária. Seus únicos amigos eram porcos e galinhas, gatos e vacas.

Edward parou a meio quarteirão na rua e estacionou junto ao meio-fio.

— Tem certeza de que não quer que eu vá com você?

Ren olhou pela janela, encarando um ponto atrás deles.

— Tenho.

— Olha para mim, Ren.

Ela se virou e ele se debruçou, beijando-a uma vez.

ENROLADA EM VOCÊ

— Eu te ligo assim que estiver no hotel com o número do telefone e do nosso quarto, para transferirem a ligação. Vou pedir que enviem uma mensagem de texto também, só para garantir. — Ele estendeu a mão, silenciando o celular. — Não vai tocar, porque não quero que te distraia, mas vai vibrar quando a mensagem de voz chegar. Tá bem? Você conhece a senha e sabe chegar na caixa postal? Nas mensagens de texto?

Ren assentiu, meio entorpecida, e Edward a fez repetir o plano para ele.

— Você vai deixar uma mensagem com o número de telefone para eu ligar — disse ela, mostrando-lhe que sabia como acessar as mensagens de voz no telefone. — Vai me dizer qual é o número do nosso quarto, para poderem transferir a ligação.

— Ligue para mim de qualquer forma — disse ele. — Se for ficar para jantar, ligue. Se precisar de uma carona imediatamente, ligue. Na verdade, assim que tiver uma noção de como as coisas estão indo, me ligue. Só me mantenha atualizado. Tá bom? Por favor.

— Vou manter. Obrigada.

Ela estendeu a mão por cima do console, acariciando o rosto do rapaz, e então respirou fundo antes de desembarcar.

Edward a chamou.

— Ren!

Ela se abaixou, olhando para dentro do carro para encontrá-lo inclinado para a frente e fitando-a.

— Eu... — O sorriso de Edward se endireitou, os olhos vasculhando os dela. — Eu queria te dizer...

— Dizer o quê? — perguntou ela.

Finalmente, Edward sorriu, fechando o punho em solidariedade.

— Você dá conta.

— Eu vou aceitar a sua palavra nisso. Vejo você em breve.

Com um sorriso fraco, ela acenou, fechou a porta do passageiro e esperou com uma tristeza estranha enquanto ele ia embora.

Até o ar tinha um cheiro diferente ali, espesso com uma doçura que ela não soube nomear de imediato, até ver as famosas flores brancas

245

estreladas subindo por treliças e se entremeando por arcos acima de portas.

Jasmim.

Ela deslizou o celular de Edward para dentro do bolso, sentindo-se reconfortada pelo peso dele contra o quadril. Queria se sentir ela mesma naquele dia, então se vestira com simplicidade num short jeans cortado e numa camiseta cropped, o cabelo preso numa trança. Pareciam ter dirigido apenas dez segundos depois de passar pela casa azul com a porta amarela, mas a caminhada de volta deu a impressão de ter quilômetros. Enquanto passava por outras — uma casa amarela com detalhes brancos; uma casa branca com detalhes verdes; uma casa verde com detalhes azuis —, tentava imaginar a Ren de cinco anos correndo por aqueles gramados, a Ren de oito anos entrando num ônibus escolar, a Ren de treze anos tomando sol num dos enormes quintais ao fundo. Estava tão perdida na própria mente, imaginando sua vida fictícia ali e sua vida real a milhares de quilômetros de distância, que quase podia jurar ter ouvido a voz de Gloria.

— Ren.

Ela travou na calçada, tomando consciência de que não era sua imaginação, de forma alguma.

— Ren Gylden, olhe para mim agora mesmo.

Ren girou lentamente, o coração afundando até o estômago.

O cabelo de Gloria era preto e brilhoso quando Ren era pequena, mas agora estava cinza, com cachos grisalhos que ela usava metade presos, metade soltos, as longas ondas cascateando até o meio das costas. Não estava vestindo as roupas boas que normalmente usaria para uma ida à cidade; vestia calça jeans e uma camisa de botões, a mesma coisa que usaria para trabalhar na banca deles na feira ou para fazer entregas na cidade. Em vez de luvas de jardinagem e um grande chapéu de palha, estava com uma bolsa de lona sobre o ombro e um par de óculos escuros no rosto. Ren podia ver o próprio reflexo nas lentes; parecia pequena e apavorada.

Seu pior pesadelo se tornara realidade. Gloria tinha descoberto. Gloria estava de pé bem na sua frente, naquela vizinhança sonolenta de Atlanta.

— O que está fazendo aqui? — perguntou Ren.

Gloria tirou os óculos escuros e os jogou dentro da bolsa. Sorriu com uma vivacidade melosa.

— Ah, docinho, só vim te perguntar como estão indo as provas de meio de semestre.

— Juro que posso explicar.

A expressão de Gloria se fechou de imediato.

— Não preciso de explicação. Sei exatamente o que está fazendo aqui.

— Sabe?

— Claro que sei, sua tonta.

O suor pinicou seu couro cabeludo e a nuca. Tudo, tudo estava dando errado. Por que deixara Edward ir embora? Ele podia ajudá-la. Ele saberia como conduzir essa situação.

Ren tentou canalizar a confiança fácil dele.

— Na verdade, estou bem para cuidar disso sozinha.

— Sozinha? É mesmo? — Gloria demoliu a bravata de Ren como um leão estapeando um abutre. — Ontem, eu fiz uma viagem imprevista até a cidade para buscar suprimentos e Tammy estava com a TV ligada atrás da caixa registradora. Você nunca vai adivinhar o que vi.

— Eu não... não sei. O que você viu?

— Só você e um garoto aí de mãos dadas numa festa em Nashville, Tennessee.

O estômago de Ren afundou de vez. Ela se lembrou da música, da dança, do champanhe. Estavam observando os manifestantes quando Edward abruptamente sugeriu que se movessem, distraindo-a com um beijo na lateral da cabeça e um espetinho de Oreos fritos. Edward, cansado do mundo, tinha visto as câmeras e percebido o perigo que ofereciam. Nunca isso ocorrera a Ren. Se havia algum sinal de que ela estava destinada a ser descoberta, estava ali.

— Ah.

— É, "ah" — zombou Gloria, rindo asperamente. — Tammy ficou tão empolgada que tirou uma foto de você na TV. Ela até me imprimiu uma cópia, e pode acreditar que usei a foto para descobrir o nome do garoto. Pegamos o avião seguinte.

Gloria os vira na TV em Nashville, mas sabia exatamente para onde Ren estava indo. Até para a rua, com precisão? A compreensão foi como uma porta sendo arrombada. Ren voltou a prestar atenção à voz da mãe.

— Pergunte quanto eu gostei de ter que fazer isso.

— Gloria, você não tinha que vir atrás de mim. Eu teria voltado. Juro.

— Você acha que depois de todo esse tempo e esforço que eu dediquei em te criar livre de tudo isso... — ela gesticulou para a linda rua em torno delas — ... vou aceitar com tranquilidade você caindo na estrada com algum desconhecido e indo para Atlanta? Eu confiei em você para ir àquela faculdade, para se manter fiel aos valores com os quais te criamos, Ren. E, na primeira vez que fica longe de casa, você faz isso? Lição aprendida.

— Tudo seria igual a antes! Eu só... — Ren respirou fundo e olhou a mãe nos olhos. — Eu preciso saber a verdade, e fiquei preocupada que, se perguntasse a vocês, não me deixariam voltar para a faculdade.

— A verdade — disse Gloria, sua expressão se suavizando. — Ren, acha que eu teria escondido algo bom de você? Você acha que, se houvesse algo de bom para descobrir aqui, eu não teria te deixado vir? Você tem uma opinião tão ruim assim de mim?

— Não, Gloria, eu...

— Não te ocorreu que eu estava tentando te proteger?

Ren fez uma pausa, franzindo a testa.

— Proteger de quê?

Gloria olhou para a casa a duas portas dali e respirou fundo, trêmula.

— De um homem muito ruim. Steve pode não ser o seu sangue, mas ele é o melhor pai do mundo para você e te ama como se fosse filha dele. Ele me salvou do inferno do meu primeiro casamento.

A confirmação disso foi como uma faca em suas costelas.

— Por que não me contou?

— O porquê não importa — disse ela. — Você era tão nova, não importava que Steve não fosse seu pai biológico. Encontramos um lugar melhor e criamos uma vida melhor, livres daquele homem. — Ela

ENROLADA EM VOCÊ

lançou as últimas duas palavras na direção da casa onde o homem muito ruim deveria estar. — É um lugar bonito — concordou Gloria, quando o olhar de Ren foi até a casa azul com detalhes brancos. — Ele sempre foi muito hábil em desempenhar seu papel em público. Saiba apenas que coisas sombrias se escondem atrás dessas portas, Ren. Você é minha única filha, minha menininha, e eu levei um longo tempo para me livrar das garras dele.

Ren estremeceu, aproximando-se um passo de Gloria por instinto e encontrando os olhos dela. Estavam brilhantes, cheios de lágrimas, e talvez um pouco temerosos.

Ren só vira a mãe chorar uma vez, e foi quando sua égua favorita teve cólicas e morreu durante a noite.

— Não sabia que você estava num relacionamento ruim antes de Steve — falou Ren. — Nunca conversamos sobre essas coisas.

— Por um bom motivo. — Gloria estendeu a mão, segurando a de Ren. — Por favor, minha menina, não o traga de volta para nossas vidas. Preciso que confie em mim.

Ren se abaixou até sentar no meio-fio e colocou a cabeça entre as mãos. Agora sabia que a mãe estivera enganada sobre algumas coisas, mas ela amava Ren, queria o que era melhor para a filha.

— Temos três passagens para voar de volta hoje à noite — disse Gloria, esfregando as costas de Ren.

— Mas e o Edward?

Gloria a encarou, boquiaberta.

— Ren, não pode estar falando sério. Eu... eu pensei... — Gloria engoliu em seco, franzindo a sobrancelha. — Por favor, me diga que aquele garoto era só a sua carona para cá.

— Começou assim — explicou Ren. — Mas virou mais. Ele é uma boa pessoa, Gloria.

— Uma boa... — Gloria riu, um único som áspero. — Ele é um criminoso, Ren. Um golpista. — Ela balançou a cabeça. — Não sei por que estou surpresa. Acho que as duas estávamos destinadas a cometer os mesmos erros, nos metendo com o tipo errado de homem. — Gloria se sentou no meio-fio ao lado dela. — Graças a Deus cheguei aqui a tempo.

— Você não entende. Ele cometeu alguns erros quando era mais novo, mas... ele é um aluno bolsista, igual a mim.

— Então sabe que ele não é filho de verdade daquele ricaço?

— Eu sei. Ele me contou tudo.

Gloria engoliu em seco, fitando-a com uma expressão que era metade preocupação, metade dó.

— Tudo? Ele te contou sobre os problemas em que já se meteu?

De súbito, Ren não tinha certeza. Edward lhe dera pedaços de sua vida, como migalhas de pão. Talvez não tivesse lhe contado tudo ainda. Mas não, Ren o *conhecia*. Levantando o queixo, um calor defensivo percorreu seu peito.

— Eu sei que há muita coisa no passado dele, sim, mas Edward é uma pessoa boa. — Ele era, mesmo que nem sempre acreditasse nisso. Ren sustentou o olhar da mãe, forçando a voz a não tremer quando disse: — Ele é meu namorado, e confio nele.

— Que bom. — Gloria a encarou por um longo instante e depois piscou e desviou o olhar, enfiando a mão na bolsa e tirando de lá um envelope. — Fico feliz em ouvir que nada disso a surpreenderá.

Ren abriu o envelope, tirando a única folha de lá. No topo havia uma foto de um Edward mais novo — imundo, desalinhado, cabelos compridos, os olhos selvagens. A fúria no olhar dele era desorientadora.

A folha listava o que ela presumia ser o nome legal dele — Edward Price Fallon —, data de nascimento e alguns outros números que Ren presumiu serem números de registro no Sistema de Proteção a Menores do estado de Washington. Abaixo de tudo isso havia uma lista com cerca de quinze linhas. Ela leu por cima, rapidamente:

> 9A.56.065.............Roubo de veículo motorizado
>
> 9A.56.068.............Posse de veículo roubado
>
> 9A.56.330.............Posse de identificação de terceiros
>
> 9A.56.340.............Roubo com intenção de venda
>
> 9A.56.310.............Posse de arma de fogo roubada
>
> 9A.56.346.............Assalto à mão armada

Havia mais, mas Ren parou, um gemido baixo lhe escapando.

— Isso não está certo. Não pode ser... Como você...?

Com o coração trovejando, Ren pensou na conversa dele no lago, os dois nus, os dois vulneráveis. Ele estava tentando lhe contar algo, tinha começado dizendo que havia feito coisas ruins, e ela lhe perguntara se ele já tinha tido problemas com a polícia, esperando mesmo que Edward negasse. Mas o que ele havia dito? Ele a olhara nos olhos e dissera...

Defina "problemas".

O coração de Ren afundou. Ele não admitira nada, mas apenas porque ela não fizera as perguntas certas. O rapaz sabia que Ren queria ver o melhor nele, e deixou que o fizesse.

— É ele, Ren. — Gloria passou o braço em torno dos ombros de Ren. — Querida, é ele. Homens como ele são bons em enganar mulheres como nós. Em tirar vantagem.

Ren sentia vontade de vomitar. O pai que ela viera ali para encontrar tinha sido um marido abusivo, e o garoto por quem se apaixonara era um criminoso.

Gloria virou Ren de frente para ela, a expressão suave enquanto percebia a espiral silenciosa de Ren.

— Agora, me escute. Você não pode se culpar por isto. Isso é exatamente o que eu fiz: conheci um garoto, me apaixonei em questão de dias. Você é humana. Mas esse garoto é má influência. É um criminoso e sabe como te dizer o que quer ouvir, como fazer com que confie nele. Olha só aquela ficha criminal. Roubo? Posse de arma roubada? Esse garoto não roubou apenas um pacote de chiclete. Quem sabe o que ele teria feito com você. Com *a gente*.

Ren não sabia o que pensar. Presumira que Edward tivesse sido um moleque tolo e que seus problemas tinham sido com algo trivial, nada perigoso. Com certeza, nada envolvendo uma arma de fogo. Como é que ela não tinha previsto isso? Ren não aprendera nem uma gota de discernimento no tempo longe da propriedade. Era tão ingênua e ignorante como sempre fora.

Abalada, lembrou-se da polaroide. Ele estava trapaceando. Ren o flagrara trapaceando e, de algum jeito, ao longo dos últimos dias, permitira a si mesma esquecer aquilo. Miriam alertara Ren naquele primeiro dia, não alertara? Ela tinha razão; todo mundo estava certo. Edward era Fitz, e Fitz era um mentiroso.

— Você não contou nada a ele sobre nós, né? — perguntou Gloria, gentilmente. — Nada sobre onde moramos? Não queremos que ele nos encontre.

Ren pensou em tudo.

— Talvez eu tenha mencionado a loja de quinquilharias — admitiu ela. — Acho que falei para ele sobre Corey Cove.

Gloria respirou profunda e demoradamente.

— Tudo bem. Obrigada por sua honestidade.

Ren se inclinou para o abraço da mãe.

— Eu me sinto tão burra.

— Nada disso. — Gloria a ajudou a se levantar e virou-as na direção de um carrinho azul de aluguel estacionado mais adiante na rua. — Vamos buscar seu pai e te levar para casa.

CAPÍTULO TRINTA

EDWARD

Via de regra, Edward não era um cara que entrava em pânico. Ele aprendera cedo na vida que havia duas emoções humanas que não serviam a propósito algum: preocupação e remorso. Porém, quando deu seis horas e ele ainda não havia recebido nenhuma notícia de Ren, sentiu as gavinhas frias da inquietude lançarem raízes na base de sua coluna. Tinham pegado a estrada cedo; ele a deixara pouco depois das dez da manhã. Isso eram quase oito horas de silêncio e, mesmo que ela tivesse se esquecido de que ele queria ser mantido a par de tudo, e mesmo para alguém que não estava acostumada a ligar e avisar como estava, não parecia certo. Infelizmente, não podia rastrear seu celular sem um iPad ou um notebook, e não tinha nenhuma dessas coisas no momento. Então continuou ligando. Ele ligava e o telefone tocava até cair na caixa postal, e ele deixava mais uma mensagem.

Mas a primeira vez que foi *diretamente* para a caixa postal — indicando que tinha sido desligado ou que a bateria tinha acabado — foi o momento em que a inquietação se transformou em pânico real. Ele não tinha como fazer contato com Ren, nenhum jeito de saber se ela estava a salvo.

Às sete, com o sangue pesado de ansiedade e terror, foi até o saguão, decidindo esperar por ela ali. A cada carro que encostava no estacionamento, ele pensava: *Talvez seja ela num táxi. Talvez seja o pai dela a trazendo.*

Uma hora se passou, e ainda não havia nem sinal da garota.

Ele abordou o balcão da recepção.

— Você viu uma mulher com vinte e poucos anos, mais ou menos dessa altura? — Ele levou a mão até a altura do peito. — Cabelos loiros muito, muito compridos?

Foi com essa descrição que o rosto da mulher relaxou.

— Posso saber seu nome, senhor?

— Edward. Edward Fitzsimmons.

— Obrigada. Sim, ela foi embora várias horas atrás com um casal mais velho. — A mulher se abaixou, abrindo uma gaveta, e depois colocou o celular no balcão. — E ela deixou isso para você.

Edward pegou o telefone, anestesiado, e caminhou em transe até o elevador. De volta ao quarto deles — não, o quarto *dele*, pensou, desolado —, perdeu a noção do tempo, olhando para o chão, tentando repassar todos os cenários possíveis.

Casal mais velho podia significar Gloria e Steve, mas não compreendia como teriam encontrado Ren ali. Podia significar Christopher Koning e a esposa dele e, nesse caso, Ren talvez tivesse optado por ficar na casa deles naquela noite. Mas, então, por que não ligar?

Não importava como ele analisasse as contingências, algo não estava certo.

E o único lugar por onde começar, ele sabia, era a Birchwood Terrace, nº 1.079.

A rua era tão diferente à noite. Ou talvez fosse apenas o humor dele, vendo tudo com suspeita. Para uma mente ansiosa, o que durante o dia parecia uma utopia à noite lembrava uma vizinhança que poderia facilmente mascarar algo sombrio, que poderia sem esforço algum deixar uma jovem de vinte e poucos anos inocente desaparecer.

Havia luzes lá dentro; eram suaves e quentes, e do alpendre ele podia ouvir música. Fechando os olhos, respirou fundo, devagar. *Acalme-se, Edward. Existe uma explicação. Você vai encontrá-la.*

ENROLADA EM VOCÊ

Ele ergueu o punho e bateu. O som de passinhos ecoou no piso de madeira e a porta se abriu, revelando — puta merda — uma Ren pequenina de pijamas e meias.

Cabelo dourado se derramava sobre os ombros dela. Olhos verdes enormes o fitavam. Algo que parecia uma lança perpassou seu peito.

— Oi — disse ele, oferecendo um sorriso amistoso.

— Mamãe, tem um homem na porta! — gritou ela em resposta, e voltou correndo pelo vestíbulo.

Uma mulher se debruçou por uma porta à distância e arfou.

— Ah! Emily! Espere a mamãe ou o papai antes de atender a porta!

Enxugando as mãos no avental, ela se aproximou, chamando de novo por cima do ombro.

— Meu bem, tem alguém aqui!

Na outra sala, uma voz masculina murmurava algo, e Edward só conseguiu ouvir:

— ... docinho... porta... sempre... eu ou a mamãe... segura.

O coração de Edward era uma fera urrando no peito. Aquela não parecia ser a casa de sequestradores suspeitos. Mas também não parecia que Ren estivesse ali. Ela teria saído com a menção de um homem na porta, ele sabia que teria.

A mulher o encontrou na entrada e sorriu.

— Oi, posso ajudar em alguma coisa?

Edward tentou abrir um sorriso simpático, tirar a ponta de histeria em seus olhos.

— Oi, pode sim, eu queria saber se o sr. Christopher Koning mora aqui.

A expressão da mulher vacilou.

— Mora, sim, é o meu marido. Deixe eu... — Ela parou, olhando para trás e, vendo-o já se aproximar, disse: — Ele perguntou por você.

O homem em frente a Edward era exatamente como a foto impressa que Ren havia trazido consigo: cabelo loiro, olhos verdes, um sorriso esperançoso. Mas a semelhança com a filha era ainda mais forte pessoalmente. Ren tinha o nariz igual ao dele: estreito e com a ponta delicadamente arrebitada. Eles compartilhavam a mesma coloração, o mesmo arco de sobrancelhas. Mas havia algo a mais, uma aura indefinível em torno dele que também *passava a sensação* de Ren.

Se eram os olhos gentis ou o sorriso paciente que dizia que não estava com pressa para que Edward encontrasse as palavras certas, ele não saberia dizer. A cabeça de Edward girava.

— Eu sou o Chris — disse o homem. — Como vai?

Edward apertou a mão que ele ofereceu.

— Estou bem, obrigado. Meu nome é Edward. — Ele engoliu em seco, incapaz de prever como aquilo se desenrolaria. — Desculpe por aparecer na sua casa assim. Eu tenho uma pergunta estranha.

Chris sorriu e saiu, fechando a porta atrás de si.

— Vamos ouvir essa pergunta.

— Por acaso uma moça veio até a sua casa hoje? — perguntou Edward.

Chris franziu a testa.

— Não... — Mas aí algo pareceu lhe ocorrer e os ombros do homem se enrijeceram enquanto ele dava mais um passo. — Quem você disse que era? Quem veio aqui hoje?

— O nome dela é Ren.

Chris não demonstrou nenhum sinal de reconhecimento, mas seus olhos estavam selvagens agora, vasculhando os de Edward.

— Nós atravessamos o país de carro para te encontrar.

— Qual a idade dela? — perguntou Chris, bruscamente.

— Ela acabou de completar 23 anos. — Edward fez uma careta. — Eu a deixei aqui mais cedo para conversar com você, mas ela não voltou ao hotel e fiquei preocupado.

Chris estava branco feito um fantasma e Edward pegou o celular, abrindo a galeria de fotos para lhe mostrar uma imagem de Ren no jantar da outra noite. Ele passou pelas fotos dela no monte Rushmore.

— Esta é ela. Esta é Ren. Ren Gylden? — Fazendo uma pausa, ele acrescentou, baixinho: — Ela... Ela acha que você pode ser o pai dela.

Com a mão trêmula, Chris pegou o celular e fitou a garota sorridente.

— Gracie?

Edward ficou imóvel.

— Do que você a chamou?

Quando Chris levantou a cabeça, lágrimas escorriam por seu rosto e ele apontou para a tela.

— Esta é a minha Grace. Ai, meu Deus. — Um soluço escapou de sua garganta. — É a minha menina. Minha filha. Becky! Vem aqui! — gritou ele para dentro de casa, antes de se voltar para Edward, um mundo de devastação no olhar. — Ela foi levada vinte anos atrás.

Na mesa da sala de jantar, Chris e Becky Koning espalharam cada documento, fotografia e recorte de jornal que tinham e contaram a Edward a história do desaparecimento da filha de três anos de Chris, Grace Koning, numa celebração de Quatro de Julho num parque local. Chris, então recém-divorciado da mãe de Ren — Aria, uma mulher loira e pequena —, levara a filha para ver os fogos de artifício e, distraído pela pergunta de um homem próximo enquanto procurava pelo suéter da filha, virou e descobriu que ela não estava mais a seu lado.

O que se seguiu foi uma caçada humana que durou nove meses e se espalhou por oito estados. Grace, porém, nunca mais foi vista.

— Ao longo dos anos — disse ele, movendo as mãos cuidadosamente sobre sua coleção de documentos —, houve quase dez mil ligações para a linha direta que instauramos, mas apenas um punhado de pistas críveis. Por anos pensei que a via em todas as multidões. Acho que aquela sensação de precisar procurar por ela a cada segundo em que eu estava fora começou a se esvair talvez oito ou nove anos atrás.

Ele olhou para Becky, que anuiu, esfregando as costas dele.

— Esse tempo todo, ela estava em Idaho. — Ele riu, mais um soluço breve e triste. — Tantas noites eu acordava me perguntando se a tinha imaginado. Eu me levantava e olhava para essas fotos, tentando descobrir como poderia continuar seguindo adiante se nunca mais pudesse ver minha menininha outra vez.

Edward olhou para a casa ao redor. Era aconchegante e cálida, e de sua cadeira podia ver um cômodo maior, com uma TV e dois sofás grandes e fofos. Havia brinquedos pelo chão e uma colagem de arte com papel pardo cobrindo uma parede, um grupo de fotos de família cobrindo outra. Além de Christopher e Becky, havia algumas da menininha que atendera à porta e fotografias mais antigas de outra garota que Edward presumia ser Ren. Seu telefone vibrou no bolso e ele o puxou de imediato, esperando que talvez fosse ela. Vendo que era seu pai, silenciou a ligação.

— Mas eu não entendo — disse Becky. — Se você a deixou aqui, onde ela foi parar?

— Eu a deixei algumas portas mais adiante, sim — falou Edward, desejando ter lutado um pouco mais e insistido para acompanhá-la. — Só sei o que Ren me contou, mas Gloria parece muito controladora. Se eu tivesse que adivinhar, acho que ela estava à espera e provavelmente contou uma boa história a Ren, que a fez questionar se ela queria mesmo conversar com você, no final das contas.

O telefone vibrou de novo, mas ele o ignorou mais uma vez. Esta era a parte que Edward não entendia direito. Por que Ren voltaria para o hotel e deixaria seu telefone no balcão da recepção? Ele só podia presumir que Ren insistira, sabendo que era caro e que ele não teria dinheiro para substituí-lo antes de sua entrevista. Mas por que Gloria concordaria? Ela devia ter sido tão convincente ao persuadir Ren a ir embora consigo que nem se preocupara que um encontro fortuito com ele faria Ren mudar de ideia.

— Sabe onde fica essa propriedade? — perguntou Chris, retirando Edward de seus pensamentos. — Estou usando todas as minhas forças para não fazer as malas agora mesmo e ir para lá.

— Eu sei de modo geral. Ao menos sei que é em Idaho — disse Edward. — Sei que eles vão a uma feira de produtores em Latah. Tem uma loja de quinquilharias perto deles... Acho que provavelmente conseguiria reduzir a área com base em algumas das descrições que ela me deu.

Mais uma vez, o fone vibrou no bolso, três pulsos rápidos. A contragosto, ele o retirou para ver mensagens de texto do pai.

Atenda seu telefone, Edward
Explique o que diabos está havendo
Se não atender esse telefone agora mesmo, eu vou cancelar seus cartões e

Ele parou de ler e se levantou.

— Desculpem. Preciso fazer uma ligação urgente.

Chris também ficou de pé.

— É ela?

— Não, desculpe, é o meu pai. Eu já volto.

Saindo para o alpendre, Edward pressionou o contato do pai. Ele atendeu ao primeiro toque.

— Edward, diga-me onde você está agora mesmo.

O jovem fez uma careta, olhando para um ponto mais adiante no quarteirão.

— Estou na Georgia. É uma longa história.

Seu pai ficou incrédulo.

— Geor...? Quer saber? Eu nem ligo. Mas gostaria que explicasse para mim por que o financeiro da Corona me ligou para dizer que há provas de que você violou os termos de sua bolsa de estudo e tem uma semana para recorrer da expulsão.

Seu coração parou de súbito, com violência.

— Violei? Que provas?

— Acho que eles ainda não estão com a prova. Aparentemente, uma garota te flagrou trapaceando. A mãe dela ligou para a faculdade.

Ele apertou a ponte do nariz, o estômago indo até os pés.

— Pai, não é mesmo o que você está pensando.

— Guarde para você sua ficção, Edward. Eu não ligo para qual esquema montou ou como vai consertar isso, mas é o que vai fazer. Arrume essa bagunça, porque, se for expulso, eu não vou mexer nenhum pauzinho para te colocar de volta. Entendeu?

— Sim, senhor.

Seu coração deu um salto antes de falhar, indo cada vez mais rápido, enquanto as palavras do pai rolavam por sua mente.

Ren não fizera aquilo — fora Gloria quem havia ligado. Ele sabia. Se Gloria sequestrara a própria filha vinte anos atrás, não deixaria nada para o acaso. Este era um tiro de alerta: fique longe de Ren e fique longe de Christopher Koning, ou você perde tudo.

Gloria não sabia que Edward já estava lá, que ele já sabia quem ela era, e que jogaria tudo fora num piscar de olhos se isso significasse tirar Ren das mãos dela.

CAPÍTULO TRINTA E UM

REN

Assim que a antiga picape saiu do asfalto, Ren soube que faltavam apenas mais cinco minutos até estar oficialmente em casa. Passara por aquele trecho poeirento de estrada mais vezes do que podia contar. Subira nas árvores que a cobriam de sombra, andara de bicicleta pela superfície pedregosa e retirara neve suficiente para construir a própria montanha. Conhecia cada buraco e curva, mas tudo parecia diferente. Ren se sentia diferente.

Eles tinham aterrissado em Lewiston apenas uma hora atrás. A antiga Ren estaria tagarelando sem parar sobre sua primeira viagem de avião, sobre estar a bordo de uma aeronave 767-900 de verdade, sobre a pura vastidão do aeroporto de Atlanta. Teria implorado pelo lugar na janela e apontado todos os pontos de referência visíveis; teria feito amizade com os comissários de bordo, se maravilhado com os petiscos gratuitos e se enchido de entusiasmo.

Em vez disso, sentia-se amortecida pelo choque. A tristeza devorava suas entranhas, até que Ren se sentiu ardendo por dentro e teve que pedir licença para ir até o minúsculo banheiro do avião para vomitar a água e os modestos bocados de comida que tinha conseguido ingerir naquele dia.

Agora mal se lembrava do voo ou da breve escala em Salt Lake City. Mal se lembrava do caminho de carro até a propriedade ou das conversas murmuradas acontecendo de vez em quando em torno dela. Estava presa na própria mente, enrolada em pensamentos sobre o que tinha acontecido naquele dia. A revelação sobre o primeiro marido de Gloria; a revelação sobre o passado criminoso de Fitz...

Mas, conforme Ren ruminava a respeito o dia inteiro, algo na linha temporal não parecia certo. A ideia de Gloria ter sido casada antes de Steve cutucava seu cérebro. Gloria havia dito a Ren que ela e Steve tinham se conhecido na faculdade, e Ren sabia que havia nascido quando Gloria estava com 36 anos. Então será que Gloria havia deixado Steve em algum ponto, se casado com Christopher Koning, tido Ren, e Steve e Gloria retomaram o romance depois do nascimento dela? Ou será que ela e Steve só haviam se conhecido quando já eram mais velhos e tinham apenas dito a Ren que se conheceram quando eram mais jovens, desejando assim apagar esse tal Christopher Koning de sua história? Ren queria perguntar, mas sabia que era tarde demais. Sua janela para essas perguntas se trancara no momento em que concordara em voltar para casa.

E o pior de tudo era o modo como os olhos de Edward em sua foto na ficha criminal a atormentavam. Sombrios e deprimentes, pareceram de início tão alheios e desconhecidos que a ameaça na expressão dele a assustou. Sentada no meio-fio em Atlanta, sentira-se como se estivesse olhando para um estranho. Mas a imagem perdurou em sua mente, igualmente vívida a cada vez que ela fechava os olhos. Quanto mais a via, mais jovem e mais desesperado Edward parecia. Ele tinha apenas catorze anos, uma criança ainda, e Ren sequer deixara que ele explicasse o que aquilo tudo significava.

Era tarde, escuro demais para enxergar muita coisa quando contornaram a última curva, e a maior parte da propriedade ficou à vista. Steve parou a caminhonete e eles desceram sem dizer nada; ninguém havia dito muita coisa desde que tinham deixado Atlanta. De fato, ela achava que Steve não olhara para ela nem uma vez.

Seus pés tocaram o chão e o cheiro de grama úmida e alfafa encheu seu nariz. Talvez fosse o cheiro de casa ou o fato de ver realmente o mapa cheio de lantejoulas das estrelas lá no alto pela primeira vez em dias, mas um pouco da estática foi expulsa de sua mente. Seus sapatos crepitaram no cascalho enquanto ela ia até a traseira da caminhonete para pegar a bolsa, só para constatar que Gloria já a tinha em mãos.

— Eu levo isso para dentro — falou Gloria, e Ren assentiu. — Alguns dos pintinhos mais novos acharam um jeito de sair do galinheiro, então quero que dê uma olhada neles antes de entrar. Certifique-se de que estão todos lá.

A única coisa que Ren queria era sumir debaixo do edredom, mas a penugem macia dos pintinhos recém-nascidos não era a pior das boas-vindas.

— Sim, senhora.

Ren se virou para ir, mas parou quando ouviu Steve murmurar:

— Não faz sentido enrolar. Ela vai descobrir de manhã de qualquer jeito.

Ren olhou de um para o outro.

— Descobrir o quê?

— Nós vamos nos mudar — disse Gloria, olhando nos olhos de Ren. — Temos uma reunião com uma corretora imobiliária na cidade amanhã para colocar a propriedade à venda.

— Mudar? — O chão sob os pés dela se moveu. — Mudar para onde?

— Não sabemos ainda — falou Gloria, dando de ombros.

A boca de Ren se abriu, mas nenhuma palavra saiu. Mudança. Nenhuma discussão em família, nada de perguntar como ela se sentia a respeito, apenas declarada como um fato. Já decidido. Ren olhou para a terra deles, para as árvores que haviam plantado, os campos que cultivaram e o chalé que construíram à mão. Sempre presumira que, mesmo que deixasse aquele lugar, ao menos seria capaz de voltar. Do jeito que sempre falavam, Gloria e Steve planejavam morar ali para sempre, queriam que Ren e sua futura família morassem ali com eles.

— Isso é por causa do que eu fiz? — perguntou Ren. — É uma punição?

— Ah, Ren, o que é isso? Nós não venderíamos nossa terra como punição por sua decisão impulsiva. — Gloria se virou para a casa, mas parou. — Estamos nos mudando porque é o certo a se fazer. Talvez precisemos recomeçar do zero, voltar ao que importa. Que é justamente esta família.

Não importava o que ela dissesse, ou como por um momento em Atlanta parecesse que ela e Gloria tinham se conectado, o tom de acusação cortou qualquer argumento que Ren pudesse usar. Alguns dias atrás, Ren não tinha certeza de se queria voltar para a propriedade; agora, a ideia de deixá-la para sempre era como perder um órgão. Essas eram as únicas estrelas que ela já conhecera, e eles queriam tirá-las dela, e tudo por... que motivo? Porque ela os desobedecera?

— Eu não quero me mudar.

— A família está se mudando. Se quer continuar fazendo parte dela, então vai também.

— Gloria...

— Essa discussão terminou — disse Gloria. — Temos uma reunião na cidade amanhã e você vem junto. Vá cobrir os cavalos e conferir as galinhas, depois entre e vá para a cama.

Naquela noite, cercada pelos sons familiares de grilos e pelo ronronado de Pascal aninhado a seus pés, Ren se permitiu chorar baixinho para ninguém escutar.

Sentia saudades de Edward. Não conseguia parar de pensar no rosto dele naquela foto, nos olhos arregalados, na atitude defensiva de um menino abandonado à própria sorte por tempo demais. Ren sabia que ele tinha mais a lhe contar, sabia que havia coisas em seu passado que ele tinha vergonha de revelar. Quando pensou na conversa no lago, Ren deu-se conta que *não* deixara que ele explicasse. Tinha sido tão insistente com o fato de não se importar — que ela o queria, não importava mais nada —, que não o deixara dizer nada.

Ele próprio admitia que não era muito bom em se abrir, e ela prometeu ser paciente. Então por que, quando Gloria foi procurá-la, Ren fora rápida em presumir que Edward esconderia isso dela por tempo indefinido? Ela tinha entrado em pânico, sim, ao ver a mãe. Sim, seu sangue já tinha se inundado de adrenalina com a perspectiva de abordar Christopher. Mas duvidar de Edward tão imediatamente lhe parecia devastador agora. Ele teria lhe contado tudo com o tempo, e ela havia simplesmente fugido. Ren o abandonara, igualzinho a todo mundo.

Gloria achava que Ren era ingênua e, em vários sentidos, ela provavelmente era mesmo. Mas, não importava o que os outros dissessem, Ren não achava que estava sendo ingênua sobre Edward. Ele tinha um passado criminoso, sim. Fora flagrado trapaceando, sim. Mas, mesmo assim, Ren não achava que tinha se equivocado com ele. Edward não permitira que ela dormisse no carro. Ele a protegia com o próprio corpo sempre que estavam em público juntos. Pagara pelas refeições dela, se empenhara para mostrar a Ren partes do país que ela nunca vira antes. Não se aproveitou dela quando ela bebeu; de fato, era sempre ele quem pisava no freio quando ela queria mais. Não, Edward não era uma ameaça para ela. Ren podia não saber muito sobre o mundo, mas sabia disso. Ela nunca, nem uma vez sequer, sentiu-se qualquer coisa aquém de a salvo com ele.

Rolando, soltou um gemido lamurioso no travesseiro. Não sabia se algum dia o veria de novo. Podia ouvir a voz dele agora: *Você é uma adulta, Raio de Sol. Não precisa da autorização deles para frequentar a faculdade. Não precisa da permissão deles para nada.* E, embora isso pudesse ser verdade legalmente, não estava preparada para romper os elos familiares só porque queria ver Edward outra vez.

Ainda assim... Havia algo profundamente errado com esses elos familiares. Por que Ren não podia ficar nos dois mundos? Por que tinha que ser tudo ou nada? Sentia-se tão intensamente desconfortável que não conseguia parar de tremer, mesmo debaixo das cobertas quentinhas.

Quando finalmente adormeceu, seus sonhos foram inquietos. Ela caminhou por quilômetros subindo uma colina de relva sem fim e, a cada passo, o topo parecia estar a apenas alguns metros de distância, sempre fora de seu alcance. Ela caiu para trás, desabando num túnel de escuridão, e — pela primeira vez na vida — os fogos de artifício explodindo ao redor não foram um bálsamo; foram inquietantes. O desconforto arranhava sua garganta, preso ali num grito silencioso. Dessa vez não havia nenhuma mão grande e quente em que segurar. Havia somente ela.

CAPÍTULO TRINTA E DOIS

EDWARD

Edward estava perdendo o juízo, sem ter nenhuma forma de entrar em contato com Ren, andando de um lado para o outro, impotente, no tapete da sala de estar dos Koning. A revelação de que Ren havia sido sequestrada quando tinha três anos de idade e de que Gloria não era sequer a mãe dela — e que, na realidade, vinha mentindo para Ren por toda a vida da garota — disparou uma bomba em sua circulação sanguínea. No momento em que ficou claro que Steve e Gloria podiam estar levando Ren para qualquer lugar agora mesmo, que era improvável que fosse fácil encontrá-los outra vez — podiam se mudar para um novo local, assumir novos nomes, continuar para sempre fora do sistema —, a situação se tornou urgente.

Chris não fazia ideia de quem poderiam ser Gloria e Steve, Edward nunca os vira, e era improvável que estivessem viajando com esses nomes, então, a menos que estivessem caminhando por aeroportos com o cabelo dourado de Ren fluindo pelas costas dela, encontrá-los seria como encontrar uma agulha no palheiro. Chris ligou para seu contato no FBI e Edward contou cada detalhe de que pôde se lembrar acerca das descrições de Ren sobre sua casa: algumas horas de distância de Moscou; um lugar chamado Corey Cove; a cidadezinha por perto com a loja de quinquilharias Hill Valley; um terreno grande, com uma lagoinha e o chalé com a chaminé de pedra, um celeiro vermelho e uma cerca de madeira.

A ansiedade pulsava como um batimento cardíaco acompanhando o seu: *Vá, agora. Vá, agora. Vá, agora* — porém, infelizmente, eles tinham perdido as opções mais rápidas; só havia voos para Idaho de manhã. O contato lhes garantira que agentes na redondeza ficariam de olho em busca de alguém que batesse com a descrição de Ren até que a agência pudesse preparar uma equipe completa. Edward não tinha ideia do que, exatamente, isso queria dizer, ou de quando isso aconteceria. Eles também iriam? Fosse ou não esse o plano do FBI ou de Chris, definitivamente era o seu. Cada segundo que se passava era o segundo em que Ren podia desaparecer para sempre.

Becky colocou a filha deles para dormir e desceu para dar um beijo de boa-noite em Chris.

— Mantenha-me atualizada — disse ela, e a lembrança de seu próprio pedido para Ren mais cedo naquele dia fez uma lança de frustração atravessá-lo.

Ela não tinha deixado nada no telefone dele — nenhuma mensagem de texto, nada em suas anotações, nada no e-mail. O que Gloria teria dito para fazer com que Ren fosse embora sem nem olhar para trás?

Chris desabou no sofá, pressionando as palmas das mãos nos olhos.

— Estou enlouquecendo aqui.

— Eu também.

— Só queria saber quem eram essas pessoas. Como eles nos conheciam? Foi aleatório? Por que Grace? Quem faz uma coisa dessas? Quem pega uma menininha assistindo aos fogos de artifício com o pai no Quatro de Julho?

— Monstros, só isso.

— A mãe dela e eu tínhamos nos divorciado — disse Chris. — A mãe de Gracie, Aria... Ela... Digo, eu confesso, ela era um tanto caótica. Bebia demais. Era terrível com dinheiro. Tudo isso foi o que acabou com a gente, e eu pedi a guarda integral, e não foi uma batalha. Mas aí Aria voltou à cena. Ela aparecia em qualquer horário, batendo na porta, querendo ver Grace. Algumas vezes estava tão bêbada e barulhenta que tive que chamar a polícia. Então é claro que quando Gracie sumiu, mais ou menos por essa mesma época, nós passamos dois meses só procurando por Aria, pensando que era óbvio que ela a havia levado, pensando que esse era o nosso caminho para Gracie. Mas aí certa noite Aria apareceu no alpendre, querendo ver a nossa menina e, depois de um interrogatório bem intenso pela polícia e de conferir todos os álibis e localizações dados por ela, ficou claro que Aria não tinha nada a ver com o fato. Havia simplesmente caído na bebedeira. Perdemos tanto tempo olhando no lugar errado...

— Isso é simplesmente... — Edward não tinha palavras para o quanto era horrível. — Mas que momento mais horrível para cair na bebedeira.

Chris riu, sombrio.

— Nem me diga. — Ele se debruçou adiante, apoiando os cotovelos nas coxas e fitando o chão, desolado. — Eu sabia que seria difícil, sabe? Tomar conta dela sozinho. Mas estava conseguindo. Eu não era muito ruim nisso. Com certeza não perdi minha filha — disse ele, a voz embargada; e Edward podia ver que, apesar de toda a esperança que sentia, a perspectiva de encontrá-la estava desenterrando toda a dor e a culpa outra vez. — Mas ela foi levada bem do meu lado; sabe quanto é difícil ter que enfrentar esse fato? Como é fácil jogar essa culpa toda aos meus pés?

— Nada disso é culpa sua.

— Eu teria dado tudo por ela. Tinha um plano para como conseguiria me virar como pai solo. — Ele fungou, enxugando os olhos. — Havia vizinhos que ajudavam, mas eu estava me virando. E, quando Gracie desapareceu, todo mundo se uniu. Todo mundo espalhou cartazes, andou pelas ruas e fez tudo o que pôde... — Chris se interrompeu e depois se aprumou. — Ai, meu Deus.

Edward parou de andar e se virou de frente para ele, a pele se arrepiando.

— O quê?

Chris foi até a janela e olhou para a casa em frente à dele, a duas portas mais abaixo na rua.

— Eu passei vinte anos pensando nisso. Passei vinte anos considerando cada ângulo possível. Pensei em quem nos conhecia, quem nos amava, quem se ofereceu quando Gracie desapareceu. Mas nunca pensei em quem não o fez. — Ele olhou para Edward por cima do ombro. — Acho que acabo de me dar conta de quem a levou.

CAPÍTULO TRINTA E TRÊS

REN

Ren se levantou junto ao sol e estava atolada até os cotovelos em tarefas muito antes do café da manhã. O trabalho duro era preferível ao filme ininterrupto de dúvida passando em sua mente, e assim, por algumas breves horas, ela se deixou levar ao alimentar e dar água aos animais, recolher os ovos e cuidar das caixas para os ninhos. Entrou para enfiar uma tigela de granola goela abaixo entre as tarefas, mas Ren podia muito bem ser invisível. As broncas e novas regras que tinha certeza de que viriam nunca se materializaram.

Em vez disso, Steve e Gloria falavam como se ela nem estivesse ali, discutindo direitos da água em Oregon e o Mercado de Produtores de Portland enquanto analisavam mapas de terreno e plantações espalhados na mesa entre eles. Quando Gloria mandou Ren para o sótão a fim de buscar pêssegos, já havia caixas esperando para serem embaladas ali.

Ren não conseguia entender. Seus pais não eram impulsivos. Se procurasse a palavra *cauteloso*, o rosto deles estaria logo ao lado de todas as definições possíveis. Levaram um ano para decidir onde queriam cavar a lagoinha, e o dobro disso para enfim começar a obra. Tomavam o mesmo café da manhã todas as manhãs, iam para a cidade nos mesmos dias toda semana, e não substituíam nada se alguma quantidade de fita adesiva ainda mantivesse tudo inteiro. Ela nunca os ouvira sequer tocar no assunto de ir embora dali, mas agora já estavam parcialmente empacotados e prontos para partir?

De volta à cozinha, desejou de novo poder falar com Edward. O peso da ausência dele sobrecarregava todos os pensamentos de Ren enquanto se postava junto à pia, a água esfriando diante de si. Fosse como Edward ou como Fitz, ele ainda era o mesmo homem que assistira a filmes que já vira uma dúzia de vezes porque ela nunca tinha assistido, sofrera por armadilhas para turistas para que ela pudesse ter uma aventura, e não suportava a ideia de dividir uma cama porque queria demais beijar Ren. Ele era a pessoa que lhe mostrara como beijar, como se aninhar e como abrir seu coração para alguém.

Ele também fora a pessoa que a levara até Atlanta para conhecer seu pai e insistira para que telefonasse e o mantivesse atualizado, e ela nunca o fizera.

Deus, o que Edward deveria estar pensando? Ela precisava avisá-lo de que estava bem. Precisava lhe dizer que lamentava muito. Precisava descobrir como fazer isso. Ninguém mencionara nada sobre ela voltar para a faculdade, mas seu baú ainda estava no dormitório, cheio com suas coisas. Ela tinha quase certeza de que ninguém estaria disposto a levá-la para lá outra vez.

Ren teria que se mudar com os pais ou ir embora por conta própria, possivelmente perdendo-os para sempre.

O som de Steve deixando a mesa do café a trouxe de volta para o que ela supostamente devia estar fazendo. Colocou sua louça no escorredor e secou as mãos, feliz em se recolher no celeiro, onde poderia se perder nas tarefas de novo e criar um plano. A voz de Gloria a fez parar na saída.

— Pode terminar suas tarefas mais tarde — anunciou a mãe, enrolando os mapas e prendendo cada um com um elástico. — Ajude-me a colocar as coisas na caminhonete. Nós vamos para a cidade.

P odia não ter a intenção de um castigo, mas, quando os pais de Ren apontaram para um banco do lado exterior da imobiliária e lhe disseram para ficar ali até eles terminarem, com certeza era essa a sensação que ela tinha.

O escritório da corretora imobiliária ficava na mesma loja minúscula que a da costureira e da tabeliã, porque os três eram a mesma pessoa. Na porta ao lado ficava a padaria da srta. Jules, que também funcionava como creche para um punhado das crianças menores da área.

Até recentemente, a cidadezinha minúscula de Ren era a única que ela já tinha conhecido; vê-la com novos olhos era desorientador. A saída da estrada para a rua principal sempre tinha sido empolgante. Ela gostava das pessoas, gostava de ver como as vitrines mudavam lentamente, gostava da novidade de estar em um lugar diferente, mesmo que já tivesse estado ali uma centena de vezes. Agora imaginava Edward sentado a seu lado e tentando entender como raios as pessoas moravam num lugar tão isolado. Pela primeira vez, enxergou as marcas e a tinta descascada, o asfalto rachado e as placas tortas das lojas. Não havia Starbucks nem nada que funcionasse 24 horas. Dava uma sensação claustrofóbica com sua estrada rachada com apenas uma mão e seu único e solitário farol balançando. Edward não pertencia a um lugar assim. Ele não se encaixaria; era grande demais, urbano demais para sua cidade sonolenta. E, quanto mais Ren pensava a respeito, mais se perguntava se também tinha ficado grande demais para ela. Com uma população de poucas centenas, todo mundo ali conhecia todo mundo e podia detectar um desconhecido no segundo em que ele colocasse os pés na rua principal. Mesmo enviar uma carta privada no correio não passava despercebida.

Enviar...

A palavra cutucou sua nuca enquanto o olhar passava para a loja de bugigangas do outro lado da rua. Ren se deteve por um instante, a compreensão lhe ocorrendo. No mínimo, precisava avisar Edward de que estava bem. Não tinha um telefone e não saberia o número dele, mesmo que tivesse um próprio. Enquanto ficasse ali, seus pais controlariam todos os aspectos de sua vida, mas havia uma coisa que não podiam desativar. Se ela corresse, talvez ainda desse tempo.

Sabendo o tamanho da encrenca em que se meteria se saísse sem avisar ninguém, Ren entrou na padaria.

— Srta. Jules? — chamou ela. — Se vir os meus pais, pode avisá-los que corri até a loja de Jesse e Tammy por um instante e já volto?

Jules levantou a cabeça da reprise de seu programa e deu um joinha para Ren com a mão artrítica.

— Claro, Ren.

Ren atravessou a rua correndo e entrou no interior escuro da lojinha. Do alto-falante preso ao revestimento do teto saía uma música country que tocava baixinho e Ren analisou os corredores, encontrando Tammy numa escada estocando uma ponta de gôndola com latas de feijão e uma placa que anunciava uma oferta de compre dois e leve o terceiro de graça.

— Tammy! — disse ela, animada. — Oi!

— Ren! Ai, minha nossa! Olha só você! — Tammy desceu da escada e puxou Ren para um abraço. — Parece uma universitária mesmo!

— Sou só a mesma velha Ren de algumas semanas atrás — falou ela, rindo.

— De jeito nenhum. — Tammy a segurou pelos ombros e olhou bem para ela. — Tem algo nos seus olhos que não estava aí antes.

Ren tinha certeza de que Tammy tinha razão.

Colocando o polegar acima do ombro, Ren perguntou:

— Meus pais estão ali na Belinda. Tudo bem se eu usar o banheiro?

— Claro que tudo bem, docinho. Venha, vamos pegar a chave.

Enquanto acompanhava Tammy pela loja e o corredor estreito até o escritório nos fundos, Tammy falava sobre tudo o que tinha acontecido na cidade desde que Ren a vira pela última vez: o novo salão de cabeleireiros que abrira na mesma rua, a nova receita de scones de Jules, o encontro que o velho Donny tivera com um alce. O escritório era uma salinha pequena com placas, rótulos e caixas de suprimentos. Bandeirinhas de Páscoa adornavam um refrigerador azul-celeste, cuja superfície estava lotada de cronogramas e panfletos aleatórios. Duas mesas ficavam encostadas contra paredes opostas. Zumbindo baixinho numa delas havia um computador.

Tammy puxou de um gancho um chaveiro laranja-vivo de mola bem na entrada e o entregou para Ren.

— Prontinho.

Ren apanhou a chave com um sorriso.

— Acho que tem um pouco de cookies das escoteiras no congelador se estiver com fome — disse Tammy. O sino acima da porta de entrada soou e a mulher mais velha apertou o ombro de Ren. — Fique à vontade, Ren. Bom te ver, docinho.

Ren sorriu para a silhueta que se afastava, mas, em vez de se dirigir ao banheiro, foi direto para o computador antigo.

Ela estivera naquela sala centenas de vezes ao longo dos anos, fazendo vários serviços para Tammy e Jesse, então digitou a senha de memória, esperou o navegador abrir e rapidamente fez login no portal dos alunos da Corona. O endereço de e-mail de Ren no domínio da Corona College era rgylden, e ela presumia que todos os alunos tivessem o mesmo formato, por isso ia tentar enviar para efitzsimmons e torcer para dar certo. Mas, no instante em que abriu seu e-mail, seus olhos caíram de imediato numa mensagem no topo, vinda do dr. Audran, com a palavra URGENTE na linha do assunto.

Ren,

Eu sei que as aulas ainda não voltaram, e espero que esteja tendo férias agradáveis e merecidas. Normalmente não enviaria um e-mail sobre algo assim, mas não tenho um número de telefone registrado em seu nome ou no de seus pais, e considero o assunto deveras urgente. Recebi uma ligação de sua mãe, que me informou que você testemunhou Edward Fitzsimmons trapaceando no teste dele. Primeiro, quero lhe assegurar que qualquer coisa que me diga será mantida no mais estrito sigilo. A universidade leva essas coisas muito a sério. Garantiremos que não sofra nenhum tipo de retaliação caso corrobore essa história. Contudo, devido à gravidade da situação, existem certos procedimentos que devemos seguir, e preciso verificar essa informação com você. Pode entrar em contato comigo por telefone assim que possível?

Meus dados estão abaixo e, mais uma vez, me desculpe por perturbar suas férias.

Cordialmente,
Michel Audran

Ren respirou fundo, tentando acalmar seu coração disparado. Gloria tinha telefonado para o dr. Audran? O estômago de Ren afundou quando ela lembrou que, devastada como estava em Atlanta, havia contado a Gloria sobre a trapaça, sobre a polaroide. Mas por que Gloria se incomodaria em ligar para a faculdade para reportar isso? Ren tinha mais ou menos cem perguntas e zero tempo para responder a qualquer uma delas. Tudo o que sabia era que não podia envolver Edward nessa confusão com a mãe. Isso era entre ela e os pais.

Com os dedos no piloto automático, ela apertou o botão para responder e digitou o e-mail mais rápido de sua vida.

Dr. Audran,

Muito obrigada por me mandar esse e-mail. Deixe-me lhe assegurar que essa história é completamente falsa. Nunca testemunhei Fitz trapaceando. Nunca disse a ninguém que havia testemunhado isso. Não sei qual é a intenção da pessoa que telefonou para o senhor, mas com certeza não foi a minha mãe, porque essa conversa nunca ocorreu. Lamento muito que o senhor tenha sido retirado de suas merecidas férias. Espero que não haja problema por ter respondido via e-mail, já que não tenho acesso a um telefone.

Boas férias de primavera!
Ren Gylden

As mãos dela tremiam quando apertou o botão de enviar e, com um peso de chumbo caindo na barriga, lembrou-se de Gloria pegando sua bolsa no dia anterior. Será que Gloria tinha pegado a polaroide? E, se tinha, quando ela havia ligado para a faculdade? A família não dispunha de linha telefônica; ainda que Gloria tivesse um celular secreto, ficavam tão distantes da cobertura das antenas que ela não seria capaz de usá-lo na propriedade. Pelo menos, Ren achava que não... Ela nunca tivera um celular para tentar. Talvez Gloria tivesse ligado do aeroporto quando fora ao banheiro. Mas por quê? Ren pressionou as mãos contra os olhos, perplexa. Por que Gloria se daria a todo esse trabalho quando Ren já estava em casa, sã e salva? Por que ir atrás de Edward?

Enjoada de medo, Ren movimentou o mouse para começar um novo e-mail para ele, mas congelou quando o sino da porta tocou outra vez.

— Oi, aí! — chamou Tammy.

— Oi, Tam — respondeu Gloria. — Jules disse que Ren veio para cá. Ela está aí?

O coração de Ren caiu no chão. Levantando-se com pernas bambas, rapidamente desligou o monitor do computador.

— Está sim, com certeza. — A voz de Tammy pairava sobre os corredores enquanto Ren atravessava a área na ponta dos pés. — Ela está lá nos fundos, usando o banheiro feminino.

Saindo disfarçadamente do escritório, Ren correu até o banheiro e abriu a porta, voltando para a entrada como se estivesse acabando de sair, bem quando Gloria fez a curva e ficou à vista.

— Oi — disse Ren, fechando a porta atrás de si. — Vocês terminaram o que vieram fazer?

A mãe olhou para Ren por um longo instante antes de passar os olhos de relance no escritório aberto a menos de três metros.

— Sim.

CAPÍTULO TRINTA E QUATRO

REN

Ren fez a limpeza após o jantar tão depressa quanto possível sem parecer que fazia tudo correndo. A última coisa que queria era que sua energia interna frenética transparecesse externamente, fazendo levantar a antena dos pais. Embora talvez já fosse tarde demais para isso, Ren raciocinou. Não que Gloria prestasse mais atenção a ela do que o habitual, mas Ren sentia algo quando a mãe *olhava* para ela, uma pergunta em seus olhos que não estava ali antes. Isso explicaria por que Ren mal tivera um momento para si desde que tinham voltado da cidade. Já ajudara a descarregar a caminhonete, em seguida fora mandada para o sótão para começar a embalar as conservas e depois ao celeiro para fazer o inventário. Mas com o céu escuro e o último prato do jantar guardado, viu surgir sua chance. Steve e Gloria estavam ocupados com as informações que a corretora imobiliária lhes passara e Ren pediu licença para se preparar para dormir, caminhando em silêncio para o quarto. Uma revirada rápida na mochila revelou que a polaroide tinha sumido. Com a respiração se prendendo na garganta, Ren pegou o corredor discretamente e entrou no quarto dos pais.

Na primeira prateleira do armário deles havia uma caixa achatada que continha todos os documentos importantes deles. Ren vira Gloria abri-la de vez em quando, mas sempre havia tido a impressão de que a caixa era *proibida para Ren*.

Isso nunca lhe parecera estranho até agora.

Em silêncio, deslizou a caixa para fora da prateleira, colocando-a na cama. De ouvidos em pé, esforçou-se para escutar o som de passos vindo em sua direção, mas ainda podia ouvir as vozes deles do outro lado da parede, conversando.

Levantando a tampa, espiou lá dentro. A grossa pilha de papéis era muito maior do que esperava, dada a vida simples deles. Vasculhou as páginas, passando por registros de animais, sua certidão de nascimento, os títulos e registros de vários equipamentos agrícolas, e então ali, bem no fundo da pilha, parou numa certidão de casamento com o selo do cartório do condado de Fulton.

Buscando por uma data, tirou o papel lá de dentro e o inclinou para ler sob a parca luz vinda do alpendre na frente da casa, filtrada pela janela. Não podia acreditar no que estava vendo. Exatamente como temia, estava datada de oito anos antes de ela nascer. Será que Gloria podia ter se casado com Steve, tê-lo deixado, casado com Chris Koning, dado à luz Ren, deixado Chris Koning e casado com Steve de novo? Era possível. Plausível? Não. Parecia sinuoso demais, complexo demais.

Outro detalhe chamou sua atenção e ela teve que piscar, certificar-se de que estava lendo a linha correta no documento. Porque não eram os nomes de Gloria e Steve diante dela. Aquela era a certidão de casamento de duas pessoas chamadas Adam Zielinski e Deborah DeStefano.

Frenética agora, e com os tentáculos gelados da percepção cutucando os pensamentos, folheou as outras páginas. Havia uma certidão de nascimento para Gloria sob o nome Gloria Smith, e uma para Steve Gylden também. Suas mãos tremiam quando as colocou de lado, cavoucando para além dos registros antigos, páginas soltas de garantias de equipamentos e faturas, até o ponto em que encontrou mais duas certidões de nascimento, dobradas em três e desbotadas pelo tempo. Abrindo-as com cuidado, Ren encarou os nomes ali: Adam Zielinski e Deborah DeStefano. E, bem no fundo da caixa, havia passaportes.

Seus dedos mal cooperaram quando ela os abriu, tapando a boca com a mão quando o rosto bem mais jovem de Gloria a fitou dali. Ao lado da foto estava o nome Deborah Louise DeStefano. Ren largou o passaporte na caixa como se tivesse se queimado e olhou para o quarto ao redor, em pânico.

Esse tempo todo ela estivera focada na possibilidade de que Steve não era seu pai; agora se perguntava o que mais não estavam lhe contando. Seria Deborah o nome verdadeiro da mãe? E, se fosse, por que ela o tinha mudado para Gloria? Por que Steve mudara o seu? Em um instante entorpecedor, pulsante, Ren subitamente se perguntou... Será que *nenhum dos dois* era seu parente real?

Ela se sentia mole, o sangue cheio de estática enquanto se atrapalhava para procurar a polaroide, mas depois desistiu, endireitando a pilha para devolver tudo exatamente como tinha encontrado. Com o coração martelando na garganta, saiu se esgueirando do quarto deles e percorreu os poucos passos de volta ao seu, buscando ali mais uma vez. Sua mochila estava no chão, perto do pé da cama, e ela a revirou de novo, agora jogando o conteúdo no chão — sua camiseta e shorts de dormir, o livro de monumentos que Edward lhe dera, o cartão-presente e o relógio do Águia Furiosa. Mas a polaroide não estava ali.

— Procurando isso aqui?

Ela tomou um susto e se virou, encontrando Gloria na porta, a foto de Edward na mão.

— Gloria — disse ela, baixinho —, o que está fazendo com isso?

Gloria a encarou por um instante, depois entrou no quarto de Ren e se sentou na cama.

— É a nossa apólice de seguro.

O pavor percorreu o corpo de Ren num estremecimento, e ela passou os braços em torno do corpo. Precisava ir embora. Podia não saber todos os detalhes, mas cada célula de seu corpo gritava que ela precisava escapar. Para qualquer lugar.

— Apólice de seguro?

— Nós vamos nos mudar e começar do zero. Você não vai tentar encontrar Christopher Koning. Nunca mais vai mencionar esse nome de novo.

— Do que você...

— E, se mencionar — Gloria a cortou, balançando a foto —, vou enviar isso para todo canto e dizer para a administração daquela faculdade que esse garoto te sequestrou e te levou para o outro lado do país. E que ele abusou de você.

— Isso... isso é loucura — gaguejou Ren, o surto borbulhando em sua garganta. — Isso não aconteceu. Vou contar a todos que está mentindo.

O rosto de Gloria se suavizou.

— Ah, meu bem, daí eu direi que isso é só o trauma falando — disse ela com uma doçura fingida, a máscara de mãe preocupada se encaixando no lugar. — "Ah, nós estamos tão preocupados com Ren. Todos os especialistas aos quais a levamos nos dizem que ela pode querer protegê-lo. Dissemos para ela não se preocupar. Que está a salvo agora. Nunca mais deixaremos que ele toque nela outra vez."

Ren sentiu as lágrimas quando elas escaparam, escorrendo por seu rosto.

— Não entendo por que estão fazendo isso.

Steve apareceu na porta.

— O que é essa bagunça aqui?

Gloria olhou para ele.

— Ren está chateada que não vamos deixar que ela veja aquele garoto de novo.

— Você acha que é com isso que estou chateada? — disse Ren, em meio a um riso entre lágrimas. — Eu nem sei quem vocês são!

Os dois voltaram os olhos para ela.

— O que foi que disse? — perguntou Gloria, os olhos atentos feito um gavião.

— Eu olhei na caixa no seu armário. Estava procurando pela foto, mas havia um monte de coisas sobre você e Steve lá dentro que não entendi. — Ren olhou para ele. — Esse é o seu nome mesmo?

Os olhos do homem se estreitaram e ele sugou os dentes, olhando para Gloria, que estendeu sua mão para dar firmeza.

— O que está dizendo, Ren? — perguntou ela.

Ren respirou fundo, devagar.

— Estou perguntando se você é minha mãe de verdade.

Gloria riu.

— Você está se ouvindo? É claro que sou sua mãe.

— Então quem são Adam Zielinski e Deborah DeStefano? E quando foi, exatamente, que você casou com Chris Koning?

— Que tal a gente dormir um pouco? — falou Gloria. — A gente conversa de manhã.

— Eu não acho que seja uma boa ideia. — Steve deu um passo para dentro do quarto e olhou pela janelinha. — Estou te dizendo, Gloria, temos que ir embora esta noite.

Esta noite? Enquanto eles conversavam, Ren olhava para o quarto ao redor, tentando formular um plano, uma voz dentro de sua cabeça sussurrando a mesma palavra sem parar: *Fuja.*

— Não estamos nem perto de prontos — argumentou Gloria. — Mesmo que aquele garoto consiga chegar perto, não somos fáceis de encontrar.

Aquele garoto. Edward.

A pulsação de Ren disparou. Ela relembrou todas as histórias que lhe contara, todos os detalhes que lhe dera sobre a propriedade e a cidadezinha. Será que ele teria como descobrir? Teria como encontrá-la?

Steve balançou a cabeça.

— Estou com um mau pressentimento. Temos que ir. — Ele indicou Ren com a cabeça. — Ela sabe agora, e outros talvez saibam também. O que faremos com ela?

A cabeça de Ren se levantou.

— *Fazer* comigo?

— Nós a levaremos — respondeu Gloria. — Ninguém mais sabe quem somos, só ela.

As palavras fizeram uma onda de náusea atingi-la e, por alguns instantes assustadores, Ren pensou que talvez não fosse forte o bastante para processar o que ela queria dizer. *Ninguém mais sabe quem somos, só ela.*

Um assovio cortou o céu, seguido por um estrondo ensurdecedor que sacudiu o chalé todo. Eles caíram no chão, cada um cobrindo a cabeça enquanto luzes rodopiavam pelas quatro paredes do quartinho. Quando Ren arriscou uma olhada, a escuridão lá de fora tinha sido fragmentada, a luz piscando em intervalos intermitentes.

Gloria correu para a janela enquanto um facho de ouro assobiava pelo céu e explodia em cores acima deles. Mais deles vieram, um após o outro, explosão seguida de explosão, enchendo o céu de cores.

Fogos de artifício.

Steve se virou, gritando para Gloria.

— Está vendo aquilo? Gloria, eles sabem!

Antes que Ren pudesse entender qualquer coisa, foi empurrada para a cama e Gloria assomou sobre ela.

— Fique quietinha. Não me teste, Ren. — Em seguida, se virou para Steve. — Pegue as armas. Vou pegar as chaves.

Eles saíram correndo do quarto e Ren olhou ao redor freneticamente, tentando formar algum tipo de plano. Steve havia dito *Eles sabem*. Será que isso queria dizer que esses fogos de artifício eram para ela? Seu coração gritava o nome dele — *Edward* —, mas sua mente afastou a fantasia com um tapa; ele estava do outro lado do país. Ainda que descobrisse quem ela era, ela o deixara — por que ele viria para cá?

Quando uma erupção de laranja e dourado irrompeu no som de um tiro lá fora, Ren olhou pela janela a estradinha da entrada, tentando descobrir de que direção os fogos estavam vindo.

Mas não eram apenas fogos de artifício. À distância e depois da curva da longa estradinha havia redemoinhos pulsantes e cadenciados de azul e vermelho.

A polícia estava ali. Tinha que ser ele. Tinha que ser. Quem mais saberia onde encontrá-la?

Adrenalina foi despejada nas veias dela, um tiro de pistola colocando-a em ação. Com Gloria e Steve ocupados, gritando um com o outro pelo chalé para guardar armas, roupas e o dinheiro, Ren agarrou o peitoril da janela e tentou abri-la.

— Por favor, por favor, por favor — sussurrou ela, o pânico subindo feito um oceano em seu peito.

A janela não se moveu. Ren correu para sua mesinha, encontrando uma régua metálica para encaixar na moldura e usar como alavanca. Rapidamente, trabalhou na moldura da janela antes de enfiá-la sob a parte de baixo, movendo a régua para cima e para baixo. Por fim, o peitoril cedeu um pouco, grunhindo com a rigidez do inverno, e Ren se encolheu, prestando atenção se o movimento no resto da cabine havia parado. Tão silenciosamente quanto possível, Ren se empenhou em fazer a janela se abrir mais, desistindo por fim quando achou que já era o bastante e, enfiando o corpo pela abertura estreita, empurrou a cabeça e os ombros até que passassem.

Atrás dela, ouviu a voz surpresa de Gloria.

— Steve! Ela está saindo pela janela!

O pânico aumentou e Ren se empurrou com mais força, sentindo o deslizar úmido do sangue pelo pescoço enquanto arranhava o peito na estrutura da janela, mexendo o corpo para colocar a cintura para fora, depois os quadris, as coxas...

Uma mão forte se fechou ao redor de seu tornozelo.

— Ah, não vai, não — vociferou Gloria, inclinando-se para trás e puxando-a com força.

Ren esperneou e estendeu a mão para qualquer coisa que pudesse encontrar, tentando achar um apoio para se alçar para a liberdade. A pressão das mãos de Gloria ficou mais forte, e ela gritou para que Steve saísse pela frente e pegasse Ren do outro lado.

Com o pânico enviando fogo para sua pulsação, Ren gritou no silêncio entre fogos de artifício, as sílabas esperançosas cortando o ar como uma faca penetrante — EDWARD! —, e enfim conseguiu soltar uma perna das mãos de Gloria. Ela chutou de novo, com força, e sentiu o pé atingir algo mole. Um grunhido soou lá de dentro e então as mãos de Gloria se afastaram e Ren caiu no chão justamente quando a porta da entrada se abriu.

Os olhos de Steve encontraram os dela.

— Fique bem aí, Ren — alertou ele, descendo os degraus da frente da casa correndo.

Ela, porém, se levantou apressada, atrapalhada, disparando como um tiro pela estradinha da casa. À distância, podia ver uma fila de carros, luzes piscando e silhuetas de figuras.

— Edward! — gritou ela, rezando para que o rapaz estivesse ali. Ela não tinha mais ninguém. Mais nada. Ele era a única pessoa que não a traíra. — EDWARD!

Sob o luar, viu uma comoção e depois duas figuras se desgarrando da fila, correndo em sua direção. Um medo instintivo pulsou por um momento, até que uma explosão irrompeu lá no alto, a chuva gentil de azul e prata iluminando a propriedade. Pôde vê-los. Tinham se separado da barricada e corriam direto para ela.

— Ren! — gritou Edward. — Corre!

Tiros soaram atrás dela, um assovio passando com tudo por sua cabeça, perto o bastante para fazer com que arrepios descessem por seu braço.

Outra voz. Uma voz masculina, que ela conhecia de algum lugar, no âmago de suas entranhas.

— Gracie!

Dez metros para chegar às duas figuras... Cinco metros... Três...

Outra bala levantou poeira ao lado dos pés dela, bem quando colidiu com o peito de Edward, os braços dele subindo em torno de Ren, puxando-a para junto de si, antes que mais alguém os capturasse de lado, derrubando-os na vegetação rasteira no exato instante em que disparos de tiro choveram sobre o chalé.

CAPÍTULO TRINTA E CINCO

EDWARD

Edward não ligava para os espinhos, os galhos ou o frio. Ele nunca mais ia soltá-la.

Vozes se elevaram, passos soaram pesados na direção deles, gritos e instruções abafados. Ren estava encolhida numa bola nos braços dele, as mãos sobre os ouvidos, tremendo com violência.

— Ren, xiiiiu, eu tô aqui — assegurou-lhe. — Estou com você. Estou com você.

— O que tá acontecendo? — perguntou ela, junto ao peito dele. — Cadê eles? Estão vindo?

— Você está a salvo — falou Chris, passando a mão com cuidado sobre as costas dela.

— Eles estavam atirando — soluçou ela no peito de Edward. — Estavam atirando em *mim? Meus pais estavam atirando em mim?*

O olhar indefeso de Edward encontrou o de Chris sobre o topo da cabeça de Ren. Em pânico, ele balançou a cabeça, sem saber o que dizer.

— A polícia está aqui — murmurou Chris, baixinho. — Vários e vários policiais. Vai ficar tudo bem.

Edward sabia que Chris devia estar certo, mas ele mesmo ainda não estava totalmente convencido. Houve muita gritaria e algo pegou fogo em algum lugar. Ele estava consciente do punhado de oficiais da SWAT passando por eles e descendo a estradinha, o som sombrio e agourento de disparos de arma e depois o sofrimento penetrante e agudo do grito de Gloria.

Ren se encolheu com violência nos braços dele.

— O que aconteceu? Ai, meu Deus, o que está acontecendo?

Ele entortou o pescoço tentando enxergar alguma coisa, mas subitamente ficou impossível, com outra aglomeração de gente em equipamento escuro de combate passando aos trotes. Tudo o que podia sentir era que a energia havia mudado e tudo se aquietou. E daí dois médicos passaram correndo com sacos pesados.

— Acho que eles cercaram o chalé — disse a ela.

— Gloria está bem? — perguntou ela. — Steve está bem?

Edward fitou de novo por cima da cabeça dela para os olhos de Chris — porque, francamente, não sabia se todos naquele chalé conseguiriam sair vivos —, mas Chris encarava a filha nos braços de Edward, as lágrimas enchendo seus olhos.

— Ei — disse Edward, gentilmente, instando Chris a olhar para ele. — Será que devíamos voltar para lá?

Ele indicou com o queixo o ponto onde as viaturas de polícia, ambulâncias e vans da SWAT estavam estacionadas no escuro.

Assim que disse isso, uma voz baixa veio de trás deles nos arbustos:

— Gente, temos que tirar vocês daqui.

O s filmes sempre faziam o clímax da história parecer tão organizado, tão compacto. A polícia cercava os suspeitos, os prendia, levava-os embora nas viaturas, as sirenes ululando vitoriosas. As vítimas eram aninhadas a salvo na traseira de uma ambulância com um copo de chá e um cobertor sobre os ombros. Os espectadores se atualizavam com os personagens quatro meses depois, agora sorridentes e saudáveis, caminhando no parque com um filhote de cachorro.

Na realidade, não era nada parecido. Na realidade, o suposto clímax era confuso, frio, escuro, e o tempo se passava sem nenhum ímpeto nem plano óbvio. Depois que os agentes levaram Ren, Edward e Chris de volta para a fila protegida de carros, vans e ambulâncias, ela foi logo recolhida sob os cuidados de um par de médicos de emergência; Chris foi levado para outra ambulância um pouco mais adiante na estradinha; e Edward recebeu o pedido para aguardar, fora do caminho, por mais instruções.

Fora do caminho podia significar muita coisa, pensou ele, e se moveu para ficar perto da porta do motorista da ambulância onde Ren estava. Ouviu escondido enquanto falavam com ela em vozes baixas e tranquilizadoras. Podia ouvir outros por perto também. Policiais, médicos, agentes federais e todo tipo de gente de operações especiais que tinham trazido para encarar qualquer potencial insanidade na propriedade, todos falando baixo demais para ele conseguir entender, mas o movimento em torno lhe deu algumas pistas sobre o que tinha acontecido. A fita da polícia foi desenrolada sem parcimônia, isolando grandes trechos do terreno. Cachorros foram trazidos para revistar o local em busca de drogas, armas, talvez até pessoas. Ele não fazia ideia. Com Ren protegida da vista por uma van, Gloria foi escoltada para um carro à paisana e levada embora — ele teve apenas um vislumbre de olhos enlouquecidos e cabelo bagunçado antes que a mulher fosse conduzida, um tanto rudemente, para o banco de trás —, mas o paradeiro de Steve continuava um mistério. Isto é, até uma van dos peritos criminalistas dar ré na estradinha e o médico-legista chegar.

Era demais pensar nisso, que a única mãe que Ren conhecera tinha acabado de ser presa, que o único pai que ela conhecera estava deixando a propriedade num saco plástico. Ele não podia mais ficar fora do caminho.

Edward caminhou até onde Ren estava sentada na traseira da ambulância, semiescondida pelo médico que limpava com cuidado dois arranhões grandes no braço dela. Parecia pequenina e aterrorizada, ainda menor por causa do grande cobertor de flanela ao seu redor. Ela virou para cima quando os sapatos dele estalaram pelo cascalho, os olhos cheios d'água e injetados: um retrato do luto e da confusão.

— Oi — disse ele, e a única sílaba pareceu pesada em sua boca.

— Oi. — Ela engoliu um soluço. — Como chegou aqui?

— Avião — falou ele. — Depois um carro da polícia. — Num esforço para dissipar um pouco da tensão, ele cochichou: — Pela primeira vez, eu não estava algemado.

Ren deu uma risada sem graça e, quando o médico se afastou, Edward lhe ofereceu a mão. Ela a segurou entre as suas, puxando-o adiante sem dizer nada, precisando de um abraço. Sem hesitar, o jovem a envolveu em seus braços enquanto ela tremia.

— Estou aqui. Estou com você.

— Eu não compreendo — disse ela.

Mas ele sabia que Ren compreendia, sim. Entendia, mas era tudo terrível demais para entender, e não havia nada que Edward pudesse dizer para tornar a coisa menos horrenda. Lentamente, ela recuou e inclinou o rosto para o dele.

— Quem era aquele nos arbustos? Era...

— É.

— Meu pai?

Ele passou o polegar sobre a bochecha de Ren, desejando protegê-la, desejando que ela pudesse ouvir isso de um jeito que a faria querer se apegar ao momento e relembrar. Assentiu.

— É, o Chris. Ele vem procurando por você há muito tempo.

— Ele não é um homem terrível? — perguntou ela, o queixo trêmulo.

Edward franziu a testa, a fúria contra Steve e Gloria ressurgindo dentro de si.

— Não é, não. Ele é um bom homem que teve algo profundamente precioso roubado dele, vinte anos atrás.

As lágrimas dela se derramaram, escorrendo pelo rosto.

— Posso vê-lo?

Edward se virou, procurando na escuridão, e encontrou Chris a três metros deles, de pé, discretamente junto de uma viatura. Estava marcado em toda a sua postura o jeito como queria irromper adiante e abraçar aquela versão adulta da menininha que lhe fora roubada quase duas décadas atrás, mas Chris se aproximou devagar quando Edward acenou para ele, interpretando corretamente na postura de Ren o choque dela.

ENROLADA EM VOCÊ

— Oi, Ren — disse ele, calmo e simples, exatamente como os agentes haviam sugerido no caminho de Lewiston para cá.

Use o nome que ela conhece, aconselharam-no. *Não espere muito logo de cara. Ela pode não querer conversar, ou pode precisar que você explique tudo de imediato.* Não havia um caminho certo para as coisas se desenrolarem, mas isto era o que ele precisava se lembrar: *Isso vai ser muito mais confuso para ela do que para você. Você está apenas recebendo sua filha de volta, mas ela está perdendo a vida que sempre conheceu. Vá devagar. Faça o que ela precisar.*

— Eu sou o Chris.

— Oi, Chris. — Ela tentou sorrir, e esse vislumbre da Ren que Edward adorava, esse esforço sincero, fez uma pontada de dor percorrer suas entranhas. — Obrigada por vir.

A risada dele acabou em um soluço.

— Está brincando? Estou procurando por você há vinte anos. Teria voado para a Sibéria mil vezes.

Ren encarou seu pai, e Edward sabia o que ela estava vendo, quanto era inegável quem ele era. Nas luzes piscantes, o rapaz notou as lágrimas escorrendo pelo rosto dos dois e, quando Chris deu um passo adiante para dar um abraço cauteloso na filha, Edward se misturou à massa de gente ao redor deles.

GRACE KONING, VÍTIMA DE SEQUESTRO, ENCONTRADA VIVA VINTE ANOS DEPOIS E RESGATADA NUM TIROTEIO FATAL EM IDAHO

por Tustin Wilkes e Dwan Meyer, Associated Press
Atualizado às 3h14, horário de Brasília

Grace Koning, a menina que desapareceu há quase vinte anos em um parque perto de sua casa em Atlanta, foi resgatada na noite de ontem num confronto chocante na propriedade de seus supostos sequestradores, na área rural de Idaho, deixando um homem morto e uma mulher sob a custódia da polícia.

Deborah DeStefano (59) e Adam Zielinski (61), que viviam sob os nomes falsos de Gloria e Steve Gylden, raptaram Koning no feriado de Quatro de Julho enquanto ela assistia ao show de fogos de artifício com o pai, Christopher Koning. Segundo reportagens da época, o sr. Koning soltou a mão da filha para procurar por um suéter para ela na mochila e, quando se virou para ela de novo, a menina tinha sumido. Uma busca oficial pela menina desaparecida durou nove meses e se espalhou por vários estados.

Foi reportado que DeStefano e Zielinski levaram Koning para a propriedade rural de Zielinski, no condado de Latah, em Idaho, onde a criaram como filha deles, escondida da sociedade.

Até pouco mais de uma semana atrás, Koning, agora com 23 anos, frequentava Corona College como caloura sob o nome falso de Ren Gylden. "Ren disse que precisou de muito tempo para convencer os pais a permitir que fosse para a faculdade", Jeb Petrolli, um colega de classe, disse à Associated Press. "Sabendo o que sabemos agora, é uma loucura que eles tenham concordado. Acho que devem ter imaginado que todo mundo havia se esquecido de Grace Koning e que se safariam do que tinham feito."

Segundo um perfil estudantil, Grace Koning nunca tinha frequentado um estabelecimento de ensino antes de sua chegada a Spokane, mas era autodidata em matérias como Cálculo, Física, Mandarim e Química. E ela causou uma impressão muito positiva nos colegas. "Ela era um peixe fora d'água, completamente", uma colega de classe contou à Associated Press, pedindo para continuar anônima. "Mas, quando você a conhece, descobre que a propaganda é real. Ela é ótima. Olhando para trás, isso tudo faz sentido, mas, ao mesmo tempo, só pensamos que ela havia tido uma criação alternativa e era superprotegida."

Contudo, após nem dois meses na faculdade, Koning subitamente deixou o campus alguns dias antes das férias de primavera com outro estudante, Edward Fitzsimmons, de 22 anos. O propósito da viagem deles continua desconhecido. Oficiais de Corona College não responderam ao pedido de comentários feito pela AP.

Em algum ponto da viagem, DeStefano e Zielinski interceptaram Koning e a trouxeram de volta para a propriedade em Idaho, onde as autoridades cercaram a área e resgataram Koning num tiroteio que deixou Zielinski morto. DeStefano continua em custódia. Um porta-voz do FBI disse à AP que ela seria indiciada oficialmente dentro de 48 horas.

Embora não esteja claro por que Koning deixou Spokane com Fitzsimmons, a Associated Press ficou sabendo que foi ele quem alertou as autoridades para a provável localização de Grace Koning. Fitzsimmons e o pai biológico de Koning, Christopher (52), aparentemente estavam no local durante o resgate.

Vizinhos de Christopher Koning relatam que DeStefano antigamente morava em Atlanta na mesma vizinhança, do outro lado da rua em que a família Koning morava. "Ela não se envolvia muito nas atividades da vizinhança", disse Annabelle Cleff, moradora de longa data do local, à Associated Press. "Era mais reservada."

Segundo múltiplas fontes, Christopher Koning e sua ex-esposa, Aria Miller, se divorciaram pouco antes de Grace completar dois anos. O sr. Koning recebeu a guarda, mas a srta. Miller fazia tentativas frequentes de ver a filha. "Ela era atormentada", disse Cleff. "Problemas com vício. Às vezes ela fazia cena. Eu me lembro de estar na calçada uma noite quando a polícia foi chamada; Deborah saiu de sua casa, e tudo o que ela disse foi 'Aquela pobre menininha'. Ela não conversava muito com nenhum de nós àquela altura. Eu nem tinha pensado nisso uma segunda vez, até que tudo isso aconteceu."

Vários moradores se lembram do relacionamento entre DeStefano e Zielinski, que morou com DeStefano no bairro em Atlanta por algum tempo. Jimmy Murphy, vizinho de porta do sr. Koning, lembra-se de Zielinski como "um sujeito quieto que não tinha nenhum amor pela vida na cidade nem pelo pessoal da cidade". Quando o casal se mudou, moradores imaginaram que tinham ido para algum lugar que combinasse melhor com eles do que o subúrbio.

"Eles se mudaram antes de Gracie desaparecer", disse Murphy. "Devem ter voltado atrás dela. Ninguém nem pensou neles, nem uma vez. E imaginar que esse tempo todo estavam com aquela menininha. Estou muito contente que ela esteja viva, mas Chris nunca vai conseguir esses anos de volta."

Grace Koning está saudável, segundo relatado, sem nenhum ferimento grave. Ela, o sr. Koning e o sr. Fitzsimmons foram levados a um local não revelado, para a própria proteção deles.

Esta história está em andamento.

CAPÍTULO TRINTA E SEIS

EDWARD

As autoridades os colocaram num hotel elegante em Boise, com suítes gigantes e soldados postados fora dos quartos. Antes que pudesse concordar em ir, Ren insistiu em conferir a situação dos animais e conversar com quem ficaria responsável por cuidar deles. Ela lhes passou uma lista com o nome de cada animal, alergias e qualquer coisa que fosse importante saber sobre eles. Edward imaginou que isso lhe desse um certo senso de controle; seu mundo tinha virado de ponta-cabeça, mas dessas coisas ela podia cuidar.

Os vazamentos sobre a história já estavam criando um frenesi on-line. Edward olhou por cima alguns termos que tinham entrado nos trending topics — Grace Koning, Ren Gylden, rapto na Georgia —, mas acabou deixando de lado o celular, sentindo-se inquieto e levemente em pânico, querendo encontrar Ren, mas sem saber onde a tinham colocado no hotel. Tinham sido levados numa van à paisana, dois agentes com espingardas na frente e um sentado atrás com eles. Ao lado de Edward, Ren pegou no sono quase de imediato, desabando sobre o ombro do rapaz. Porém, no segundo em que encostaram na frente do hotel, levaram-na para dentro e ele não a vira desde então.

No exato momento em que ele achou que ia explodir da própria pele, tentado a romper as regras deles e começar a procurar por Ren, uma batida pesada soou em sua porta. No corredor estava um homem do tamanho aproximado de um refrigerador. Edward inclinou a cabeça para trás para encontrar o olhar dele.

— Rapaz, o pessoal é grande aqui em Idaho.

A Geladeira nem insinuou um sorriso.

— A srta. Gylden quer vê-lo.

Eram quase quatro da manhã; ele não se deu ao trabalho de trocar de roupa. Descalço, de shorts e camiseta, seguiu a Geladeira até o quarto de Ren, onde o guarda bateu duas vezes, passou um cartão e deixou Edward entrar, fechando a porta com firmeza atrás de si.

O quarto de Ren era um espelho do dele. Havia uma sala de estar, uma cozinha, um banheiro perto da entrada e então, passando por uma porta dupla, um quarto com uma cama king size, e mais um banheiro principal. Ele quis fazer uma piada sobre como um quarto daquele tamanho teria sido prático na estrada, mas qualquer ímpeto de humor secou quando a viu, sentada no meio da cama. Ren estava magra e pequenina, e visivelmente abalada.

— Oi.

— Oi. — Dos mais ou menos um milhão de perguntas que ele queria fazer, havia apenas uma que importava. — Como você está?

Ela fungou, enxugando o nariz, e depois olhou para ele com uma desolação que o fez sofrer. Edward conhecia aquele olhar. Era horrível. Ele mesmo já estivera com aquela expressão algumas vezes.

— Perguntaram se havia alguém para quem eu quisesse que ligassem ou trouxessem para o hotel — disse ela. — Eu percebi que não tenho ninguém. Nem uma única pessoa.

Edward foi até o pé da cama e ajoelhou no chão, descansando os braços sobre o colchão e o queixo sobre os braços.

— Você tem a mim.

O rosto dela se retesou, angustiado, e ele assistiu enquanto Ren lutava contra a confusão que Gloria devia ter plantado ali.

— Tenho? Eu sentia que tinha. Mas aí não sabia... se realmente te conhecia.

E bem ali ele descobriu como Gloria a levara embora de Atlanta. Ela descobrira algo sobre Edward e usara isso para assustar Ren.

— Eu entendo que esteja questionando tudo — disse ele, gentilmente. — Acho que é a reação mais normal que poderia ter no momento. Mas, para mim, tudo o que houve entre nós foi real. E me mudou, e eu só vou embora quando você me disser para ir. — Ren engoliu em seco, piscando, olhando para o próprio colo. — Quer que eu vá embora?

Uma lágrima caiu na panturrilha dela e Ren a enxugou.

— Não.

— Diga o que precisa de mim — falou ele. — Eu faço qualquer coisa.

A jovem assentiu e continuou assentindo, como se tentasse encontrar sua voz.

— Não quero ficar sozinha — murmurou ela. — Não consigo dormir. Estou com medo. E estou tão triste... — Um soluço escapou de sua garganta. — Sinto-me perdida.

— Eu sei. A vida te jogou tudo de uma vez só, no mesmo dia.

— Você vai ficar comigo?

— Eu vou fazer o que você quiser.

— Mas preciso saber de tudo.

— Eu sei. — Eles se olharam com firmeza por um longo instante. — Vou te contar qualquer coisa que queira saber.

CAPÍTULO TRINTA E SETE

EDWARD

Na primeira noite, começaram com a vida dele até sua detenção. Quando adormeceram, de frente um para o outro na cama dela, Ren sabia tudo sobre a mãe temporária dele, Mary. Ele até lhe mostrou uma foto boba de si mesmo em seu primeiro suéter feio de Natal, embora estivesse disposto a apostar que não era para ser irônico. Ela sabia que Edward tinha sido alocado com Mary quando estava com sete anos, que sua vida com a mulher e os dois filhos dela não era perfeita, mas era boa. Sabia que ele era amado, e que Mary havia começado o longo e árduo processo para adotá-lo.

Ren também sabia que, quando Edward tinha treze anos, o contrato de aluguel do apartamento deles tinha chegado ao fim e não seria renovado; o prédio seria derrubado para construir condomínios de luxo. Mary tinha que fazer as malas dos três meninos e se mudar. Entretanto, como não tinha mais o apartamento de dois quartos cujo aluguel não podia aumentar além de um limite estabelecido, ela e os dois filhos biológicos tiveram que se mudar para um lugar menor, e o lar temporário de Edward com ela não foi reaprovado; o processo de adoção foi interrompido.

Quando pegaram no sono, Ren também sabia como ele tinha entrado numa espiral, fugindo do abrigo temporário e indo morar nas ruas. Sabia que ele havia roubado um carro, sem perceber que ali dentro havia uma arma. E como, quando ele estava com catorze anos, fora sentenciado a onze meses num reformatório juvenil.

— Acho que já basta por esta noite — falou ela depois disso, e, em menos de um minuto, estava dormindo.

Eles dormiram até bem depois das dez horas da noite. A essa altura, a notícia sobre Ren tinha saído em todo lugar — na primeira página de todos os principais jornais, a história principal em todos os canais de notícia. Uma garota sequestrada encontrada depois de vinte anos dava uma manchete bem chamativa. Foram instruídos pela equipe de segurança a ficar no hotel.

Ren almoçou com Chris e uma equipe de terapeutas numa sala privativa e voltou em seguida, exausta e com o olhar vazio, dizendo apenas que *Ele é muito bacana* antes de prontamente adormecer outra vez.

Entre as vítimas de tudo isso, Edward era o menor dos problemas para todos, mas ficou agradecido quando a terapeuta designada para ele, Lisa, pediu que ele continuasse ali para apoiar Ren durante a fase de gerenciamento de crise em isolamento.

— Falando com franqueza — falou Edward —, se não me convidasse para ficar, eu teria reservado um quarto aqui mesmo assim.

Seu telefone tocou enquanto Ren ainda dormia, a cabeça na curva do pescoço dele. Edward não tinha nenhuma intenção de atender, mas, quando viu o nome do pai na tela, soube que não poderia evitá-lo para sempre. Soltando-se cuidadosamente dela, saiu da cama e foi para a sacada.

— Oi, pai.

— Edward — disse ele. — Onde você está?

— Boise.

Edward tentou reunir a indignação que costumava sentir quando falava com o pai, a raiva familiar que o impulsionava e o mantinha de olho em seu objetivo final — a derrubada de Robert Fitzsimmons —, mas não conseguiu despertar nada. Fosse lá o que lhe acontecesse depois disso, quer perdesse a carta de recomendação ou tivesse que enfrentar consequências legais ou acadêmicas, sabia que terminaria tudo bem. Ren tinha mudado, mas Edward havia mudado tão profundamente quanto ela. Ainda estava apavorado e tinha que lutar contra

ENROLADA EM VOCÊ

todos os seus instintos de manter as pessoas à distância, mas as portas tinham sido arrombadas e ele não queria tornar a fechá-las. Queria abrir mão da raiva e permitir que alguém o visse. Queria se curar.

— Os jornais só dizem Idaho, eu não sabia onde — disse Robert.

— É, a polícia nos hospedou enquanto resolvem tudo.

— E como você está? Parece que foi bem difícil.

Edward olhou para o telefone, não familiarizado com a tensão que podia ouvir na voz do pai. Raiva, sim. Condescendência, sempre. Mas gentileza? O traço de preocupação? Isso era novo.

— Foi mesmo — disse Edward. — Mas estou bem. Estou mais preocupado com Ren. A vida inteira dela foi virada de ponta-cabeça.

— Ouvi que você descobriu onde ela estava e levou a polícia para lá antes que pudesse piorar. Bem pensado, filho — falou Robert, e um instante de silêncio perpassou o telefone. — Seja lá o que fez para se enfiar nessa, fico feliz que tenha acontecido. Ela tem sorte de ter você. Estou orgulhoso.

Edward olhou para trás, para o quarto. Podia ver Ren ainda dormindo na cama, e pela primeira vez na vida desejou poder contar a alguém — a um alguém específico — como se sentia. Sentir-se seguro seria assim? Ele compartilhava uma parte de si, e depois outra, e em algum momento as comportas se abririam? Esperava que sim. Era aterrorizante, mas queria que Ren conhecesse todas as partes dele, até as feias.

Edward deu as costas para ela, fitando sem ver o estacionamento e os centros comerciais que davam para os fundos do hotel. Uma fumaça com cheiro de lenha vinha da chaminé de uma churrascaria.

— Obrigado — disse, finalmente.

— O reitor deve ligar para você amanhã. Você é um adulto, portanto vai ter que resolver os detalhes com ele, mas ele deve te oferecer um período de afastamento. Sugiro que aceite.

A autoridade na voz do pai era um terreno mais familiar, mas Edward aceitaria de bom grado.

— Sim, senhor.

— E a sua entrevista?

Edward olhou para o nada. Seu pai sabia sobre a entrevista. É claro que sabia; ele tinha conexões em todo lugar. Mas Edward se deu conta de que não importava. Ele estava cansado de se esconder do pai.

— Eu mandei um e-mail para avisá-los de que precisaria adiar por um tempo. — Ele riu, irônico. — Eles entenderam.

Outra pausa, e então:

— Ligue para mim depois de falar com o reitor, e arranjaremos os próximos passos.

— Tudo bem — disse Edward. — Farei isso.

— Tenha uma boa noite, filho.

O pai dele desligou e Edward ficou olhando para o celular até a tela apagar. Foi a conversa menos desdenhosa que já tivera com Robert Fitzsimmons, e não sabia como se sentir a respeito. Sem a fúria que havia alimentado por tanto tempo, sentia-se levemente desequilibrado, incerto sobre se estava vendo o pai sob outra luz agora ou se Robert realmente tinha mudado. Será que isso sequer era possível? E, quando Edward parava para pensar de fato a respeito, isso importava? Ele sentia como se tivesse acabado de sair de uma neblina duradoura, e tinha muitas, muitas coisas para entender. Desde que soubesse onde Ren estava e que ela estava a salvo, o resto eram apenas detalhes.

Dentro do quarto de novo, ele colocou *As patricinhas de Beverly Hills* para assistir, mas ficou olhando à toa para a tela, enfim pedindo serviço de quarto para o jantar e mantendo as bandejas cobertas até Ren acordar, amarrotada e de olhos vermelhos, arrastando os pés até a mesa que ele havia arrumado.

— Aquilo ali — disse Ren, apontando para as panquecas, quando ele lhe mostrou as opções que tinha pedido. — Obrigada.

Era uma sensação estranha estar sentado na frente da mulher mais famosa atualmente no país, pensou ele, e conhecê-la melhor do que ninguém. Ele murmurou:

— Tá. Por nada.

Ela espalhou manteiga e despejou a calda, e depois espetou as panquecas com o garfo. Ele estava com muitas coisas na cabeça, mas nada do que sentia conseguia dizer em voz alta. Edward não queria contar a ela quanto sua história tinha ficado imensa, como havia multidões gigantescas de desconhecidos na frente do hotel segurando cartazes que proclamavam quanto ela era forte e incrível, ou como pessoas do mundo todo já tinham doado um valor quase profano para um fundo criado para ela pelo estado da Georgia. Como ela nunca mais precisaria se preocupar com dinheiro. Era demais.

Tudo com que Edward se importava era que Ren nunca mais teria que se preocupar com a própria segurança.

— Como estão as panquecas? — perguntou ele, estupidamente, porque ela não tinha nem dado uma mordida.

Ren o fitou.

— O que aconteceu no reformatório?

Ele sorriu para sua salada caesar, aliviado por receber esse empurrãozinho, aliviado por ela não ter se assustado pelo que ele lhe contara na noite anterior.

— Está certo. Gostei. Está me mantendo nos trilhos.

Assim, ele retomou de onde tinha parado, contando à namorada como descobriu no reformatório que na verdade ele adorava estudar, que terapia é bem eficaz, e — o mais importante — que podia jogar seguindo as regras de qualquer um. Ele aprendeu a usar sua maior habilidade, o charme, para tornar a própria vida mais fácil. Contou-lhe que se tornou um modelo interno, que a juíza Amira Iman o colocara sob sua proteção, levando-o para eventos beneficentes de angariação de fundos do município para a juventude carente para conhecer e conversar com pessoas da comunidade, e como fora lá que ele conhecera a socialite Rose Fitzsimmons, e tivera a centelha de uma ideia: ela queria fazer mais para ajudar do que gastar dinheiro com várias fundações; queria adotar um desordeiro reformado de quinze anos chamado Edward Fallon. E então ele contou a Ren como o marido de Rose, o incorporador imobiliário Robert Fitzsimmons, amou a ideia da adoção, mas por um motivo totalmente diferente: depois de uma série de processos legais dizendo que a firma dele tinha quebrado vários regulamentos civis e criminais, ele precisava de uma reforma completa de imagem.

E, uma vez que descobriu a verdade sobre Robert, o jovem Edward se tornou um acessório muito disposto: o projeto mais recente de seu novo pai, uma série de condomínios de luxo, seria construído no mesmo quarteirão onde antes ficava o apartamento de Mary — e o *felizes para sempre* de Edward. Com as brasas daquela perda ainda queimando no peito, Edward esperava que um dia pudesse reunir informações suficientes sobre os incorporadores locais para poder derrubar todos eles, um por um.

Edward contou para ela sobre se mudar para a mansão dos Fitzsimmons, sobre como se sentiu deslocado desde o instante em que colocou os pés na propriedade. Contou a Ren que, sempre que podia, aproveitava a oportunidade para aprender a como se integrar a todas as situações: jantares elegantes com políticos e na cozinha com os funcionários; jogos de basquete improvisados no parque e eventos beneficentes para angariar fundos com celebridades. Ele odiava tudo na vida rica e privilegiada que estava levando, e um plano começou a se formar já naquela época, um em que ele usaria tudo o que aprendera morando naquela casa para derrubar o primeiro pilar da grande comunidade imobiliária: Robert Fitzsimmons.

A essa altura, os olhos de Ren tinham perdido um pouco do foco atento e ele se levantou, pegando o guardanapo dela e empilhando tudo organizadamente na mesa.

— Vamos voltar para a cama.

Eles empurraram a mesinha do serviço de quarto para o corredor, onde a Geladeira grunhiu uma saudação e levou o jantar deles embora.

Ren colocou a mão no braço de Edward.

— Não vá.

Com um sorriso, ele a relembrou:

— Eu não vou a lugar nenhum até você me botar para fora.

Isso lhe valeu um sorriso pequenino e fugaz, e eles cuidadosamente trancaram a porta, escovaram os dentes lado a lado e depois se deitaram de novo na cama enorme.

Ela esticou o braço, apagando o abajur na mesa de cabeceira e deixando apenas a luz do banheiro caindo com suavidade sobre o pé da cama. Ren rolou de frente para ele, curvando-se de lado, as mãos enfiadas sob o queixo. Era tão linda que o peito dele se apertou.

— Como meu Raio de Sol está se sentindo esta noite?

Em vez de responder, ela perguntou:

— Por que você não foi embora quando eu te deixei em Atlanta? Não ficou bravo?

Foi preciso um esforço imenso para não chegar mais perto e puxá-la para seus braços.

— Não, Ren. Eu não fiquei bravo, nem por um segundo. Não confio com facilidade, e estou trabalhando nisso, mas confio em você. Se foi embora, eu sabia que deveria haver um bom motivo. Só fiquei preocupado. — Ele inclinou a cabeça, sorrindo. — *Em pânico* descreveria melhor, especialmente depois que entendemos o que tinha acontecido.

Ren fitou-o, a expressão sincera.

— Obrigada por ser tão esperto.

Edward sentiu o rosto esquentar.

— Eu só juntei as peças do quebra-cabeça. Você é boa de contar histórias. Obrigado por falar tanto.

A garota sorriu.

— Obrigada por ir atrás de mim.

— Isso nunca esteve em questão.

— Lamento muito que Gloria tenha tentado te chantagear para ficar quieto.

Edward rejeitou esse pedido.

— Tudo bem. Eu já estava na casa do Chris quando meu pai ligou para gritar comigo. — Ele fechou os olhos, procurando aquela sensação ruim no estômago, a ansiedade por ter arruinado seu futuro, mas a sensação não veio. — Mas não queria que Gloria tivesse poder algum sobre nós... — Ele engoliu em seco. — Telefonei para Audran do aeroporto e lhe contei que tinha mexido nas minhas notas. Expliquei um pouco do porquê: a juíza Iman me disse antes de eu sair que, se eu terminasse com a melhor nota da classe, ela me daria uma carta de recomendação para qualquer faculdade de Direito que eu quisesse no país. Isso não torna correto o que eu fiz, mas ele foi bem bacana. Concordou em me dar um zero, mas encerrou a investigação sobre desonestidade acadêmica. Não sei se mereço isso, mas não vou discutir. Ainda preciso acertar os detalhes com o reitor, mas parece que vou ter um período de afastamento prolongado.

— Você não vai voltar para a faculdade na semana que vem?

— Acho que preciso de um tempo para pensar em tudo. A faculdade parece ser um outro planeta neste momento.

— Tudo parece ser um outro planeta. — O sorriso dela foi frouxo. — Não consigo me concentrar em nada.

— Praticamente certeza que não há uma só alma no mundo que a culparia por isso.

Ela ajustou o travesseiro sob a cabeça.

— Você ainda planeja ir para a faculdade de Direito?

Ele pensou em como tinha sido implacável, como seu desejo equivocado por vingança o empurrara para o dinheiro e o sucesso, e o distanciara de depender de alguém ou de confiar em outra pessoa. Sentia-se mais leve sem ele, sem saber como era pesado o fardo que vinha carregando até que isso sumisse.

— Não sei. Todo o sentido da faculdade de Direito era me tornar poderoso o bastante para poder tirar tudo de homens como o meu pai. — Edward riu, pois isso soava vazio e triste até para os próprios ouvidos. — Eu ainda me apegava ao que havia acontecido com Mary, comigo. Queria destruí-lo, e a tudo que homens como ele tinham.

— Não quer mais fazer isso?

— Ainda quero cuidar de Mary, isso não mudou, mas, com tudo o que aconteceu, o resto parece tolice.

Ela riu e pegou a mão dele, apertando-a.

— Não é tolice. É muito nobre que queira ajudá-la.

— É nobre levar minha vida como o vilão mais patético do James Bond?

Ela riu outra vez.

— Essa referência até eu peguei.

— Talvez eu nem queira ser advogado. Buscava isso como um meio para um fim, não porque tenho paixão pela área. — Na escuridão, o sorriso dele se apagou. — Parece meio patético ficar zangado para sempre. Exaustivo. Tenho que agradecer o fato de ter te conhecido.

— Sério?

— Sim. Você me mudou. A maneira como vê o mundo com tanto otimismo. Um coração tão aberto. Quero ser mais como você.

Baixinho, ela gemeu.

— Um coração aberto parece uma maldição neste momento.

Ele estendeu o braço no escuro para deslizar a mão cuidadosamente pelo braço de Ren.

— Olha, eu sei que tudo é... Quer dizer, não há palavras. Isso com que você está lidando está além da compreensão. Mas a sua bondade fundamental é o motivo pelo qual estou tão apaixonado por você, Ren. Você fez de mim uma pessoa melhor, e é por isso que estarei aqui pelo tempo que você quiser.

Houve um movimento nos cobertores que depois foi se arrastando mais para perto, até se pressionar cuidadosamente contra ele.

Hesitante, o rapaz passou um braço em torno dela, incentivando-a a se aproximar ainda mais.

— Ainda vamos fazer isso?

— Isso o quê? — perguntou ela, um tom de provocação na voz.

— Coisas que as pessoas fazem quando dividem uma cama king size.

Ela fungou baixinho junto ao pescoço de Edward.

— O que mais vamos fazer? Não podemos deixar o hotel.

— Olha só você, já fazendo piadinhas — murmurou ele, beijando a testa de Ren.

Ela recuou o bastante para encará-lo e, sob a luz tênue se filtrando do banheiro, Edward viu um cintilar terno nos olhos da garota.

— Espero que ainda façamos isso, sim — disse ela. — Eu gosto muito de você.

— Confie em mim, eu sou absolutamente louco por você. Mas ainda serei louco por você amanhã, e depois de amanhã, e no dia seguinte também. Mesmo que não façamos nada esta noite.

Ren subiu a mão do pescoço dele para o maxilar, traçando o lábio inferior de Edward com o polegar.

— Eu quero pelo menos essa coisa normal.

— Que coisa normal?

— Ter uma quedinha por um cara e usar isso para ignorar todos os outros problemas.

Com uma risada, ele se curvou, pressionando os lábios nos dela.

Eles se beijaram bastante aquela noite — beijos febris, profundos, possessivos —, o que resultou em ambos estarem exaustos na manhã seguinte, quando o despertador do celular de Edward disparou. Mas ele riu mesmo assim enquanto Ren levantava da cama num pulo e, uma hora depois, desceram de mãos dadas para se encontrar com Mary, que chegara num voo bem cedo.

Edward assistiu enquanto a única mãe verdadeira que ele conhecera puxou Ren para os próprios braços e a segurou naquele abraço quente e apertado que já tinha sido como oxigênio para ele. Assistiu aos ombros pequenos e tensos de Ren lentamente relaxarem, assistiu aos braços dela enfim enlaçarem a cintura de Mary. Quando Ren começou a chorar, Mary se afastou, tirando o cabelo de Ren de seu rosto. Franzindo a testa, preocupada, Mary murmurou, gentil:

— Bem, parece que tenho outro passarinho no meu ninho. Vai ficar tudo bem, coisa linda. A gente está com você agora.

Naquela noite, num novo hotel em Atlanta, com os mesmos guardas enormes e as mesmas questões assomando sobre como seria a vida dali por diante, Ren se apertou contra ele outra vez. Tudo o que ela precisou dizer foi *Me beija*.

As horas do dia eram para terapia e autorreflexão. As horas da noite eram para fuga, e Edward ficava feliz em seguir o exemplo dela, dando a Ren tudo de que precisava. Porque, acreditando no que os noticiários diziam, a casa de Chris estava cercada por jornalistas torcendo por um vislumbre de um membro da família. Tinham sido cercados por repórteres na breve caminhada da porta do hotel em Boise até uma van que esperava junto ao meio-fio. Estava se tornando claro pra Edward, se não para Ren, que não haveria modo de voltar à normalidade por algum tempo. Pessoas famosas que desapareciam e reapareciam não se misturavam de novo à sociedade apenas, em especial quando eram tão reconhecíveis quanto ela.

Na segunda noite deles em Atlanta, ela pareceu perceber isso também.

Houve uma batida à porta e a Geladeira entregou a ele uma sacola da farmácia.

— Para Ren — disse ele, simplesmente.

Edward a encontrou no banheiro, escovando o cabelo, e colocou a sacola na bancada.

— A Geladeira te trouxe algumas coisas.

— Você agradeceu?

— Hã... Sim? — mentiu ele.

Com algo entre um sorriso malicioso de lado e um olhar feio na direção dele, Ren largou a escova, juntou o cabelo nas mãos e jogou toda a extensão dele por cima do ombro. Em seguida, tirou da sacola uma tesoura. Respirando fundo, olhou para si mesma no espelho antes de se voltar para Edward.

— Pode me fazer um favor?

CAPÍTULO TRINTA E OITO

REN

— Eu?

— Você — disse Ren, e sentiu os olhos de Edward sobre si enquanto cuidadosamente puxava o cabelo para trás, prendendo-o na base da nuca com um elástico.

— Você é bem importante no momento — disse ele, ansioso. — Tenho certeza de que ficariam felizes em enviar um profissional para cá para fazer isso.

— Eu não quero que um profissional faça isso. Quero você. — Ren foi até a cama, subiu ali e se sentou no meio, dando tapinhas no espaço atrás de si. — Vem pra cá.

O colchão se moveu sob o peso dele. Ren podia senti-lo hesitar, mas então veio o roçar suave dos lábios dele em sua nuca.

— Antes de fazer isso, quero que saiba que estou apaixonado por você.

Um fogo de artifício minúsculo explodiu dentro do peito dela, a eletricidade faiscando por suas veias como um céu de verão antes de uma tempestade. Ela quis dar a resposta, podia ver as palavras se formando numa caligrafia espessa e preta em sua mente, mas nenhum som saiu.

— Você não precisa dizer — falou Edward, os lábios tocando a curva da orelha dela. — Só queria que ouvisse.

Ela anuiu. O que sentia por ele era mais profundo do que qualquer coisa que já vivenciara, mas naquele momento tudo estava exacerbado.

ENROLADA EM VOCÊ

Tudo era novo. E, talvez mais obviamente, toda a ideia de amor era algo tão confuso e misturado para Ren. O que aquela palavra sequer significava?

— Eu quero dizer — confessou ela.

— Tudo bem. Não foi por isso que eu te falei.

— Eu sei... É só que... Há tantas coisas que nunca senti — disse ela. — Mas pensei que conhecia pelo menos um tipo de amor. — Edward ficou ali em silêncio, deixando Ren organizar os pensamentos. — Andei trabalhando nisso na terapia — continuou ela. — O que quer dizer amor? Foi por amor que Gloria e Steve justificaram sequestrar uma menininha que morava do outro lado da rua?

Pelo que tinham conseguido analisar, Gloria — Deborah, ela lembrou a si mesma — vira um pai solo tentando criar uma filha pequena e fracassando. Ela vira a mãe biológica de Ren, Aria, bêbada e fazendo bagunça na vizinhança. Na realidade que ela e o marido criaram, achavam que estavam salvando Ren.

— Como é que eu vou odiá-los se eles realmente fizeram o que achavam que era o correto? — perguntou a jovem, com a voz tensa. — Eles nunca me bateram, nunca abusaram de mim. À própria maneira, acredito que me amavam. Mas como podiam declarar que me amavam enquanto mentiram para mim a vida toda?

— Eu sei — concordou o rapaz, falando baixinho.

— E aí tem o amor que Chris sente por mim — falou ela. — Posso ver, quando sentamos juntos durante o almoço todos os dias, que ele me ama profundamente. Que me ama daquele jeito voraz, incondicional, instintivo dos pais que eu só conheci pelos livros.

Ren fechou os olhos, pensando em como Chris prestava atenção ao que ela dizia como se fosse a coisa mais fascinante do mundo. Steve e Gloria tinham cuidado de suas necessidades básicas, mas estavam sempre tão focados na ideia deles do que era o certo e o melhor para Ren que nunca haviam perguntado, ou sequer considerado, o que ela queria na verdade. Agora, todos os dias Ren registrava o assombro de Chris ante sua curiosidade e sua tolice, a admiração dele por sua força e sua garra, o orgulho dele por tudo o que a filha conseguira realizar totalmente por conta própria. Chris a escutava e valorizava sua opinião. O amor dele era tão claro quanto um sino tocando no ar frio da manhã.

— Mas ele *mal me conhece* — murmurou Ren. — Como é que esse amor é mais crível? A lembrança que ele tem de mim é de uma loirinha de três anos cuja comida preferida era melancia e cuja música favorita era "The Muffin Man". A lembrança que ele tem de mim foi congelada no tempo, pausada na menina que gostava que lessem para ela antes de dormir e que amava que soprassem sua barriga.

Podia ser um amor genuíno, ela supunha. Pelo menos, acabaria sendo. O alicerce estava ali; o desejo de se reconectar estava ali. Ele estava desesperado para construir o relacionamento que sempre imaginara. E, mesmo nessas profundezas de seu desnorteamento e coração partido, Ren sabia que também estava aberta e faminta por uma família. Em se tratando de pais, Chris parecia ser o ideal. Era calmo e comedido; levava as sessões de terapia de ambos muito a sério. Tirando isso, era surpreendentemente engraçado e autodepreciativo; aquele humor escondia o que Ren podia ver que era uma mente singularmente afiada e, conforme passava tempo com ele todos os dias, começou a pensar que talvez tivesse herdado a mesma curiosidade, a mesma motivação. Chris era paciente com ela, cálido e amoroso e, à exceção de Edward, não havia ninguém no mundo de Ren que a fizesse se sentir tão querida e importante quanto Chris.

— Posso entender por que você se pergunta o que isso tudo significa — disse Edward, cauteloso. — Não consigo imaginar o que está sentindo. Mas sei que eu faria qualquer coisa por você. Sacrificaria qualquer coisa.

— Também andei falando sobre você na terapia com Anne — falou ela, assentindo. — Como é confuso estar feliz assim quando me sinto despedaçada por dentro. Se meus sentimentos por você no começo eram reais ou se de algum jeito se enrolaram no meu entusiasmo por estar no mundo lá fora. Se eu deveria estar começando um novo relacionamento, especialmente algo tão íntimo e complicado, quando nunca estive com ninguém no sentido romântico.

— Ah, é? — perguntou ele, gentilmente, sem julgar. — Parecem perguntas boas para se fazer.

— Anne me lembrou de que não existem regras — contou ela. — Eu não tenho que ser feliz só para me certificar de que as pessoas não fiquem se preocupando comigo, e não tenho que ficar triste o tempo todo também, apesar de tudo ser objetivamente difícil.

Ela olhou por cima do ombro para ele e sorriu.

— Há coisas bonitas que saíram dessa tragédia. O jeito como me sinto sobre você é lindo pra mim. Parece um presente. Quero permitir que meu coração continue aberto, mesmo que seja assustador confiar outra vez.

E ela o fez. Confiava em Edward de maneiras que não sabia se podia entender por completo. Ele começara a chamar as conversas noturnas entre ambos de "transparência radical", e sempre dizia isso com uma risada, o que contou a Ren que era um termo que a terapeuta designada para ele havia lhe dado. Mas estava funcionando. Ele havia respondido a cada uma das perguntas da psicóloga. Ren sabia sobre o passado de Edward, e também sabia que ele fazia tudo o que podia para montar um novo plano para seu futuro. Tinha recebido um calendário livre para remarcar a entrevista de estágio, mas seus pensamentos sobre o que faria com um diploma em Direito estavam começando a mudar. Ele se dera conta de que queria ajudar crianças como ele mesmo. Sabia que não pagaria tão bem, mas, pela primeira vez em sua vida, isso não parecia importar.

Ela chacoalhou o rabo de cavalo que caía pelas costas, respirando fundo.

— Certo. Estou pronta.

Edward juntou o rabo de cavalo em sua mão e se abaixou para beijar o pescoço dela de novo.

— Tem certeza mesmo?

— Tenho. Fiz algumas pesquisas e posso doá-lo para uma organização que ajuda crianças que perderam o cabelo.

Ele se encolheu visivelmente ao fazer o primeiro corte, mas o peso que a deixou de imediato — literal e figurativamente — fez lágrimas de alívio saltarem a seus olhos. Em movimentos pequenos, Edward trabalhou com cuidado e em silêncio até ela estar livre, e terminou segurando os longos resquícios na mão.

Entregou o rabo de cavalo cortado para ela, que ficou ali, encarando os fios. Era um cabelo loiro espesso e macio, pelo menos 45 centímetros dele.

— Como se sente? — indagou ele.

— Incrível. — Ela riu, depois levantou a mão para a própria nuca. — Com frio.

Ele sacudiu o cabelo dela por trás; os fios caíram alguns centímetros acima dos ombros de Ren.

— Não quero falar cedo demais — disse ele, tirando um fio perdido no ombro dela —, mas, dado o único corte de cabelo que já fiz, este aqui talvez seja o melhor.

Ela riu, virando de frente para ele, e estendeu a mão para pegar os outros objetos dentro da sacola.

— E, agora — disse Ren, olhando para a caixa —, parece que eu vou de Marrom Elegante.

Edward franziu a sobrancelha para a caixa.

— Não.

— Sim.

Ele se jogou no colchão, mas estava sorrindo. Estavam desesperados para sair, e só havia um jeito de isso acontecer.

O plano deles era escapar no final da manhã, durante a coletiva de imprensa marcada para o pai dela na frente do hotel, quando era esperado que cada um da multidão de repórteres estivesse reunido nas fontes que ficavam do lado de fora.

Geladeira os acompanharia, andando atrás deles, com outro agente à paisana na frente. Apesar do lugar de destino ser uma sorveteria a apenas duas quadras de distância, era o único jeito de o enorme guarda deixar Ren sair do prédio.

Edward postou-se ao lado dela na frente do espelho do quarto, esperando pela batida que os avisaria que a segurança estava pronta.

— Caram... Você está muito sexy — disse Edward, olhando para ela com uma expressão sedutora.

— Sexy? — Ela olhou para si mesma, tentando achar o que seria isso.

— Quero dizer que você está ótima — falou ele, rindo. — Linda. Sedutora pra caramba.

— Ah.

Nunca em sua vida ela tinha sido chamada de sexy antes de conhecer Edward, e sentiu o calor subir pelo pescoço e consumir o rosto. Ela passou a mão pelo cabelo — que ficou bem mais escuro do que ela esperava, mas Edward insistiu que tinha adorado, dizendo que fazia os olhos dela parecerem ainda mais verdes.

Mas Ren não sabia se cabelo podia ser sexy. Assim como nunca tinha acreditado que seu cabelo pudesse ter um significado, ou guardar poderes mágicos secretos. Sempre tinha sido apenas cabelo. E, no minuto em que Edward o cortou, já nem lhe pertencia mais.

Os dois encararam os próprios reflexos e ela se perguntou se talvez, quando ele a chamou de *sexy*, estivesse falando sobre os óculos escuros chiques e o vestido branco de verão que alguém havia trazido para ela vestir. Ren ouviu dizer que o dr. Audran tinha se recusado a entregar a polaroide de sua aula de Imunologia para os jornais, e por isso ela lhe seria eternamente grata. Isso queria dizer que as únicas fotos dela em circulação eram a de sua identificação estudantil e aquela que Tammy havia tirado anos atrás, quando Ren estava ajudando na lojinha, e que mostrava uma garota com cabelos loiros muito, muito longos numa trança, shorts jeans, uma camiseta grande demais e tênis, rindo enquanto tentava alcançar uma caixa numa prateleira alta. Ren esperava que a roupa elegante e a mudança radical no cabelo a man- tivessem no anonimato, ao menos até essa atenção inicial se dissipar. Não via a si mesma quando olhava no espelho agora, e não achava que isso fosse algo ruim.

Sem dúvida, gostaria muito de ser outra pessoa no momento.

Levantou o olhar e viu o reflexo de Edward sorrindo para ela.

Ele tinha recebido um boné de beisebol dos Yankees, óculos escuros e uma camiseta com estampa da NYU. Ela conhecia de cor o tronco por baixo daquela camisa, porque passava horas à noite memorizando-o com mãos e lábios. A calça jeans pendia baixa nos quadris fortes. A foto que circulava dele era uma do outono passado, em plena corrida no campo de futebol. Junto a todos os elogios da mídia dizendo que Ren não teria sido encontrada se não fosse por ele, os músculos retesados visíveis na foto faziam com que ele lembrasse um super-herói. Ela nunca desejou algo instintivamente tanto quanto o desejava.

Ainda não sabia se já conseguiria dizer isso, mas tinha quase certeza de que também o amava.

— Tudo bem, Raio de Sol? — perguntou Edward.

Ren se voltou para Edward, pressionando-se contra o corpo dele.

— Estou ótima. Estou prestes a ir tomar sorvete.

Ren olhava pela vitrine na frente da sorveteria, deixando os pés chutarem as pernas da banqueta alta junto do balcão.

— Provavelmente não posso voltar para a Corona, né?

Edward deu uma longa lambida em seu sorvete de menta com pedaços de chocolate na casquinha, duas bolas, e então a fitou de lado enquanto engolia.

— Eu acho que você pode fazer o que quiser. Quer ser estudante? Seja uma estudante. Quer escrever um livro e vender por um zilhão de dólares? Faça isso. Quer comprar a própria fazenda em New Hampshire? — Ele acenou com a mão, tipo, *você entendeu a ideia.* — E se quiser ser Ren, ou Grace, ou alguém totalmente novo? É com você.

Ela chupou sua colher, deixando o sorvete derreter na língua. Do lado de fora da vitrine, a silhueta gigante de Geladeira lançava uma longa sombra pela entrada enquanto ele casualmente fingia ler um jornal. Ela não sabia se era porque o clima daquele dia não estava para sorvete, ou se ninguém ousava cruzar o caminho daquele colosso, mas ela e Edward tinham o lugar só para si.

— Eu quero ser Ren.

Ele anuiu.

— Bom.

— Mas... acho que Ren Koning.

— Você sabe que o Chris vai chorar quando ouvir isso — disse Edward, os olhos cintilando com um sorriso.

ENROLADA EM VOCÊ

— Ele tem o coração mole — falou ela, numa defesa meiga.

— Agora sabemos a quem você puxou.

Ren sorriu com isso, percebendo quanto começava a gostar de ser comparada ao pai.

— Qual é o futuro dos seus sonhos? — perguntou ela.

Ele apontou para si mesmo, em dúvida, engolindo rapidamente outro bocado.

— Acho que não depende de mim no momento — disse ele, acrescentando: — e nem deveria.

— Mas, quero dizer, se decidir sair e fazer tudo sozinho? — perguntou ela, e Edward girou em sua banqueta, virando a dela para que Ren se encaixasse entre as coxas dele.

Com os olhos estreitados e um sorriso matreiro, ele a analisou.

— Por que eu sairia e faria tudo sozinho? Está tentando se livrar de mim, Raio de Sol?

— Nunca.

— Então por que está sugerindo que eu saia sozinho?

— Você não precisa ficar — disse ela, levantando um ombro. — Eu provavelmente estarei um caos por um tempo.

A garota enfiou outro bocado na boca, chupando a colher só para ter o que fazer. Suas emoções estavam todas à flor da pele e, naquele momento, por algum motivo idiota, estava com vontade de chorar.

Os olhos dele se suavizaram.

— Talvez eu goste de caos.

— Hummm.

— Além do mais — disse ele, se aprumando —, quem mais vai me ajudar a consertar meu carro? Max requer muito trabalho.

Ela riu, tirando a colher da boca.

— Tenho certeza de que você encontraria alguém.

— E quem mais viajaria de carro pelo país comigo, vendo todos os destinos turísticos mais improváveis?

Ren estalou a língua, dando outra colherada.

— Talvez seja só eu, tem razão.

Edward jogou o resto do cone no lixo atrás de si e então tornou a se virar para ela, encaixando o rosto de Ren entre as palmas das mãos.

— O que *você* quer fazer?

— Quero mais uma bola de sorvete.

— E depois?

— Não ser mais especial.

— Improvável, desculpe. — Ele a beijou com delicadeza. — E depois?

— Ir para a faculdade — respondeu ela, inspirando, melancólica.

— Ah, definitivamente vamos pegar aquele diploma universitário pra você. Que mais?

— Nadar no mar — falou ela, pegando impulso agora. — Fazer a Trilha das Apalaches. Visitar Londres. Ver o Partenon.

— Presumo que não esteja falando daquele em Nashville.

Ela sorriu.

— Talvez ele primeiro, depois o outro.

— Incrível. Que mais?

— Passar férias com meu pai e a família dele. Comprar comida numa máquina de vendas em Tóquio. Dormir até mais tarde aos sábados. Beber champanhe no topo da Torre Eiffel. — Ela fechou os olhos, respirando fundo. — Eu só quero ser livre.

— Estou me convidando para ir junto em todas essas viagens, aliás.

— Isso é certeza. — Ren sorriu, mas logo passou. — Acho que tenho que me mudar para um lugar totalmente diferente. Onde eu possa começar do zero.

Ele anuiu, abaixando para beijá-la de novo.

— Faz sentido — disse ele contra os lábios de Ren. — Que mais?

— Não sei — admitiu a garota em outro beijinho, e depois ele lhe deu uma porção de beijos suaves e curtos.

— Eu acho que... — Beijo. — Por enquanto... — Beijo. — Eu realmente só quero tomar sorvete... — Beijo. — E usar óculos escuros gigantes... — Beijo. — E beijar a sua boca gelada.

Edward sorriu e inclinou a cabeça, colocando os lábios gelados e sorridentes contra os dela com gentileza e determinação.

E — depois da universidade, faculdade de Direito, de viagens, muitas férias com a família, poucos esquemas de vingança, aquisição de um pedaço de terra, e do que Edward julgou ser uma quantidade verdadeiramente excessiva de animais de fazenda — eles viveram felizes para sempre.

Fim

AGRADECIMENTOS

Vamos criar o cenário: é começo de 2014 e nós lançamos recentemente *Playboy irresistível,* com um herói — Will Sumner — cujo humor, desenvoltura e carisma foram em parte inspirados em nosso herói favorito da Disney, Flynn Rider.

Nossa agente, Holly Root, sabia sobre nosso amor por *Enrolados* e que queríamos escrever um livro inspirado de fato em *Enrolados.* Ela nos prometeu que avisaria se algo assim aparecesse em sua mesa. Vamos passar para frente alguns anos e eis que ficamos sabendo sobre a série Meant to Be, e que a Disney queria que fizéssemos a versão de *Enrolados* tanto quanto NÓS queríamos fazer *Enrolados.* Levamos alguns anos para chegar a uma história que contivesse tudo o que amamos nesse filme perfeito, mas aí... chegamos. Agora, querido(a) leitor(a), quase exatamente dez anos depois de implorarmos pela primeira vez para brincar com *Enrolados, Enrolada em você* está nas suas mãos!

Isso jamais teria acontecido sem nossa agente incrível, Holly Root. Obrigada, Holly, por acreditar que podemos fazer (quase) qualquer coisa. Você é o ser humano com quem comparamos todos os outros seres humanos. Kristin Dwyer, deusa das relações públicas, escrevemos este livro lembrando quanto você amou o primeiríssimo livro que escrevemos juntas, e esperamos que ame este tanto quanto aquele. Estaríamos perdidas — literal e figurativamente — sem você. Nenhum de nossos livros está completo sem o toque de Jen Prokop, e este não foi diferente. Obrigada por sua sabedoria e brilhante visão editorial.

Obrigada à nossa editora, Jocelyn Davies, por ser paciente enquanto encontrávamos a história digna de Rapunzel e José Bezerra, mas também de nossos Ren e Edward. Obrigada por nos guiar por este processo e por cada sugestão editorial certeira e e-mail entusiástico.

Obrigada à equipe extraordinária da Disney e da Hyperion Avenue: Sara Liebling, Guy Cunningham, Karen Krumpak, Dan Kaufman, Sylvia Davis, Elanna Heda, Jessica Hernandez, Kaitie Leary, Julie Leung, Alexandra Serrano, Jennifer Brunn e Jennifer Levesque. Obrigada Andrea Rosen, Vicki Korlishin, Michael Freeman, Monique Diman-Riley e LeBria Casher por todo o seu trabalho para levar essa série para as lojas.

Não poderíamos amar mais nossa capa, então um *muito obrigada* imenso à designer Marci Senders e à artista Stephanie Singleton.

Julie Murphy, Jasmine Guillory e Zoraida Córdova, obrigada por celebrar as princesas que todos amamos e por estabelecer um padrão tão elevado. É uma honra seguir seus passos.

A nossas melhores amigas que nos mantêm sãs e merecem um beijo do próprio Flynn Rider por nos aguentar, nós amamos vocês: Erin Service, Susan Lee, Kate Clayborn, Katie Lee, Ali Hazelwood, Sarah MacLean, Jen Prokop, Rosie Danan, Julie Soto, Jess McLin, Jennifer Carlson, Brie Statham, Amy Schuver, Mae Lopez, Alisha Rai e Christopher Rice.

Somos bitoladas na Disney e, se pudéssemos, colocaríamos todo leitor, resenhista, booktoker, blogueiro, bibliotecário e livreiro nos assentos junto conosco na Expedição Everest. Assistiríamos a fogos de artifício juntos e comeríamos Dole Whips e milho no palito. Encheríamos vocês de orelhinhas do Mickey e tiraríamos fotos de todos na frente do castelo, porque o que vocês fazem é pura magia. Não poderíamos fazer nada disso sem vocês.

Para minha Lo, sinto que este livro é tudo o que amamos em *Enrolados* e em romances. Conversamos a respeito dele por tanto tempo, e ele parece quase exatamente igual à história com a qual sonhamos. Com que frequência isso acontece? Obrigada por sempre ser minha citação à esquerda e minha melhor amiga. Eu te amo muito. Encontro com você na Torre do Terror.

Para Christina: há tantas maneiras com as quais você me alegra todos os dias, mas, neste caso, uma está acima de todas: obrigada por colocá-los na hidromassagem. Pode ser minha cena preferida de todas que já escrevemos juntas. Eu te amo até as estrelas e pelo caminho de volta.